ZUI

Zestful Unique Ideal

最世文化
Shanghai ZUI co.,Ltd

燃烧的男孩

THE
AUTUMN
BOY

[新版]

李枫 著

最世经典

送给孤单的你

我站在江边。

苍茫到不可一世的江水，从没有一刻停止翻涌。

满耳都是激怒的涛声，但我又能那么清晰地听见——

灵江。

听见身后有人在轻轻地唤我——

灵江。

唤着我。

这一刻，我被点燃。

我用尽最后的力气，强制自己的灵魂冷却。

可当我回过头去，

熊熊大火已在我的身体上翻滚。

THE
AUTUMN
BOY

目录

THE
AUTUMN
BOY

序

燃烧的男孩

你一定愿意被真诚地感动

〔文 · 郭敬明〕

已经忘了这是第几次在凌晨被助理的电话喊醒，急匆匆地从床上翻身起来，随手拿几本书塞进早就打点好的行李里，就在她一遍又一遍的嘱咐声中出门了。北京 CBD 的公寓，寂静的房间，寂静的楼道，寂静的公寓。只有我养的苏格兰折耳猫悄悄地跟了几步，就懂事地停住了步子，蹲在门口，默默地看着我的背影又一次消失在她绿色的眼仁里。

我也忘了，这是第几次在枯燥的航程里，从包里掏出公司作者的书来唤醒自己了。在我的印象里，似乎每一个漫长而枯燥的旅行，都是他们的故事陪着我完成的。这次我拿到的是昨天刚寄来的样书，李枫的《燃烧的男孩》。

翻了几十页后，我发现自己犯了个很大的错误。

在这个万籁俱寂的凌晨，在巨大轰鸣声的闷热机舱里，我清晰地听见了自己的泪声。

随着年龄渐渐增长，随着阅读渐渐增加，年少时的敏感纤细渐渐远去，已经很难有什么故事或者情节能让自己动容了，击掌叫好的有，深深佩服的有，但是让我落泪的却没有。而且在我的主编工作里，每个月的终审，我都要阅读来自全国各地的年轻人各种忧郁而感伤的短篇和散文；每次去逛书店，都看到无数号称“悲伤”“凄惨”的书被模式化地制造出来，一本接着一本堆满仓库，挤上货架；甚至当我自己连载《小时代》的时候，不管我要架构一个多么痛彻心扉的场景，还是直接把主角送入必死无疑的绝境，我都觉得自己越来越像在扮演一个专业而合格的编剧和导演的角色，冷静地进行着这一切。我觉得已经很难再有什么情节能打动我了，就像是一个结满了坚冰的深渊，无论你丢什么下去都不会听见一丝回应。

而这本《燃烧的男孩》成功了。

这是我这几年以来，第一次为一个虚构的故事而流泪。

我们经常会反复讨论这样一个问题，那就是评价一部文学作品优秀与否的标准到底是什么。当我们已经成长到能轻松地解读那些五花八门的技巧后，当我们不再被那些缤纷炫目的语句吸引时，当我们已经能像剧作家那样，把一个故事的骨架肌肉从头到尾剖析得条分缕析后，留在我们眼前的，到底还剩下些什么？

而我要告诉你的是，我在李枫的小说里看到了那个珍贵的存在，那份消失多年、再度回到我视线里的熟悉的东西：真实的感情，澎湃的真诚。

我不知道是不是李枫这个年轻作者本人特殊的身世造就了这部小说，还是他的写作技巧已经在我们不曾意识到的时候，就已经达到了浑然天成、返璞归真的程度。无论是语句的衔接还是情节的叙述都是那么细致，那么到位，那么直白坦荡，仿佛一个朋友坐在你身边，微微哽咽着，低声地对你重复他昨天的生活一样真切；当你看到文中这个孤独的男孩奄奄一息地在漠视、唾骂和无穷无尽的欺凌中忍耐着、生存着，不顾一切地为信念中的美梦而挣扎的时候，你会想去轻轻地拍打他的肩头，你想安慰他却根本无从开口，你为他视线中无尽的悲伤牵引，你的心剧烈地疼痛起来。

你像是对着一面镜子的自己，看着背后那凝重若雨的黑暗，放声恸哭。泪水仿佛大风卷起的灰烬，一层一层，掩埋世界。

李枫在完稿的时候曾经对编辑说，他这本书，是为了那些所有感到脆弱、不幸和感到孤独的人而写的。其实他们并不独孤，他们彼此扶持，他们呼吸与共。

李枫带来的《燃烧的男孩》仿佛天生就有一种操控人的魔力，我在书的前半本很多次忍不住笑出声来，惹得周围的人看我像在看神经病。我怎么都没有想到后面会有一个漫长而窒息的结局在等待着我，仿佛前面的欢乐只是为了让你毁灭得更快。

好的作家不仅仅能写悲剧，更难的是能同时写喜剧。而最难的是在一本书里，把人间的悲欢离合写得枝繁叶茂，淋漓酣畅。

李枫洗练流畅的叙事结构，不急不缓地把一个时间跨度很长的故事，讲得温柔而又惊心动魄，这背后是他的自信，是他的功底，更是他对文字疯狂的执着。当然，还有他独特的让人忍不住辛酸的身世。

每一个作者的处女作，都凝聚了他最初、最本源的感情和人生经历，当你看完这本仿佛用血液和泪水轮番书写的故事之后，你甚至不忍去想象作者本人的经历。因为那会让人胸口发闷，眼眶发酸。

就在两周以前，当李枫的编辑小青对我说“小四，我看哭了”

的时候，我只是冷笑一声，心里想小青永远都这么夸张。

就在一周前，王浣看完《燃烧的男孩》后，说："我被感动了，哭得一塌糊涂。我好想收养他。"这个时候，我除了觉得额头一颗汗之外，只能无语。王浣主动请缨要求画封面的时候，我当然乐意，李枫更是乐开了怀，我们公司首席插画师能帮新人画封面，他觉得受宠若惊。

就在两天以前，当宾妮在吃饭的时候，对我说"我看哭了，太虐心了"的时候，我忍不住疑惑了，对于一个博览群书的同样身为作家的宾妮而言，她怎么会如此轻易落泪。

而现在，我终于明白了她们。

因为我的眼眶，也在飞机机翼巨大的轰鸣声里，湿润起来。视线淋湿了一片辽阔的白色云海，它们生生不息，翻涌挣扎，它们纯洁地照亮着整个世界。

另外一篇序言，来自我的好朋友落落。你一定不会错过这本被我们编辑部内部交口称赞的小说，因为我们相信，你一定愿意被真诚地感动。

久不见天堂

〔文·落落〕

或许我不会称赞这是本无可挑剔的完美的青春文学小说，不会说它是如何重振了眼下的青春文坛，如何前无古人后无来者开创新纪元——因为这些说法都无法概括《燃烧的男孩》的成功之处，这些生硬的技术性词汇就如同一个个旧式的容器，但《燃烧的男孩》却是如同另一类颜色、气压、回忆的东西，是普通容器所远远无法盛载的。

在提及本书前让我先稍微提及两句对于本书作者李枫的个人记忆，直到作为第一届“THE NEXT·文学之新”新人选拔赛评委参加最终决赛及颁奖典礼前，我与每个参赛选手都从未曾谋面，其中自然包括8强选手之一的李枫。因而直到最后在北京，从熙熙攘攘的筹备会场到轰轰烈烈的闭幕式上，他给我的感觉始终是个过分安静腼腆的高挑帅小伙而已，哪怕会后所有人都肆无忌惮地释放压力，唱着欢乐的歌曲干着杯子中的红酒，他也只是沉静地坐在一角，时不时替身边已经累垮的同伴挡两杯。故而那一阵，我与其他人一样，比起对他文字的了解，更先一步的是把他贴上“乖巧懂事”的标签。乖巧懂事，略显沉闷的性格又导致无甚突出。就好比天天路过一扇公园的大门，在走入以前只有局限在牌匾字体怎样，门前卫生状况的认识上，直到《燃烧的男孩》引我走了进去，看见里面的三灵寺，远处的河，诡秘的枫树和竹林，从诧异开始，到动容，品味和思索之后是付诸笔端的“想为它写点儿什么”。

确实，倘若探讨技术，有人若提出反面意见计较《燃烧的男孩》中那部分仍然脆嫩和欠缺的地方，我也无法打出圆场予以否认。这原本便不是一本以技巧和经验见长的小说，既然它是李枫本人的首部长篇，势必要允许一些弱点的出现，然而以我个人的阅读意见，这些弱点则恰恰是文章里别样动人的地方。我们所见的是匠人出师后烧制的第一尊器皿，瓶口不规则的圆环或接缝处的碎纹带来的或许是遗憾，可遗憾总能催生新的美感。因而在我眼中，《燃烧的男孩》里每一段都能看出作者所浸透的心血，它们那么强烈，足以带来炫目的视觉。我曾经在最初以为，文章的第一章节可以写得更加简练，可读到后来才发觉那是因为作者本人对于三位（半）主人公怀有莫大的悲悯的感情，所以才会以恋恋不舍的段落，反复描写他们怎样相处，怎样打发时光，怎样抗争，怎样欢快地生活，怎样压抑地生活。我曾经在最初以为父子已经是个过分老套的煽情题材，但读到后来才发觉真正好的作者必须具备的能力李枫已经完全具备，他可以把那些千万年被无数人翻着花样描写的段落写出又一番无限真切的动人力量。我曾经以为戏剧冲突太强会很难令读者产生信服力，但是，在临到结尾时，我又怎么会被一步步牵着走，一口气读到了最后呢？我脑海内那部分理当很清醒理智的细胞为什么没有跳出来质疑这质疑那，反而是乖乖地蛰伏着大气也不敢出呢？

那些传统的“如何评判一部好作品”的条条框框都消失了，它们遭遇到了一个最根本性问题的直接否决——李枫完全用最真挚而诚恳的情感，毫无保留地将内心曾经最伤痛、最悲哀、最灰暗、最秘密的那些过往书写了出来，而我们是无法去评价一个人的内心的，我们除了被震撼、被感动之外别无选择。他人依靠智慧和技巧去达到这个目标，手里拥有万花筒般的障眼法，清楚何时该让礼花出现何时该让鸽子消失换得观众的喝彩，而在李枫的这本书里，他不用也不屑这类手法，他几乎知道自己内心有一个巨大的能量源，所以他只需要运用通顺的叙述将它逐一讲来就行了，舞台便会静默下来给予他一束追随的光源。

这是我非常佩服甚至羡慕的地方。他和他内心中的天体。

也许有人看了内容梗概会草草认定这又是一出“残酷青春”“黑暗少年”的故事，有背叛有迷失，主角用呻吟的姿态而痛苦地生活，那他毫无疑问是大错特错了。故事的确残酷、黑暗，主角们最后的结局也着实是痛苦地残存而活，但它是一段清晰发展后得出的必然结果，没有任何扑朔的意识流来掺杂其中，每一阶段的变化都得到了清晰的交代，使人仿佛可以感同身受，悲剧是如何开始如何蔓延，从开篇便建立起来的那个围绕在小镇上的社会气氛，其实早早地便带领我们离开了那些定式般的“青春文学”气息。主角虽然是少年，但这更多是个属于广泛世界和广泛价值的悲剧，而营造了整个大基调的李枫，也几乎没有看到他在文字里体现的片刻迟疑和怯懦，他驾轻就熟地勾勒了绝望的地狱，让主角灵江最后躺在那里遥望到天堂。

因为代入大量第一视角“我”的因素在内，主角木灵江依旧是全书中我最喜爱和痛惜的人，他所遭遇的坎坷也许并非我们第一次听说的新鲜特别，但这个彻底被逼上绝路的少年完完全全在我心中燃烧了起来，带着极度悲愤和窒息的焰光。最后我甚至会将他本人与作者李枫联系起来，既期望一切都是真实，因为它读来过分沉重；又期望一切都是虚构，也因为它过分沉重。但文字还是继续将我推向了那个结局，“燃烧的少年”，结局是一捧灼热又无尽的灰，它们洋洋飘向久违的天堂。

我想每个人都应该看一看那个地方。

小镇往事

（文·李枫）

天堂里，形孤影只，孑然一身，就是地狱。

地狱里，有人陪伴着，爱着，就是天堂。

《召唤》中的这句话放在这里也再合适不过。

《燃烧的男孩》出版之后，我再也没有完完整整地将它看过一遍，甚至从未点开过文档。我没有反反复复回顾自己过去文字印记的习惯，也许潜意识里也认为它早已交付出去了，不再是我的私人物品。但有一天，临睡前闲来无事路过书架，随手拿起这本书，靠在床头翻了开头。看到他们度过那些欢乐的时光，忍不住想要接着往下看，但其实后面的情节早已谙熟于心，合上，准备睡觉，脑海中却突然浮现出一句话：灵江，还真是个活泼的小孩啊。

我不知道自己是在感叹这个人物还是隐隐地产生了对往昔的怀恋，但是灵江真是机灵活泼，像初生的对整个世界充满好奇的小动物，当然还有他身边的那群伙伴。他们都崭新发光，天真善良，灵江当时只有十五岁，正是人生中最澄澈与美好的年纪。

可是他又有很多不幸。那些不幸大概都有各自的象征意义，孤寂、困惑、忧郁、逃避，青春期的叛逆，想要用一颗诚挚的心，毫无保留地去拥抱这个世界，却产生了更多的不解与质疑，想要勇敢坚强乐观向上，却被现实层层打击得喘不过气。还要处理与家庭之间的关系、与友人之间的间隙，梳理自身与外界的联系，十五岁的灵江，他的身边处处是难题。

这大概就是我们每一个人都会遇到的问题。但是灵江终究还是幸福的，他有那么多至亲至爱陪伴在身边，给予他感动，给予他温暖，他在爱中徜徉并得到保护，即便身处灰暗，那些明亮也只会越发闪耀，给予他动力、决心，给予指引，为他指出正确的方向，照亮最后那条重生的路。而灵江终究也还是选择相信，相信那些切身体会、眼见为实的幸福，相信着那些美好的需要被留恋与珍惜的人和事物。

也许正是因为这样，才会有那么多人感觉像是看到了自己。看到了曾经的那个自己。灵江只是一个缩影，他有他的象征意义。

因为毕竟那些也都是我曾有过的愁绪。

和灵江一样，我也出生在一个南方小镇上的寻常家庭。不寻常的地方就在于我所身处的大院，全部由北方人组成。我们是北方人的后裔。因为父辈供职的地质单位在 20 世纪 90 年代以前的几十年中辗转大江南北，最终落脚于此。祖父生于别处，动荡中父亲又生于别处，而我在此出生。

和灵江一样，我也时常感觉我们与当地人是格格不入的。也许本身就有区别。我们说普通话，而“墙外”的人说当地的语言。我们有自己的风俗、祖父辈有非常传统的北方饮食习惯，“墙外人”却是地地道道的南方习性。在我们眼里，他们粗俗刁蛮，在他们眼里，我们举止有礼，在这个地质队初来的年代，我们是他们眼中特殊的景观，当时他们贫乏，会谦卑地与我们接近。

所以我时常觉得处于一种无根的状态。我不知道我们来自哪里，我也不确定我们是否属于这里。这种心理上的迷茫如影随形地伴随了我很多年，似乎也将永远继续下去了。无论我走到哪里，我都没有安定感。去回想故乡，我没有故乡，我们的故乡就是那被围墙层层环绕起来的封闭的世界。

虽然儿时觉得那里是天堂，安全，物质丰富，应有尽有，先进，所有的人都彼此熟悉，亲切，与外面那落后的世界反差巨大。我们看不起他们，他们也极少与我们接触。隔阂，隔膜，一直存在，延续，浩浩荡荡，粗壮。无法调和。

因而我也时常思考这个问题，阶级、层次、出身的不同，所谓眼中的“异类”，是否真的无法彻底地完全地干干净净地消除隔膜。它们的根源，究竟来自哪里。

这些和灵江都是一样的。

我们在那种冲撞中共同成长着。

可我还是喜欢这个地方。人怎会不想念陪伴他儿时的地方。这里的气候、环境、人文民俗决定和改变了我未来的很多东西，包括我的怀旧，我的审美，和我童年幻想过的一切。

我爱着所有这里的人，相反，我却并不怎么喜欢我所身处的“地狱”。在这里，礼教繁复，陈规重重，也许也因为我出身在干部家庭的缘故，机关单位，知识分子，浓烈的传统与陈旧的气息。在这里，往来传说很多，大多陈腐与压抑，比如强奸案，比如年幼时曾听闻的一个传说，有人用糖果拐骗儿童，后被检举揭发，文革时被批斗。

这些在年幼的我耳中，产生了强烈的印象。当时我非常震惊，对身处的这个冠冕堂皇的世界有了重新的认识。

后来我将它们融合到小说中，爆炸式地牵引着灵江走向了最后的毁灭。

但是我也曾觉得愧对于他，因此也才会每当真相将要呼之欲出时，产生懦弱与抵触的情绪，不愿让他在小说中也受到如此待遇。但终究还是因为那在文字中的献身精神，拨云见雾，以最激荡的方式获得人们认同想要以此做到一些改变。

我不知道我是否真正改变过一些什么，但那些小镇上的往事，也正是因为这出戏剧，没有随风而逝，得以留存。

我相信更多人看到的，实际上是它传达出来的温暖与爱。

因为那才是它真正想要表达的东西。

虽然我也和灵江一样，在那时，未能知道爱是什么。但是当父亲去世，家庭剧烈变动，我从一个在伊甸园中无忧无虑生长的顽童变回了人间的平凡孩子，我终于明白那些大爱在灵魂中的缺失，给我带来了多少的无助。

那时我的家庭也因此崩塌，这些变故陷入舆论之中，那时的我总是充满愤怒，对这陈旧不堪、没落了的封闭世界充满厌恶。那时我对自己说得最多的一句话就是，我要离开这里。远远地离开这里，永远都不会再回来。

年少时的冲动得以实现，但无论我去到多远，终究还是无法忘记这里，它们镌刻在我的记忆上，后来我才明白，当时的愤怒，当时的激进，都只为获得一个更新更好的世界。以那些暴动，以那些丑恶。

或许每一个看过这本书的人都会产生不同的感想，但我不会再写续集。至于那残破的结局，对于故事而言，也都是顺理成章，顺流而下，顺其自然也有它的美感。

只是脑海中，偶尔也会浮现出他们还在一起的样子，他们的未来还在一起闹腾的样子。可有时，也会浮现出灵江一个人躺在岸边的样子，空中都是散落的灰烬，他静静地望着，那些灰烬如同尘埃，缓缓地飘浮。

这种时候，我就会问自己，他的故事，结束了吗？没有，当然没有。

他的故事，还远没有完。

我还要用我自己的一生，为他写出那个最后的结局。

这誓言，一直都在。每当我感到难过，感到消沉，我都会告诉自己，站起来，走下去。为他写出最后的那个结局。

因为他，是我，也是你，是每一位看过这本书都感受以触动的人，每一个人都应该用自己的人生去为他写出结局。写出那个我们所希望的结局。这比为他用文字堆砌出各种花样百出破镜重圆的大结局都更让人振奋。或许这也就是这本书真正的意义所在。

灵江，是幸运的，生命之火得以延续，终将生生不息。

时至今日，它已经在这世上穿行了整整三年。早在它出版之初，就已经获得了太多的厚爱。到了 2012 年，它已经重印过十次，今年行将再版，那些年少的孤单与哀愁，居然能与这么多人有所共鸣，也正因为那些泪水与感动，让它一次又一次重燃。

这也是我的感谢，你们善待于它。而它也终将永远陪伴着那些孤单的人。

陪伴孤单的你，报以生生不息。

2013 年 3 月 25 日

THE
AUTUMN
BOY

Chapter 01

三灵寺

燃烧的男孩

人生就像刮彩票

我妈牵着我边走边说："买彩票，首先要看票贩的面相，最好是找个长得像动物的,这样的人招财。"于是我在彩票场地找了很久，终于找到一个长得像牛的卖票者，然后在他那里买了一张彩票。

我妈也找到一个简直就是猴子的票贩，在他那里买了十四张。刮奖的时候，她很虔诚地眯着眼睛念了三声"菩萨保佑菩萨保佑菩萨保佑"，然后背对着人群用指甲小心翼翼地刮着，最后泄气地转过头："你的呢？"

四周全是彩民的燥烈汗水味道，以及垃圾腐烂的气味。我慢慢地刮着，刮出一个"洗"字，我顿了一下，继续刮，又刮出了"衣"。

"洗衣？洗什么衣？我看看——"她说着从我手中拿过彩票，把剩余部分刮出来，然后大叫了一声"机！"

我妈不敢相信，她死死攥着这张神票，在宣传牌上反反复复核对了好几次，才确认这是事实，口齿不清地喃喃念叨着感谢佛祖，然后茫然无助地寻找兑奖处。

当她胸前挂着大红花，激动地站在用木桩搭起的奖台上，就快要喜极而泣。但我们这个封闭小镇自主办的活动，实在是漏洞百出，洗衣机都中光了，主办方也不补，我妈知道了差点泣不成声。负责人走过去，同意她换个奖品，她又破涕为笑。一等奖汽车，我们是换不下来了，只能换一床被套，所以她笑中带泪。

我看着我妈的表情是千变万化。她觉得她是幸运中的大不幸。

当她还在和负责人理论的时候，我听见身后有人很小声地叫我“木灵江——”

我回过头，看见岳达穿着干净的短袖衬衣，牵着他年幼的弟弟小轩，站在离我很远的地方，也不敢过来。

我正准备朝他走过去。这时，我妈提着那床被套走下台，看见了岳达，把我往她身边拽了拽。

“妈，你干什么啊？”

“少和‘围墙外面的’孩子玩。”我妈故意说得很大声。

我看看岳达，他显然是听到了，低着头装作很无所谓的样子。我压低声音：“他们有做错什么吗？你们就那么瞧不起他们……”

“不是，是让你不要贪玩！再说和他们玩能玩出什么？”我妈这么说着，一手拉住我就准备回家。

“我不走！”我想要挣脱她的手。

“听话了！”

“不！”说着硬是挣脱开了。

我跑进人群里，听见我妈在身后喊：“灵江你给我回来！木灵江！”直到她的声音渐渐被彩票场地的喧嚣掩盖。

我在人群里找了很久，人太拥挤，在我发现前面的路被一堆一堆兴高采烈的人堵死后，转身，看见远处人少的地方，岳达正蹲着和小轩一起刮彩票。

我呼哧呼哧地跑过去："岳达，你们中了没？"

他看见是我，站起来摇摇头。

"走，去那里！"我拉住他和小轩就往人群里挤，"那个人卖的绝对可以中！那人有福相！"

岳达还不明就里就被我带到一个票贩摊子前，忽然发现此时这个摊位的生意格外火爆，原因就是我刚才在他这里中到奖，因此这位票贩看到我，很是感激地百忙之中对我绽放了一个牛的微笑。

"看到没？"我指着票贩激动地对岳达说，"像不像牛？像不像！"然后拍拍岳达，他从口袋里掏出一大把皱巴巴的零花钱给我，我朝票贩喊："叔叔，我还要一张！"

"只有最后一……"票贩的话还没说完，就被群众们狂热和鼎沸的呼声淹没。

我急了，往人堆中拼命地挤，但因为比较偏瘦的缘故，总是被反推回来，最后一次拼尽全力杀进去再被狠狠挤出来时，一屁股摔在地上，我咧着嘴抬起头，只看见无助的小轩噘着小嘴在擦眼泪，还呜呜地喊着哥哥。我顺着看过去，只见人堆中露出来一条修长的腿，这条腿还在一点点地收进去。

"岳达加油啊！"我朝那条腿喊。

"灵江哥哥……"胆子很小的小轩揉着眼睛跑到我身边，"抱抱小轩……"

我抱起小轩，朝他脸上吹了口气："不哭哦乖，不哭——"

小轩乖乖地点着头，抽泣了几下，又朝着人堆笑眯了眼睛，我刚想转身看，一只攥着彩票的手就伸了过来。

“哪——”一头汗的岳达气喘吁吁地说，“叔叔说你挺可爱的。”

我再看向已渐渐散去的人群，那位票贩朝我憨厚地边点头边笑，看来这是他的回报。我情不自禁地摇着头，他真的，真的像极了一头老实的黄牛。

我从岳达手上接过这张彩票，找到一处人少的地方，小轩不停地揪着我的衣角，用还没把话说利索的小嘴催促着“刮刮刮”。我深吸了一口气，用指甲极度小心地刮着。

能感觉得到，空气正在变硬，让人呼吸困难。

直到我刮出了“洗”这个字。

我的耳朵瞬间暂时失聪，脑海中浮现出那张牛脸。岳达不禁轻轻张开了嘴，小轩观察到哥哥这微妙的表情，突然抱住岳达的腿，把头埋进去，不敢看。

我微微颤抖着再长吸了一口气，接着，我刮出了“衣”字！

脑海中的牛脸瞬间福光四射，他简直就是个神牛！我非常激动，急不可耐地奔向兑奖处——

当我提着这袋“鸽牌”洗衣粉，心情错综复杂。而岳达和小轩接过洗衣粉，用一种如获至宝的姿势，更让我心乱如麻。

“都怪兑奖的那个女人！”我一会儿愤怒一会儿自责，“早知道刮完再过去了！”

“她怎么了？”岳达端详着洗衣粉的包装。

“是她把第三个字刮出来的，明明是‘机’，她那个臭手气给刮成‘粉’！”

岳达不自在地看了看四周。

“之前我就中到洗衣机了。”我愤愤地说，“我有那个手气！”

“你的洗衣机呢？”

“可没有洗衣机了！”

岳达又环顾四周。我想想也是，反正没有洗衣机了，中了也白中，但这种感觉真的让人非常难受，因此我离开彩票场，越走越快，还真是让人不明白，为什么连连中奖还是那么不开心。

岳达抽出插在裤子口袋里的手，牵住小轩跟上我。我边走边哼哼地喘气。我听见岳达在我身后说：“这种事情说不准的，干吗生气。”

“是有技巧的！”我猛地转过身。我看着他生涩的表情，顿时觉得自己通晓宇宙奥秘简直是个神物，他是个什么都不懂的凡人。尤其是他的眼神，越看越觉得单纯，我想应该让他也了解“面相”这个天机，于是神秘兮兮地告诉他：“你知道吗？我妈说……”

“你给我过来！”我妈提着被套，站在街对面朝我喊。我当时被这么一惊一乍的声音吓得直接闭上了眼睛。

“木灵江！你听不听话？”她又喊。

我本能地往岳达身后躲了躲，我妈更是生气，怒气冲冲地走过来。我知道岳达也有点不知所措，不过他不会像我表现得这么明显，他向来很会伪装镇定。

我妈看都没有看岳达，直接走到我跟前要抓住我的手腕，说：“听话，走了，回去画画去，你都是要上高中的人了！别在外面瞎玩了……”

“我难得出来玩一次……”我抬起手躲过她。

“今天都带你来买彩票了！走了，快点！”妈妈越加急躁。

“我不！”我边试图摆脱她抓我的手，边往岳达身后躲，“为什么你哪里都不准我去？我不回去！”

“走不走？”我妈放下被套，指着我的鼻子质问道。

“不！”

我觉得这个时候她可能会打我了，但她又突然慈眉善目地说：“先把被套送回去，再出来玩，可以不？”

我知道这是她一贯的伎俩，她不会履行承诺的：“你自己拿回去。”

我妈又微微皱眉，眉心的褶皱还在微微颤动，可以看出来她是在强忍：“一起嘛，回去吃完饭，你再出来玩。”然后她又不怀好意地看向岳达和小轩，“你们也要回家吃饭了吧。”

她第一次开口对岳达说话，岳达有些手足无措，迟钝了一秒后说：“我们在外面吃。”

我妈边点头边打量他，用一种居高临下的姿态，还想继续问什么。我赶忙说：“妈，岳达到我们家吃饭可以不？”

我妈趁机一把抓住我的手，要把我拉走，提起被套的时候很含糊地说：“人家在外面吃好吃的，谁还稀罕你家的，走了——”

她就是很不喜欢岳达，因为岳达是我们“三灵寺人”眼中的“围墙外面的”。可我听到她说出这样的话，特别担心地回头看岳达，怕他被刺痛。

因为自从岳达很小的时候，他的父母就一心忙着珠宝店的生意，很少管过他。这些年更甚，空空的三层楼的家里总是只有岳达和小轩，他的爸爸只知道给他很多的零用钱，该吃饭的时候叫他们去馆子里吃，日复一日。

这一年，我还没有满15岁。岳达15岁，比我大十个月，小轩才3岁。

我在分神的状态下没能挣脱开我妈，被她拉到很远的地方时，回头再看岳达和小轩，他们已经走了，于是只好跟着她乖乖回去。

回“三灵寺”。

快乐的孩子无比快乐，快乐的孩子闷闷不乐

我出生的这座小镇叫作雨坛镇，南方的小镇，顾名思义就是“阴雨很多”的意思。我住的地方——三灵寺，是雨坛镇上的一个地名，也可以说是一座山，一座有古寺的坟山，自从我爷爷那代人从北方迁移过来后，我们就在山下而居。

他们那代人都是北方人，是搞地质的，随着地质队各个省辗转，寻找铀矿，最后核竞赛浪潮平息，那时刚好到了雨坛，于是在这里落脚。现在三灵寺的人，都是那代人的家属和后代。

他们还干了一件和筑长城一样宏伟的大事，就是围着这块地砌起一条长长的围墙，有示威领地的意思，把自己和当地人隔绝开。

因此，我们“三灵寺人”是“围墙里面的”，岳达这种“雨坛当地人”是“围墙外面的”。

所以我一直觉得，围墙里面住的是一群自命清高自认尊贵的家伙。

“‘围墙外面的’怎么了？杀人了吗？放火了？我们还是‘雨坛外面的’呢！”回家的路上，我还在和我妈怄气。我很清楚三灵寺人看不起当地人的原因，觉得他们落后、粗俗、没文化、说方言、没公益心、私自盖小楼、不遵守计划生育，一家多个子女……

其实这些在以前是很严重的，现在已经好很多了，这个小镇越来越开放，以后也会越来越好。

“行了行了，你这张嘴啊……”我妈白了我一眼，“我都说了，我真的不是瞧不起那个小孩，我是不希望你乱跑。”

又是这句话。我不去看她，我已经听得够多够烦的了。我板着脸说：“吃了饭我反正要出去的，你说的。”

她不作声了，隔了一会儿才说：“可以，只能在三灵寺玩，别跑出去。”

“三灵寺有什么好玩的？”

“我就搞不懂你！”我妈忽然很生气地问，“成天和‘围墙外面的’小孩玩得那么好，整个三灵寺的孩子没一个是你这样的，你怎么不和三灵寺的人玩呢？”

我突然不说话了，也不会强词夺理了。

可她却还在说：“我就知道是‘围墙外面的’把你给带野了！”

“不是的！”

“那还能有什么？！”

“因为三灵寺的孩子不和我玩！”

三灵寺的那些小孩从来都不和我玩，不知道为什么。我想过很多原因，可我没有长八只脚，穿着也和他们一样干净整齐，可他们就是拒绝与我靠近。

从很小的时候，他们三五成群，远远看到我就躲着躲着，直到现在，除了疏远我，还开始在我背后指指点点。

从不融洽逐渐到敌视。

我和他们最后一次交集是在去年。那天，我偷偷溜出家，看见他们像一群猎狗似的围聚在球场上。本来我不想再走过去，但这是唯一的一条路。

待我和他们离得近了，我听见他们似乎在说三灵寺的三灵。

传说三灵寺有三个神灵，守护古寺和这座荒山，可说来说去，大家清楚的只有两个，树精和竹叶青。这些都是小孩道听途说的，不能确定是真是假。

我们这里的这座山，山顶有座古寺，就是三灵寺，这样的话，这座坟山应该就叫三灵山，不过山上的坟墓都被爷爷那代人给清除干净了。当时还有雨坛本地人来闹事，说这是他们的祖坟，但又能怎么样，挖都挖了，而且这已是我们的地盘，在自家挖自家的地，天经地义。

不扯远了，推开古寺门，进的第一个院子，正中央就是一棵大概有上百年树龄的枫树，古寺荒废多年，没人料理这棵树，可它依然茁壮，最怪的是，它总是不分季节稀里糊涂地发芽。经常白天还是掉光了叶子的秃树，第二天满树都是红通通的叶片。

像一把火。

往山下去，在这座山的一面，长满了茂密的竹子。当时，是到了我爸爸那一代，很多年轻的小伙子为了探奇，在这片竹林里游窜，进入竹林就置身于一片青绿色的水域，随着风层层颤动的叶片就像此起彼伏的海潮。在这里面，只有满眼的绿色，人一定要小心翼翼地前行，一旦弄出一点风吹草动，就会发现在一瞬间，竹林中突然亮起密密麻麻无数颗血红色的小眼睛，突兀又恐怖，令人不寒而栗。

这是竹叶青的眼珠。

它们是三灵寺人口中相传的二灵，至于第三个神灵，没有人知道，应该是还没有发现，不过答案一定就隐藏在这座山的某个地方，不然怎么要叫三灵寺呢。

这时，一个小孩看见路过的我，小声向他们那群人通报："快看，木灵江……"

"三灵！"他们几乎是异口同声。声音控制不住地变大。

我听得一清二楚。停下脚步，原地站了一会儿，然后转过身走到他们身边："谁是三灵？"

他们纷纷低下头，什么都不说。我面无表情地盯着他们，不知是哪一个先站起来准备走，华卓儿还是谁，不记得了。接着他们一个个跟着要离开。

"说啊！"我朝他们喊。

这次是华卓儿，我记得很清楚。他回过头说："你啊，木灵江啊！"

我不知道为什么，我的身体没有任何可怕之处，没有任何古怪的举止，但他们会将我与那些妖魔鬼怪并列。

三灵。古寺里的三灵。坟山上的三灵。

我也曾寻根究底，也曾和他们打架争吵闹过无数次，逼问他们为什么要这样怕我，像是我身体里装有万劫不复的病毒、藏着一个罪恶黑暗的灵魂，然而他们一个字也不吐，只会越加躲着我。我想也许是他们不敢说，或者，不能说。

我始终猜不出这其中的隐秘。它们就像一团混沌的迷雾，在最阴深的地底盘旋蠕动，等待泄漏最终爆炸的那一刻。

那一刻，天崩地裂，日月失辉，只剩下苦海，剩下绝望。

剩下死亡。

那一刻，我才能懂。

"他们为什么要说你是'三灵'？"我妈做完饭，把饭菜上齐后这么问我。可以看出这件事情也成了缠绕她的幽灵，从进家门到她去厨房准备午饭，都一直沉默，一个人在思考原因，直到做完饭坐在桌前，问的第一句话就是这个。

“可能是我名字里有个‘灵’字呗。”我边夹菜边说。

她若有所思了一会儿，然后说：“其实你以前不叫‘灵江’，叫‘孑虫’。”

“孑虫？”

“嗯，你爸有天做了个梦，那时你还没出生，他梦见一条江边有一只野兽，这只野兽还和他说了好久的话，就等于是‘孑虫’这个名字是那个动物给你起的。”

“这是个什么动物？”

“好像是头猪。”

我低下头。

“我也不清楚，你爸就说‘孑虫’是你的命啊，其他也没说。我觉得也是，这种东西说出来就说破了。”

“那为什么后来又叫‘灵江’了？”

“‘孑虫’是个字谜，你爸有天发神经，想明白了，他吓了一跳，好几个晚上都没睡好，也不知道搞什么，然后他就给你改了，‘灵江’，就是他梦见的那条江。”

我刚准备问我妈灵江在哪里，结果——

“你说你爸好玩不。”我妈笑着夹了一筷子菜，说，“他负责的那个工地，别人找他签字，他把字签到格子外面去——”

“怎么了？”

“写什么东西也是的，看不清了呗，都写到格子外面去了。以前两个眼睛都是2.0的。”

吃完饭，我回房间换衣服，我妈没有去洗碗，而是坐在她卧室的电话旁给我爸打电话，把三灵寺的孩子不和我玩的这件事情告诉他。我妈总是这样，只要是家里一点大事小事都要和我爸说一遍，典型的没主见的传统家庭妇女。

我走到她卧室门口："我出去了。"

"啊？"她把电话放在胸口，转过头。

"你答应我的。"

"嗯……"她又回头，"等等，灵江，和你爸爸说你中了一床被套……"说着要把电话递给我。

"不要了……"我在门口换鞋，没打算进去，"你告诉他就好了。"

"来嘛，他最近身体不舒服，你亲自告诉他，让他高兴高兴。"

"病了？"

"身体不好了，人到中年了嘛。你来跟他说两句，问候问候他——"

"不了。"我的语气越加斩钉截铁。

我听见她有些无奈地拿起电话又和我爸说话，我开门出去，正准备关上门时，她又忙对我补充一句："别给我跑远了，早点回来……"

我也想有一个亲生哥哥或弟弟

其实我是一个没心没肺的人，我从来也没有想过，电话那头的爸爸听见自己最宝贝的人说"不了"，会是什么样的心情。

他对我很好，应该说是溺爱，妈妈对我的管束和他相比，简直不值一提。三灵寺的地质队在他这一代，就已经是到了下坡路，因此他一直在外地工作。虽说离得很远，但每天都还是要和家里通电话。因为他这个人总是有太多的不放心。

只是他脾气暴躁，发火的时候简直就是一头疯了的狮子。在我很小的时候，只要我哭，他就会踢我，现在好多了，因为我不会哭了，很多年没有流过眼泪了，不知道为什么，就算遇到再难过的事情、天等下就要塌下来，我也哭不出来了。

因为我怕他，心里总有一个隔膜在抗拒他。即使他是那样爱我。

当一个父亲再也没有亲切感的时候，在孩子眼里，他比任何令人生厌的陌生人都更难以摆脱。因为他是自己的父亲。

一定是受了买彩票的影响，现在的我看人，总是带有一种动物的情结。

下楼的时候，碰见住在我家楼上的那个二十多岁的中年妇女，是的，她就是个年龄界限不太分明的女人。当时我猛地一看以为是一只鹈鹕。这么温暖的天气，她为了显摆穿的是绒毛大衣，还有她那两片抽屉一样的嘴唇，惊世骇俗。

说实话，我很讨厌她，她总是不停地拉出她那两把抽屉对别人说三道四说长道短，似乎三灵寺的女人都是这样，她们生活在这个封闭的“围墙里”，每天除了做饭做家务、照顾小孩，当然也就只有说说闲话打发时间。

我穿着白球鞋一路蹦蹦跳跳，听声音就像我从楼上稀里哗啦滚了下去。

咕隆咕隆——扑通扑通——

也就像这样，欢快地滚出三灵寺，滚到了岳达家。

不用喊他，从他家铁门边的一块砖头下摸出一把钥匙，直接开门进去。这片钥匙是他父母留给他的，因为他们经常不在家，岳达又总是把钥匙弄丢，就在这里藏一片备用。

一楼没人，隐隐听见电视的声音，我往二楼去，在二楼的客厅，看见岳达蜷在沙发上，胡乱套着一件T恤，穿了一条内裤，握着遥控器，用一种极其成熟的表情看卡通片。他看见家里进来一个人，吓了一跳，又赶紧装作气定神闲的样子。

“咳咳……”

“小轩呢？”我走过去。

他像一个年轻贵族般抬了抬手，指了指他的房间。我走进去，看见小轩和他哥哥一个德行——只穿着一条小内裤，正躺在床上呼呼大睡。小轩因为胆子太小，总是不敢在自己的小房间里待着，就赖在岳达房间的大床上，年纪小，又总是躺着躺着，就很容易睡着。

岳达是个很尽职的哥哥，很宠小轩，虽然有的时候，比方和同龄的孩子出去玩，他也不喜欢带着小轩，但大多时候，还是知道家里有个弟弟要照顾，要多关心。

因为他从小就缺少关怀，父母能给他的，只是物质上的满足，因此，我觉得岳达独立得很早，懂得很多人情世故，尤其是他总是冷漠少语的气质，就像一个大人。

当然，就他现在的年纪，应该是冷酷才对。

“吃饭了吗？”我走到岳达身边，踢了踢他盘踞在沙发上的腿。

他把修长的腿挪开，点了点头。

“吃的什么？”

“饭。”

我知道要是他一个人，绝对就是混日子过了，但是要带一个弟弟，这个弟弟可是怕饿的，每天还是坚持去餐馆按时一日三餐了。“晚上去我家吃饭吧。”我说。

他看我一眼，又看回电视。

“放心吧，我妈不会说什么了。”

他摇摇头。他的自尊心很强，很要面子。

小轩醒了，光着小脚走到门边。

“小轩！”

“灵江哥哥……”

“过来。”我向他做了一个要抱的姿势。小轩揉着眼睛走过来，特别乖巧地往我双腿间一靠，“小轩，晚上去哥哥家吃饭好不？”

小轩点着头。

“我们不去。”岳达说。

“你没看电视里报的，现在饭店里好多都是用潲水油，家里的饭才是真的饭。对吧，小轩。”

小轩这家伙居然也一个劲地点头，其实听也听不懂。

这样，岳达也不说什么了。若是岳达再不去，经过我的唆使，小轩肯定会打他哥哥。因为小轩更听我的话，就像他会喊我“灵江哥哥”，而叫岳达从来都是“岳达”。

“岳达，我要尿尿。”小轩迷迷糊糊地站在他哥哥面前就开始脱内裤。

岳达很不耐烦：“你尿就尿，对着我干什么！”说是这么说，摔下遥控器，牵起小轩就去厕所。

我一个人在客厅里，看着这么大的一个家，突然觉得岳达其实还是很幸运的，至少有个弟弟，两个孩子在一起还可以互相陪伴。像我这样的独生子女，只有表亲，三灵寺里只有一个表姐，比我大两岁，是我姨妈的女儿。我也像小轩称呼岳达那样，从来不喊她姐姐，从小到大都是直呼其名“冬！霜！”

到了该回家的时间，我给小轩穿好衣服，岳达还摆着那具搔首弄姿的半裸窝在沙发上。在我的再三催促下，他终于不耐烦地穿好裤子穿好鞋子跟我一起回三灵寺。

天墙恢恢，一处疏漏

进了三灵寺，碰见的第一个人就是华卓儿。当时他和几个男孩一起嘻嘻哈哈，看见我和岳达进来，就都不笑了，贼眉鼠眼地盯着我们朝他们走近，就像一群饥饿的犬科动物。

华卓儿确实很丑，歪嘴巴，长得不堪一击，看得我是欲言又止。而且还穿着 V 型领的酱红色 T 恤，刚好露出他锁骨上那块又大又丑陋的疤。

我对岳达说："你还记得他吗？"

岳达看过去，可能看见了他的那道疤："嗯。"

他当然应该记得，华卓儿更应该记得，当时岳达经常和其他"围墙外面的"小孩偷偷溜进三灵寺玩，因为这里面对于"围墙外面的"孩子来说很新鲜。因此也就不可避免地发生过很多次三灵寺的男孩和"围墙外面的"男孩之间的冲突。

可三灵寺的男孩和"围墙外面的"男孩相比，显得太过温顺纯良，因此三灵寺的男孩总是打不赢"围墙外面的"，后来渐渐演变成不敢惹。

也就是在那时，我认识了岳达，因为三灵寺的孩子从来不和我玩，没办法，孤单的我只能饥不择食，逮一个算一个，在三灵寺里碰见"围墙外面的"，就跟着他们到处跑。因此我也是唯一一个不排斥他们的三灵寺人。

当时小轩还不知道是漂浮在哪里的种子。

直到那天，我和岳达他们在三灵寺里面玩炮，华卓儿他们又来多管闲事，到最后打了起来，我站在中间，又不知道该偏向哪一边，当华卓儿和四五个男孩一起把岳达按倒在地上的时候，岳达朝我喊：“给我炮！”

他那时还不知道我的名字。

愣愣的我看着岳达头上滑下来的血，就把一根极其长的花炮丢了过去——

“砰”的一声，我听见男孩们的尖叫，到处都是呛人的白色硝烟，我咳嗽着，看见华卓儿跪倒在地上，捂着自己的锁骨撕心裂肺地惨叫。

就这样给他留下了一道退不去的烙印。

“看他们那个鬼样子。”我非常不屑地直视他们。

“他们有没有再欺负过你？”岳达问。

“他们敢？！”

我们渐渐离他们近了，小轩也能感觉到这帮男孩目光里流露出的仇恨，从我的左手边躲到我和岳达中间。

岳达更是不屑，抬着头像头骄傲的野兽，从他们面前走过。

“岳达，你们以前是怎么进三灵寺的？”我好奇地问，“那时候大门有人守，可这么高的围墙，当时你们怎么翻啊？”

“没有翻围墙啊。”

我一愣：“不翻围墙你们怎么进来？”

“你不知道吗？”

“什么？”

“三灵寺有个地方没有围墙。”

“不会吧？我怎么不知道？”

“就在这座山的后面。”岳达指着我们前方那座荒山，此时阴沉的天色，让这座山看上去充满秘密。

我在三灵寺出生，在这里长大，居然都不知道这件事，三灵寺居然还有一处没有围墙隔绝的地方。趁着天还没黑，就决定先不回家，直接去山后面一探究竟。

不过小轩太小，这件事情还是不要让他参与了，于是把小轩送到我家，我和岳达再出来。到家了，我妈已经在厨房忙活了，看见是岳达和小轩，虽然没说什么，但是面无表情。就在我和岳达要走的时候，小轩还站在门边很委屈地说：“哥哥要去玩么？都不带小轩……”我还准备蹲下来安慰安慰他，结果岳达总能那么言简意赅地丢出“去坟山”三个字，小轩就果断地关上了门。

本来是准备沿着山脚走到山后看看就回来的，但和岳达在一起，在山脚下就你追我赶起来，追着追着就发现我们已经窜到了山上，这山也怪，总是有稀奇古怪的东西吸引着我们继续走下去，比如土壤里时常钻出绊脚的石块，这是遗留的墓碑，比如看见了森林，就想要进去探奇，比如穿过了森林，我就说：“不如去看看那座寺吧。”

于是就到了山顶，看见一座黑漆漆的古寺。

这座古怪嶙峋的寺庙，就像一只纹丝不动等待猎物靠近的鳄龟，致死的危险都潜藏在丑陋的埋伏里，周边似乎飘荡着苍凉的妖气。

可这样让人胆怯的妖气，又紧紧拽住你的衣领，你会朝它走近。

“我想进去看看。”我故弄玄虚地说，“听说里面，有一个神灵。”

“好，我在这里等你。”

“一起进去！”

他咽了咽口水，紧闭着嘴点了点头。

我朝古寺走近，走到寺门前，已经可以闻到木门散发出古老和腐朽的潮气，让心越加寒战。

我瞟了眼岳达：“你推。”

我猜他准备说“为什么我推？！”不过他把话咽下去了，装作很勇敢地推开了大门。

嘎——吱——

虽然只是门发出的声音，但我已经退到很远的地方了。岳达也想退，但他是死要面子的人，就算从门里飞出一只鬼，他也会死撑着说“你好”，然后握手，然后晕倒。可哪怕晕倒他也会保持面部微笑。

“里面有什么？”

“树。”他转过头，“一棵树啊。”说完走了进去。

我跟上去，也走进昏暗里。

咔吱——迈进去的第一步，脚底就发出这样的声音。满院都是没人打扫、年复一年堆积起来的枯叶，踩上去就会发出碎裂的声音，像是一场场微小的毁灭。而且有的地方落叶太厚，踏进去就像是在下陷。

咔吱——咔吱——就这样走着。我看见院子中央屹立着那棵巨大的古树，弯曲的树干老态龙钟、扭曲向上，大风吹过，一树的叶片哗啦啦直响，接着无数叶片坠落。

噼里啪啦地坠落，这样大的量，像是要把树下的人活活埋葬。

“还没到落叶的时候啊！”

“这个树真是老糊涂啦！”

我们跑出古寺，边笑边拍着落在头上、肩上、衣领里的落叶。

轰——

就在这时，我突然听见这样一种声音。

轰——轰——

声音时轻时重。“你听见没？”我抓住岳达的胳膊。这声音让我不安，尤其是在这空洞的山顶，我不知道声音是从何而来。

他也仔细地听着。

“轰轰的声音，你听见没？”

他把手捂在耳朵后，听了会儿，说：“风的声音？”

“不是，你没听见吗？轰，轰，这样的声音。”我环顾阴冷的四周，“好像是水声。”

这恐怖的声音在我的耳朵里膨胀，越来越大，越来越剧烈，我的心越加惶恐不安，像是它会突然从某个方向咆哮而来，将我淹没。

轰——轰——轰——

“我知道了。”岳达走到山顶的边缘，指着后山下，“就是那里。”

我走过去，望向山下，竟然是一条江，也才发现，这里没有围墙，是整个三灵寺唯一没有围墙的地方，因为已经有这条江是天然的屏障。

后来我才知道，这条江，就是灵江。

灵江

“妈妈，我知道灵江在哪里了！”

我妈系着围裙，从厨房里走出来：“你去后山了？”

“没有，我们去爬山了……”

我妈正准备发火，这时岳达也跟着走过来，很温顺地叫了声“阿姨”。

“妈，其实最要感谢的人就是岳达。”我望向岳达，赶紧说，“没有他，我现在肯定有自闭症。”

我妈的怒火被我们一浇一浇就浇灭了。她愣愣地看着我，又看了看同样愣了的岳达，没有任何言语可以表达，只能很理解地点了点头，然后又转身回厨房做饭。

“看吧，她只会越来越喜欢你。”

岳达没有说什么，他不好意思说什么，但也无法隐藏心中的扬扬得意。因此，吃饭的时候，他尽一切所能对我妈大献殷勤，又表现得非常自然。

他挺直背，端端正正地坐着，微微低下头，筷子夹一点饭，优雅地送入口中，并且细嚼慢咽。他平时哪是这个样子，平时吃饭跟个土匪似的一条腿踏在凳子上，拿着碗，呼噜呼噜往嘴巴里扒拉，吃完了直接横躺在饭桌上睡觉都无所畏惧。

现在他变聪明了，非常庄重，好像这就是他与生俱来的高贵气质。我妈吃完，他还主动夺过我妈的碗去给她盛饭。

“这孩子能干哪。”我妈朝他笑。

他居然脸红了！盛完饭过来，他还双手捧着递给我妈。我把筷子抵在嘴边，有意无意地说了一句：“还真讨人喜欢呢。”

谁知道这个饭桌深似海，还藏着一个更讨人喜欢的——

“妈妈，我要那个！”小轩指着一盘菜，极其自然地对我妈说。

我和岳达当时都愣了！然后看着我妈充满母爱地夺过小轩的碗，给他夹了好多菜，再双手捧着放在小轩桌前。

小轩抱着碗，抓起筷子就像个小狗崽子吧唧吧唧地吃起来。

我妈还关切地问：“好吃么？”

小轩：“好七（吃）！”

这么个活宝，我妈怎么会不喜欢？就在吃完饭，岳达要回家的时候，我妈还在洗碗，小轩跑到厨房，像个小媳妇似的抱着厨房门，很难过地说：“妈妈，我要走了……”

他用的是“这一别就是永远”的表情和语气，我妈居然说：“不哭不哭，明天还来阿姨家吃饭好吧！阿姨最喜欢小轩了。”边说边给他擦眼泪。

不能给小孩擦眼泪，他会越哭越凶，尤其是特别依赖妈妈的孩子。因此小轩在被岳达强行掳走的时候，垂死挣扎，就像骨肉分离般哭天喊地不肯走。

“岳达。”我又打开门，朝正在下楼的他喊。

他牢牢抱着哭到虚脱的小轩，抬头看我。

“我送你吧。”

我妈闻声赶紧从厨房跑出来：“你别去啦！”

我转过头问她：“那你要岳达他们怎么回去。”

“那你一个人怎么回来？”她这么问。

“拿个手电给我。放心啦，我马上就回来。”

“别去了。”我妈走过来拽住我，“这么晚了就别出去了。”

“那岳达——”

我话还没说完，我妈就代我拉上了门。

“你别那么自私好不好？！岳达再怎么说也是客，送他是理所当然的！”

我妈两手在围裙上擦着，说：“外面黑灯瞎火的，你等下怎么回来？”

“我一个男孩子有什么好怕的？”

我妈突然语塞。

“我担心三灵寺的那些男孩会缠着岳达，来的时候就看见他们了，岳达还带着小轩，更……”

“你去能帮到他么？你一个人。”

“当然了，三灵寺那些孩子看见我就和看见瘟神一样，我不知道他们到底怕我什么，我有这种威力……”

我妈目光直直地盯着我。“灵江，你过来。”她拉着我往沙发上坐，“你好好跟妈妈说，三灵寺的孩子为什么不和你玩？”

“我怎么知道？问他们，他们都不说。后来我和岳达他们走得近了，他们更是不理我了，好像我就是三灵寺的叛徒。”

“他们除了说你是‘三灵’，还说过你什么？”

“我不记得了。”

妈妈沉思了一刻，说：“你要问清楚他们。”

“我问过很多次了，他们不理我！有一次我和一个小孩离得很近，我问他，他说他妈妈不让他和我玩啊。人家都这么说了，那我还有什么话好说？”

“真的？”我妈抬头茫然地看了我一眼。

就是我妈这样一个眼神，我突然意识到，或许我并没有可怕之处，三灵寺的孩子们也没有错，而是那些大人的教唆。“妈，会不会真是他们的爸妈不让他们和我玩？”

我妈愣了一下。

“可他们的爸妈为什么要这样？”

她站起来，手越加不自在地擦着围裙，往厨房里去。

这一天，我第一次闻到地底那团混沌迷雾的气味，像是冰冻深海的水腥。它们终于按捺不住，开始向地面渗透。

吱——吱——

从此，我的人间渐渐沾染凄凉的阴冷。挥散不去的湿气，开始钻进我的身体。

你是我体内仅剩的余温

我读的初中——镇西中学，是个名存实亡的军校，这么说是因为，它以前确实是所军校，但后来渐渐演变成轻微军事化的学校，到了我这一批新生，除了每学期开学和中途一段时间要军训、校服是军绿色军装外，就没有什么和“军”沾边的地方了。

因此我特别羡慕岳达。

岳达自从在雨坛本地的小学毕业后，走了些关系，分到了镇北中学。没有军训，校服也不是军装。

有钱就是好，虽然岳达的爸妈只顾着赚钱，但到了这种时候，它的好处就显露出来了。比如他上小学时，班主任的丈夫是他爸生意上的熟人，所以他不停地逃学依然不停地逃出三好学生。

这个班主任还要他当班干部，他不当，班主任为了人情逼迫他当了个组长。所以每次我想到这件事情，脑海中总会出现他的班主任掐着他的脖子，手持一杯浓硫酸在他耳边无比温柔地说“你他妈给我当！”这样的画面。

做学生能做到这个份上。他说当组长唯一的好处就是每天收组员的作业，自己可以抄。我只是觉得这个班主任真是用心良苦。不过岳达家的势力确实很巩固，就算是他的班主任掐着他的脖子说“你他妈给我当班主任！”我也不会太惊讶。

其实，我也有过这样的待遇。

我爷爷以前是三灵寺子弟小学的书记，我入学的第一天就是他领我去的，当时，班主任看见我都要弯腰弓背。

不过就在我入学的第二天，他退休了。我眼睁睁地看着讲台上的班主任“咻”的一声挺直了腰杆做人。

我穿着军装，用能把肠子挤出来的力度系好皮带，这个是我们面前这个阴阳怪气的教官教的。他就像个变态杀人狂脸上不沾任何表情，背着手，沉默地在我们面前不停地来回走。

站在第一排最左边的女生，不知想起了什么乐事，突然一个人自顾自笑了起来。教官用他警犬般敏锐的小眼睛望向她，她强忍住，浑身抖动。教官走过去，将他那张油黑发亮的脸与那位女生面对面地贴着，他们脸之间的距离不足一厘米，鼻尖差不多是挨在一起的。

“太变态了！”

学生中冒出这样的细语。教官与女生大眼对小眼纹丝不动，那个女生本来欢乐的心情迅速充满了忧虑，默默地流下了两排眼泪。

教官回到我们面前：“叫你们不要笑，你们要笑，叫你们不要笑！”

除了不许笑，还不许东张西望，眼睛瞟一下都不行，第一排最右边的女生最喜欢东看西看，因为站在这里非常无聊，总是不由自主地望向热闹的远方。

当她发现教官朝她走近时，她迅速站好了。教官又将脸贴上去，纹丝不动。

这个女生坚持得很好，和磐石一般不为所动。

教官突然望向天空："看，飞机！"

女孩出于本能顺着他的手看上去——

"叫你们不要看，你们要看！叫你们不要看……"

就在这样的环境下，我就像匹马快要站着睡着了，而且我们学校的军训总是要好长时间，等邻校的镇北中学都放学了，我们还在训。

这时，就总可以在树荫下的土墙上发现岳达的身影，他拎着书包爬上土墙，就开始欣赏我们站军姿，有时从方队里认出我，便故意摆弄出埃及艳后慵懒的卧姿，用手轻轻扇风表示他有多凉快。

从他一个人来参观到组了个团来围观，和他们班的男生一起爬上土墙，用一种幸灾乐祸的闲逸刺激我们这群暴晒下的农作物。

有一天，他还带着小轩爬上土墙。

"你的灵江哥哥在那里。"岳达指着一个方队，"能找出来吗？"

"灵江哥哥在动！"

"嗯？"岳达望过去，看见我正摇晃不稳，像是中暑了。

"灵江哥哥倒下了！"小轩欢快地拍着手。

其实此时的我，只是装晕。这是为了逃避军训必要的手段。

但是不幸的是，我怎么也没有想到在这个队伍里竟然有六个同道中人。而且我们七个几乎是在同一时间倒下的。

于是就有了这个非常奇妙的场景。同一时间，一个整齐的方队里瞬间少了七颗人头。教官都惊呆了！

我安静地倒在地上也感觉到了周边异常的情况，我微睁开一只眼，刚好看到对面横躺着一个女生。这个女生装得比我更逼真，双腿极其扭曲摆了一个尿失禁的造型。这时，她也觉察到了什么，睁开了一只眼，看见对面倒下的我。

我们彼此心照不宣地点点头。然后我继续安详的睡姿，她继续尿失禁。

当我被抬走的时候，依稀听见教官还在冲方队喊："叫你们不要晕，你们要晕！叫你们不要晕……"

一进医务室，所有奄奄一息的同学都起死回生了！我们彼此交流心得体会，然后各自回教室拿起书包回家！

远远就看见岳达牵着小轩站在校门口，我边走过去边解开皮带。

"灵江哥哥！"小轩跑过来抱住我的腿。

"你没事吧？"岳达将我从头打量到脚，然后仔细观察我的脸色。

"没事啊。"

"那你刚刚晕倒！"

"那个你也信啊？没看到一下倒了七个，哪有这么巧的。"

"你们这个班……"

经过一天的风吹日晒，我脱了军装，里面穿的白色 T 恤潮乎乎的，浅色很显皱，加上头上的汗干了，头发乱糟糟的，我觉得自己就像一棵刚被糟蹋过的小麦苗。我把书包挂在岳达脖子上，把军帽套在小轩头上，自己拿着皮带抽着他们往前走。

军帽太大，歪歪扭扭地在小轩头上转圈，小小的身体这么大一个军帽，就像个吊儿郎当的军阀。

“像你。”我不禁摇着头对岳达说，“太像了！”

“你们军训也搞好晚哦。”

“嗯，不知道搞这个有什么用，除了把我们晒晕。”

小轩拉住我的手：“妈妈做饭了吗？”

“小轩！”岳达在一边嘟囔。

“想我妈妈了？”我对岳达说，“去我家吃吧。”

“不去了……”

“没事啊。”我又抬起小轩的手，“小轩饿了吗？”

小轩噘着嘴点点头。

“想不想吃？”

“想七！”

在路边摊上，给小轩买了一个饼，岳达出的钱。我问摊子老板这是什么饼。摊子老板说是正宗芝麻烧饼。饼还在烙的时候，小轩的眼睛就直勾勾地盯着铁锅里的那块圆物，两只小手不停地拍啊拍。

也就是因为这块圆饼，我下意识地想起了冬霜的那张圆脸。听说姨妈出去办个什么事情，好几天都不在家，剩下她一个人在三灵寺。

当我们站在她家楼下，刚好听见从她家传来的无比宏大的悲情曲，非常磅礴，我的心顿时格外沉重。

“声音好大啊……”

“嗯……”我对岳达说，“你们在这里等我。”

我上了楼，怕她听不到就重重地敲了门，冬霜把门打开，我看着通体浑圆的她披着个几公斤重的被子，见是我，又披着这床被子轻快地跑回卧室。

我关上门，走进卧室，看见她扑通往床上一坐，就是个活佛。

“你热不热？”

她掖紧了肩上的被子：“还好啊。”

她经常一个人在家，和岳达一样，但岳达家还有一个弟弟。她一个人在家的时候，就会把电视的声音开到很大。因为怕黑，睡觉的时候总是要把家里所有的灯都打开。

“吃饭了没？”

她摇摇头。

“去我家吃饭。”

她眼睛一亮。

“走啦，下面还有人等。”

“谁啊？”

“你不认识，岳达和他弟弟。”

“他们在你家吃饭？”

“嗯，你也一起来啊。”

“我不去了啦……”

“那你晚上吃什么？”

她不说话。我又继续催她。她终于扭了扭筒状的身子：“好了啦，等他们完了啦——”

我看向电视，那对男女主角正亲吻得兴高采烈，好像还有准备干些别的什么事情的架势。我走到她家的小客厅朝窗户下看，岳达把手插在裤子口袋里看着蹲在地上玩沙子的小轩。我对冬霜说："估计还要演半个小时吧？"

"不用，二十多分钟。"

"你快看了！"

"知道啦！"

在等她的这个空当，我用她家的电话给自己家打了个电话，要我妈多煮些饭，我妈知道我又要带人回家了。就在挂电话的时候，冬霜的卧室传来一阵气吞山河的大合奏，我觉得整栋楼都快垮了。最高的那个音过后，房间内迅速安静。

片子剧终。冬霜还在房间不急不慢地卸下肩上的那床被子，我已经往楼下走。

谁来告诉我，幸福在哪里

"好了。"我对岳达说。

岳达把跑远了的小轩叫回来，小轩拿着那块没吃完的芝麻烧饼跑回来，结果摔了一跤趴在地上，小轩睁着大大的眼睛呆呆地盯着这块饼骨碌骨碌滚到前方，突然哇地大哭起来。

岳达说不要了，小轩趴在地上哭着说"要"。

我走过去捡起饼："回家洗一洗好吧……"

小轩非常认真地重重点了点头："嗯！"

岳达把小轩抱起来，正准备走的时候，我叫住他。

"等她下来。"

"谁？"

“我表姐。”

我这个姐姐非常喜欢看电视，而且总是将音量开得轰轰烈烈，整个三灵寺上空都回荡着震耳欲聋的乐声，全体三灵寺人大概都忧心忡忡。

有时传出来的，是她的咆哮——其实是哼唱，这个更危险，她非常喜欢唱歌，但任何一首英文歌，她都能唱出“UFO”这个单词来。或者说，只要唱到她不认识的那个单词，她在顿了一秒后，会迅速用“UFO”这个单词来填充。确切地说，她的词汇量致使她只能用“UFO”来填充。

而最要命的是，她家邻居的女儿——那个假男孩，天天看枪战片，所以站在她们的这栋楼下，不是爱得死去活来，就是杀得你死我活，左边悲情的音乐刚停，右边就是一颗炮弹爆炸的轰鸣。而且她们都将音量调到一个像是在作对的顶点，这边的歌声刚响起，那边就是机枪扫射。

我觉得她们这栋楼的人都快被她们俩给搞疯了。

等冬霜披头散发，脚踏一双凉拖鞋轰隆隆地下来，我们一行人向我家迈进。走在半路的时候，我突然觉得身边的这些人就像灾难。不知道我妈会如何面对。

不过好在我妈为人处世还是通情达理的，至少当着他们的面不会摆出什么不好的脸色。当我们热热闹闹地进家后，我拿着小轩的那块饼走进厨房去洗，我边洗边看着我妈手揉太阳穴，一动不动地对着液化气罐闭目养神。

我把洗干净的饼给小轩，小轩接过就要咬一口，窝在沙发上的冬霜突然说：“别给他吃了，脏。”

我觉得也是：“小轩，别吃了，拿着玩吧。”

小轩看看我，又看看饼：“嗯！”

我坐回沙发上，冬霜很小声地问我：“你还给他玩干什么？！”

“怎么了？”

“我想吃！”

那一瞬间，我什么话都不想再说。冬霜就是这样，对吃的总是有一种“鸟为食亡”的精神，我听我妈说，以前冬霜来我家吃饭，我妈总会把一根火腿肠切成两半分给我们，分的时候没管那么多，只要我的比她的长一点点，她就会苦大仇深。

岳达在客厅边走边看，走到茶几边时，拿起了放在上面的电视遥控器。这时我妈端着一盘菜走进来，他又迅速把遥控器放回去。

“灵江，去盛饭。”我妈说着又走回厨房。

我和岳达去盛饭，端着饭再出来时，发现我妈、小轩和冬霜已经正襟危坐在桌前，并且确立了饭桌的格局。

方桌四条边，小轩坐在我妈身边，他很黏我妈，这么看着，我妈就像一只母鸭子带着一只小鸭子。冬霜坐在离好菜最近的一边，此时双眼低垂，像是在小睡，非常安详。等我坐下，才发现她是睁着眼的，十分入神地凝视着那盘菜里的肉。

岳达坐在我对面。我拿起筷子，可以开吃了，再无意看见冬霜，她差不多已经吃掉了半碗饭。

“小轩，吃饭了。”我妈对双手抓着饼的小轩说。

小轩一只手抓起筷子，一只手还握着芝麻烧饼。

“那是什么呀？”我妈问他。

“‘鸡巴’烧饼！”

吃饭这件事，绝对和上厕所一样，会是人一生中最快乐的十件事之一。而且是要有你们的饭桌。

当时岳达一直强忍住他那颗豪放的心，很讲究礼仪地小口吃饭。小轩总是有能唬住我妈的神力，左一个“妈妈”右一个“妈妈”，甜甜地叫着直到我妈亲手给他喂饭。至于冬霜，有一次我无意间抬头，看见她正以一种原始人的态势仰头狂吞碗里的饭，一不小心，一坨拳头般大的饭直接坠落在她的胸口，她缩起浑圆的下巴，很艰难地低头瞟了瞟胸口的米饭，然后极其肃穆地用手抓起放进口中。

之后的很长一段时间，我每天都带岳达、小轩和冬霜回家吃饭。那时的我心里就清楚，他们没有地方吃饭，没有人给他们做饭。饭店里的饭，不管再好吃，总是少了点什么，少了最重要的那点配料，这个配料不是糖，不是盐，而是感情。

吃没有感情的饭菜，也不会带感情。然后渐渐淡忘感情。

虽然我妈有天用一种似笑非笑、充满怨恨的口气对我说：“我觉得，你以后极有可能会在家边上建一个福利社区。”

其实对于我来说，他们让我远离孤独，而且看见他们吃饱，我会得到一种相同的共鸣，这种共鸣非常奇妙，是一种“他们快乐，我才能快乐”的依赖感，我在这种依赖感中可以找到幸福。

他们也喜欢到我家吃饭，也有这种依赖，至少我这样觉得。

但当时的他们，心里真的幸福吗？

岳达和小轩总是在我妈洗完碗后就回家，我总希望他们可以待久点，但我妈洗完碗来到客厅看电视，岳达会很不自在，当我把岳达带到我的房间，我妈又会提醒我“认真学习”，是说给岳达听的。

我也不能送岳达，我妈不同意我乱跑。

小轩每次都赖着不走，岳达拖他，他就哭。有一次，楼上的那只“鹈鹕”在楼上冲我家发飙：“谁死了啊？天天哭天天哭，哭死啊！”

那一次，我妈很急，岳达也非常尴尬。在他终于抱起小轩匆匆出门的时候，我看见了他额头上的汗。

而冬霜，因为是姨妈的女儿，我妈对她的政策放得比较宽。冬霜吃完饭就会和我妈一起跷着二郎腿看电视，实在一个高二的女生，也跟着我妈一样，边看中年妇女的电视剧边拿着牙签剔牙。我妈有时会说“赶快回家学习去”，而她总是目不转睛地对着电视说“等他们完了啦”。

然后一等就等到十点多。还没完。

“霜霜，你妈还没回来？”

“没。”

“去了多少天了？”

“十几天了吧。去不去都一样，反正看不到人。”

“你爸不同意？”

“没，好像还有些什么东西要分清。”

“那房子分给谁？”

“我妈。”

“你判给谁？”

“还不知道。”她顿了一下，“管它那么多，反正都不要。”

经常可以听到客厅里这样的对话。

冬霜永远都是“无所谓”的口气，好像在说一件别人家的事情。

有时候，又听见她呜呜的哭声。

我就会停下正在写作业的笔。

当时的他们，心里真的幸福吗？

“幸福”这两个字的笔画，在你的名字里都找得到

我实在不能接受一个体格壮硕的人会那么怕黑，即使她是女生。而且冬霜永远都保持着一头乱发，穿着太过随意，对于一个女孩来说，有点儿邋遢。我知道这是因为没人管她，可以理解，可她自己也不爱干净，照她的话说，就是“我没有洁癖”，或者“我不拘小节”。每一次看着她披头散发地从远处扑面而来，我都会手足无措。

“小姨，送我回去吧。”她的体格比我妈都大，却经常这样对我妈说。

“叫你早点回去，现在又要怕。”我妈有点不耐烦。

冬霜站在门边嘟嘟囔囔着，非要我妈送。

有时候是雨天，又太晚了，她也不想回去，就对着电视不动声色地坐着，直到我妈问她多久回去，她也像一尊坐落在沙发上的石碑般纹丝不动。

这样的时候，她就直接住在我家。

深更半夜，睡得迷迷糊糊的我听到有人敲我的卧室门，我揉着眼睛去开，看见冬霜披着薄毛毯，用一种装神弄鬼的表情对我“嘿嘿”。

“怎么了？”

“睡不着。”她说着钻进来，关上门，然后往我床上一跃。我顿时看着我的床中央被砸出一个天坑。

我一向都非常佩服她的身轻如燕，可以如此自由地支配自己座钟一样的身体。我妈是一个很易被惊醒的人，而且我妈卧室的那张床，轻轻一摇都会发出嘎吱嘎吱的响动，而冬霜依然可以做到从床上坐起来、挪至床边、下床、再到离开床，运动过程全程悄无声息。然后还要拧开门、关上门，我妈自始至终都沉沉地睡着。

这种时候，冬霜都是来找我夜谈的。大多时候，我实在很想睡觉，只听见她一个人不停地碎碎念碎碎念，到后来，房间安静下来，我昏昏沉沉地只看见床上空留着一个坑，不知什么时候，她已经神不知鬼不觉地离开了。

一瞬间，我还以为是一场梦，可当我恍恍惚惚地支撑起身体坐起来，却看见她披着毯子，在我房间里风驰电掣地来回踱步。

“你怎么还没去睡？”

她停下脚步，扭过头看向我，一头稀乱的头发让她的脸显得那样大，脸蛋上还有两坨高原红。她面无表情地用一种柔和而又严肃的口吻说：“你睡吧。我有点儿饿。”然后又开始披着毯子来回地走，毯子太长，她的运动速度又太快，于是毯子就会在她身后上下翻飞。

那一瞬间，我觉得此时的她就像个让人摸不着头脑的妖怪。

偶尔那么几次，不知我来了什么兴致，和她一起盘腿坐在床上聊天。我也潜移默化和她一样，披着一床薄被子，我们就像两个活佛在边嗑瓜子边聊家长里短。

其实，我知道喜欢在身上披东西，是缺乏安全感的表现。

早上被我妈叫醒，闹钟对我来说是无用的，必须有个人隔几分钟催我一次，再来拉扯我，我才能醒。现在想来，真是愧对我妈了，她每天坚持很早起来，然后把我叫醒，准备好早餐，让我吃好了再去上学。

我和冬霜一起出门，她虽然成绩不怎么样，但考试的时候却总能超常发挥，因此凭借莫名其妙的高分，考到了镇上的一所高中——镇上只有两所高中，考不进的就只能去镇外读。所以我妈每次都说：“别看冬霜那么胖，那是福相，这丫头以后肯定有福。”

先陪冬霜去她家拿书，在她家楼下等她的时候，遇见她家那位假小子邻居。当时，她单肩挂着书包刚好从楼上下来，我们对视了一下，她微笑起来，叫了我一声：“木灵江。”

“鹿威。”我也很友好地回应。

其实当我看到她这样对我，我的第一反应却是感到奇怪，因为她无论穿着还是行为举止，都太像男孩子，我潜意识里将她当成三灵寺那些不与我接近的孩子，因此她对我友善，我本能地有些不适应。

我们没有多说什么，她直接去上学了。这时冬霜拽着她的书包风风火火地下来，我们往三灵寺外走去。

岳达家离三灵寺很近，所以有时走到那个路口，可以看见他站在那里等我们。不过更多时候是看不到他的，因为他爱睡懒觉，家里又没有人叫醒他，所以只能是经常迟到。

今天倒是碰见他了。

不过不速之客也凑齐了。华卓儿他们一行人骑着单车从我们身边挑衅似的疾驰而过，其中一个骑车的男孩还抓了一下冬霜的书包。

"哎呀！"冬霜吓得叫了声。

骑远了的华卓儿他们哈哈大笑。

冬霜愤愤地说："他们想死啊！会不会骑单车！"

"别理他们。"我说，"他们故意的。"

一旁的岳达没有吭声，他从来不表现出厌恶，也不在别人背后指手画脚，而是在人前就直接动拳脚。

"其实我也想买单车了。"我说，"但我觉得我妈不会同意。"

"骑单车正常啦！"冬霜说。

"主要是我爸，他不准，我妈也就不准，反正是没有什么商量的余地。"

"你就告诉小姨，去学校的路这么长，很累，雨坛这个破镇又没有公交车，当然应该买个单车，又省时，又不累，还……"

我觉得此时冬霜这么殷勤地出谋划策，是为了我买了单车可以载她去学校。

过了几天，当我和冬霜走在路上，看见身边许多骑车的学生，又准备说到买单车这件事情时，岳达直接骑了个摩托车过来。

"你没事吧？"我看着这部闪闪发亮的崭新摩托车问岳达。

他还很一本正经地回答："没事。"

冬霜看看我，又看看岳达，又看看这辆摩托车，她非常想要坐上去。

"多少钱啊？"我问。

"不贵，几千多。"

"你买的啊？"

"嗯。"

我顿时觉得自己真是小看了岳达的零花钱，真的很想在他身上赚一笔！而冬霜的双眼突然变得明亮起来，甚至出现了音符，像是看到了自己生命中注定的那个人——

“我坐中间！”

“我坐！”

接着，就开始发生这样的争执。

岳达看向冬霜，说：“你坐中间吧。”

冬霜无比激动，充满感激地往摩托上一跨，我看着摩托车猛地往地面一沉。然后她羞涩地想要搂住岳达的腰，又不好意思，来来回回自娱自乐般不停地伸手、缩手、伸手。

“我也想坐中间。”我站在一边很是委屈。

“让冬霜坐中间。”岳达头也没回。

冬霜十分高傲地看向我，眼神中只有“哼”这个字。

岳达边踩油门边极其正经地说：“不然我怕翻。”

我非常满意地坐在了后面，我非常满意。冬霜也确实是根定海神针，致使这辆车非常稳健地前行。但我低估了她的理解能力，她不是缺根筋就是只有一根筋，脑子里只有一个目的，只要能坐在中间，就不管坐在中间的原因！

因此她坐在中间，被两个俊美少年夹着，就像夹心饼干中间的那层太厚的奶油，确实很奶，也很油。她非常幸福，非常有安全感，一路欣赏沿途风景，好像我们是在兜风，而且时不时地对我说“看，那是镇政府”“看，那是邮电大楼”，好像是她和她的男朋友在带我兜风。

有时，在上坡的路段，看见华卓儿他们像犁田的牛一样狼狈地踩脚踏车，岳达就会故意减慢速度，嘟嘟嘟地缓缓从他们身边经过。

开过去了，冬霜就会放声大笑。

“你笑什么？”我问她。

“刺激刺激他们！”

而有时——我穿着军装戴着军帽，手握皮带，前面一头乱发的冬霜披着一件有“福禄寿”图案的床单，再前面是赤裸着上身，把T恤绑在头上吸汗的岳达——有时绑的是条裤子。路上的行人纷纷侧目围观，我们看向他们，他们会站定然后通电般颤抖两下。

他们都觉得这车上坐的是很怪的人。

自从有了摩托车后，我们的生活变得非常有效率。岳达放学早，因为他的学校和冬霜的高中是对门，很方便，然后再来我的学校。我每次都能看见坐在他身后的冬霜，刺溜一声露出一颗大头朝我喊：“快点啦！”有时，我放学比他们早，就走过一条小巷子，在他们学校外等他们。然后我们非常威风地围着雨坛转一圈，再去岳达家接小轩。接了小轩后又威风地围着雨坛转一圈，再回三灵寺。

一点都不耽误时间，而且到了家，我妈还没把饭做好，她会在厨房里很惊讶地问：“怎么回来得这么早？”

“小姨，你不知道！”冬霜丢下书包就往厨房跑。她已经和我妈成为知心好姐妹：“我们坐摩托车回来的！岳达买的！速度好快，又不费劲，比单车方便多了！”

我觉得她是在尝试着给我妈洗脑，让我妈也给我买辆摩托车，但这是多么不合时宜，于是我妈手上还抓着把菜刀就从厨房冲出来，问：“你们坐摩托车回来的？！”

我知道大事不好，岳达也没有说话，这时，冬霜抓着个苹果从厨房慢悠悠地走出来：“我刚不是说了么？岳达买了辆摩托！”

“冬霜！！！”我在一旁对她咬牙切齿。

“危不危险啊？！你们才多大啊就骑摩托车！”我妈非常生气，对我说，“木灵江你以后不准给我坐！”

“没有啦，就坐了这一次。”我小声地说。

“小姨啊，没你想象的那么危险啦。”冬霜啃了口苹果，“岳达很会开，前天上学的时候那么快的速度，依然很稳！”

一旁的我都快咽气了。

“上学也是坐摩托车去的？！”我妈瞪大了眼睛问我。

“天天都是这样好吧，从来都没发生过什么事，你就放心吧！”冬霜依旧平和。

我咽下了最后一口气。然后我妈拉住岳达往厨房走，还回头瞪了我一眼，好像在说“你给我等着”。接着我听见我妈对岳达说：“下次别带木灵江了，好不好？太危险了，我不放心，你看，你年纪那么小，一个车带几个人，太不安全……”

冬霜在我身边坐下，沙发迅速下陷。我狠狠地用目光扫射她，她居然还很理直气壮地跷着二郎腿，边打量着手中的苹果核边说：“你妈啊，呵呵，就爱瞎操心！”

我知道她不是故意的，她就是缺根筋的人，或者只有一根筋。我可以原谅她——

这时，站在一边的小轩对着冬霜发呆，非常想走近她。

冬霜斜着眼看向小轩，说：“干什么？”

“姐姐，那是什么呀？”小轩睁着大眼睛，呆呆地盯着冬霜手中的苹果核。

我知道小轩又犯馋了。结果冬霜一口吞下苹果核，两手一摊：“什么都没有！”

她是故意的，我知道，在吃的方面。但当时的冬霜，那样的进食方式和速度，让我觉得就像一条直径三米的浑圆蟒蛇。

因此，小轩一直都觉得这是一个很怪的人，很怕与她接近。比如当岳达给小轩买了一个甜筒，小轩坐在沙发上舔甜筒，两条小腿悬在空中很开心地荡漾着。这个时候，冬霜就像鬼片里的幽灵悄无声息地笔直坠落在小轩身边，小轩回过头，看见身边冒出这坨无法言喻的姐姐，就会吓得愣住。

冬霜看看小轩，再看向甜筒，小轩就会把甜筒握紧。这时，冬霜就会指着空气中的莫名物质非常激动地发出一连串银铃般的笑声。小轩本能地看过去，再看回来时，甜筒已经没有了。

我非常佩服她下手的快狠准，以至于小轩依然保持着手握甜筒的姿势，两秒后才发现甜筒不见了，再抬起头，看见冬霜那张大脸，就像被别人打了八十几拳般肿胀，而冬霜也死撑着一脸平静地注视小轩，好像什么都没有发生过。

我最佩服的就是这个，她可以在小轩看过去又看回来的这个间隙，把一个完整的甜筒塞进嘴里。

虽然当我妈听到小轩的哭声，来到客厅，就看见呕吐的冬霜。

“霜霜！没事吧？！”

“没……吃得有点急……”

后来，她练就得驾轻就熟。只要岳达给小轩买了吃的，只要客厅里剩下她和小轩，不出两分钟，绝对可以听见小轩的哭声。而且到了后来，小轩已经不会哭了，习惯了，已经麻木了。

六一的时候，岳达给小轩买了一个大蛋糕，因为太大，就把它放在桌子上，小轩开心地拿着塑料刀叉坐在桌边，然后我和岳达到我房间里玩。

大概过了五分钟，我们再出来，发现桌上的大蛋糕已经吃完，小轩手持刀叉，呆呆地坐在原地，依然是我们离开时的那个姿势。

“小轩，你吃得太快了吧？”岳达不敢相信自己的眼睛，凑近仔细看。

小轩面无表情，纹丝不动。

这一瞬间，我意识到什么，猛地看向沙发上的冬霜，此时，她也面无表情、纹丝不动地坐着，但我发现她下巴上还挂着一坨奶油。

我蹲下来，抚摸着小轩的头，安慰了他几句再看向冬霜，那坨奶油已经不见了。可能是她也意识到了下巴上的残留物，在我安慰小轩的空当，迅速地刮掉。

再吃掉。

但这并不能掩饰什么，因为她在打了个无比嘹亮的嗝后，把蛋糕全吐了出来。

这次，她吃得有点多。

我相信我会越来越幸福，虽然注定不幸

也就是在这一段时间，冬霜越来越胖。

我越来越担心岳达那辆摩托车的使用寿命。

而岳达却一点都不在乎。他的零花钱似乎越来越多，看来他父母的生意是越来越好。

我们站在岳达家开的珠宝店外等他。以前叫珠宝店，现在应该叫珠宝行。店铺很大，一道长长的门面，确实是一行。我们看着岳达走进去，每个柜台的营业员都向他点头示好。

“真风光啊！”我说。

“要风光就自己当老板！”冬霜说，“我就准备以后开店。”

“卖吃的对吧。”

“屁啊！服装店！”

当时我觉得她开服装店是为了满足她自己，因为她去买女装，只能买特大号的，而且还不好意思对营业员开口，开口了，营业员往往会很惊讶地大声说“是定做的那种么？”或者“没有特大的，你先试试大号的吧。”然后补充一句“这是这个牌子最大的号”。

等岳达出来，手里拿着一样东西。

“那是什么？”

他抬起手，是一块翠绿色的石头。

“翡翠！”冬霜高叫一声，“我妈有个这样的镯子！”

我顿时觉得她可能对玉石很有研究。

“一看就知道是上等的翡翠。”冬霜从岳达手中抢过来，翻来覆去地看，“你看这绿色，特别鲜艳，质地也不错，肯定很贵！”

“你把这个拿出来干什么？”我问岳达。

“哦，我爸说这块玉不好，玉质很差，不值钱，就让我拿回去玩了。”

我点点头。我已经能做到完全自动忽略掉冬霜。

“你要不？”岳达问我。

我接过来，握在手上很凉。再看看一言不发的冬霜，决定给她：“给你吧，看你那么喜欢。”

“我才不要。”她板着脸，走得飞快，“又不值钱。”

我看了看这块玉，上面绿色的纹路就像旋转的水流，让我一下子想起三灵寺的那条江。

“你说，这个值多少钱呢？”我用手掂量着这块玉，问岳达。

“值不了多少钱，拿到市场上去卖，也就五千多。”

他如此无所谓地回答。我看着走在前面的冬霜突然停下了脚步，僵在原地，保持着一个极为扭曲的站姿。

然后痉挛地全身抖动了一下，像条在风中舞动的海带。

不过这块玉最后还是她的，我给她了。

而且，在岳达家，她也捞到了更多的好玩意。比如大大小小的黄玉、石榴石和玉佩，还有一颗蓝宝石。

这些各种各样的宝石都被岳达放在一个柜子的抽屉里，他一拉抽屉，就已经可以听见辉煌的碰撞声，我和冬霜的体温都迅速上升，当他拉开抽屉，珠宝的光芒照亮了我们那颗贫穷的心。不过岳达说，这里面没有价值上万的，都是珠宝行不要了的。

“不要了，就给你玩啊？”

“我才不玩，小轩玩。”

我的脑海顿时浮现出小轩和其他小孩玩弹珠的画面，别的小孩都是用玻璃珠，小轩弹过去一颗珍珠……

冬霜如饿虎捕食般在抽屉里翻着，整个上半身差不多全塞了进去，然后看着她挑出来一颗闪烁着海蓝光芒的宝石。

“蓝宝石。”岳达慵懒地坐在床沿，“好像有 5 克拉。”

听岳达说的是专业术语，我越发感觉到我们的穷酸，而且还很不自知地去问：“5 克拉，是重还是轻啊？”

冬霜更不自知地说：“克拉克拉，差不多就是克嘛……”不过可以听出语气是很虚弱的。

“那加个‘拉’干什么？当然不一样……”我的语气也很虚弱。

不过，岳达没有那么多小心思，听不出我们的虚弱。然后在冬霜对那颗 5 克拉的蓝宝石爱不释手的情况下，岳达直接送给了她。

我当时心里几乎是流着泪在说：“你赚了——”

不过我也有赚的时候。但是岳达给我的都是金子和银子，我不是很想要这些——我那时觉得最好的应该就是蓝宝石、红宝石、钻石这类的，但他给我的，偏偏都是金银铜铁。他说他搞不懂为什么现在的人都喜欢宝石，他说他就喜欢黄金。

我觉得这是他思想很雨坛的原因。我们这个镇比较封闭，而且在古代，黄金就是最好的矿藏，这个认知一直流传下来，所以大多雨坛人还是本能地觉得黄金最尊贵。

他送给我的金银，都是他父母送给他的，所以我也不好意思接受，因此就接过一样，一片长方形的金牌，上面刻有我的生肖，岳达觉得这个很有意义，就给我了。

我当时也利欲熏心，就收下了。

而且在收下的同时，我内心里非常挣扎地在考虑，那句深埋在心里已久的话，到底该不该对他说——“不如，把你和小轩的伙食费一起交了吧——”

就因为这颗蓝宝石，冬霜对岳达的感情上升到了一个很危险的高度。

那天半夜，她敲响我卧室的门，我打开门，看见她披了一条枕巾，然后“嘻嘻嘻”地钻进我的房间。

“你以为那是披肩吗？”我关上门，看着那条枕巾说。

“没，那个毯子被你妈压着，我没敢抽出来……”

“不披行吗？”我问。她就像《冰河世纪2》里那头想用一片树叶遮住全身的母猛犸象。“你这个样子让我觉得很怪。”

“好了啦！”她越加披紧那条枕巾，“告诉你一件事，我刚做梦了，你猜我梦见谁了？”

“哪个帅哥是吧。”

“嗯，差不多。”她凑近我，双眼里闪烁着意味深长的寒光，然后说，“我梦到岳达……”

我愣了一下。

“其实也没有梦什么啦，就是梦到他这个人而已……”她赶紧解释，脸上两坨高原红就像两盏红灯。

“你还想梦什么？”我往床上一坐，突然很好奇，“嘿嘿，你暗恋他，是不是？你想老牛吃嫩草啊？”

“屁啊。”她娇羞又典雅地扯了扯肩上的枕巾，说，“一个‘围墙外面的’，我以前就发誓以后绝对不找雨坛本地的，我要找个大城市的。”她把“大”字念得格外重。

“说实话了，你是不是对他有好感？”

她充满深邃地望向窗户，然后说：“嗯，有一点吧。但不是很多……”

“岳达家那么有钱，你以后跟他不知道有多好的日子过。”

“别说这个啦，钱这些都不算什么！”她使用的语气，好像她已经就是他的人。

“哼哼，那你喜欢他什么啊？”

“他有点像韩国人，你发现没？”她说，“我蛮喜欢的。”

我觉得岳达一点都不像韩国人，长相上就不像，他虽然是一个表面上冷冷的，又爱装酷的男孩子，但很明显就是个雨坛人。而此时的冬霜，我知道，只要是她喜欢的人，她都说是韩国人。因为她那天在饭桌上夸我妈像宋慧乔，我妈乐得差点在餐桌上劈个叉，当时我埋头吃饭，真的不愿再多看一眼这个“宋慧乔”。

“我觉得不像啊。”

“像！有点儿那种气质！”冬霜突然看向我，我已经感觉到不祥，然后她说，“其实，你最像韩国人。啧啧啧……”

那一刻，我真的很想把她踢出国门。

接下来的几天，她都表现出疯狂迷恋岳达的架势。她更是频繁地在半夜敲响我的卧室门，在我这打听岳达的性格、以前发生过的故事。而且天天都梦见岳达，甚至有一次，她抱紧我妈的大腿娇柔地喊着“岳达，慢点，岳达，你慢点……”我妈吓得立马从床上翻下来，飞快地跺着脚像是在躲蟑螂，一路疯跑到客厅。

第二天，我妈充满焦虑地问她：“你是不是看了什么小孩不该看的东西？”

“没有啊。”

“你昨天做梦了吧？”

冬霜想了想：“嗯啊，是的啊，怎么啦？”

“你还记得梦见什么了么？”

“我梦见岳……”她做贼心虚，然后可能琢磨了下，发现这并没有什么，就说，“我梦见岳达骑摩托车带我们去学校啊，他骑得好快，吓死我了，我还记得一路上我就在催他慢点开慢点开，他也不听。”

"是么……"

"怎么啦？你以为是什么？"

"霜霜，你以后能不抱小姨的大腿么？那么紧，还抱着不停地抖，而且还时不时捏我一下、抓我一下，我怕……"

听完她们的对话，我知道这很危险了。

果然，这个危险上升到人身伤害的地步。当岳达骑着摩托，准时出现在那个路口，冬霜看见了，大叫了一声："岳达！我在这儿！"

她说"我在这儿"，不是"我们在这儿"，很明显，她的眼里只有他们俩。

岳达朝我们开过来，这个时候，我们在原地等他就好了，可冬霜却急不可耐地奔去，像是多等一秒都是煎熬。但她这一跑，表情极度肃穆，气势却很狂野，以至于岳达被她这反常的举动吓住，停在了半路。

冬霜依然义无反顾地向他冲去，无牵无挂，然后她迈出一条腿，和跨栏一样，准备一跃就跃到岳达的摩托车上。

但她不能低估了自己的体重，因此她又向前助跑一阵，再非常灵动地向空中伸出一条腿，憋足全身力气，用另一条腿猛地一蹬——

然后她就飞了过去。

但她低估了自己的力气，她用的劲太大，以至于她跳火圈似的直接飞过摩托车，飞进一堆泥巴里。

"你可真是艺高人胆大！"我焦急地跑过去。

冬霜从泥巴堆里爬起来，我扶住她，她还在嘀咕着："差一点点……岳达怎么不接住我嘛，真是的……"

"谁敢接住你？啊？你跟一坨鱼雷一样！谁敢接啊？！"

她边擦身上的泥巴边朝岳达走过去，然后跨上摩托，浑身都是一块一块的湿泥，岳达很嫌弃地往前挪了挪，我也不想再坐上去，但没办法，要去上课，只能又是夹着她，导致我和岳达身上也沾上泥巴。而且又不能让她坐在最后，我们只会连人带车又翻进泥巴里。

再小的火点都能灼穿我的灵魂

到了星期五，和往常一样，放学了，就坐着岳达的摩托车回三灵寺。我虽然没听我妈的话，但岳达开车的速度却缓和下来，虽然当他一个人骑摩托，依然是高速，甚至经常与汽车飙车，但当带了我们，他就会很有责任感地将速度放慢。

不过我觉得，车上有冬霜，他想开快都很难。

就在我们开进三灵寺里，我远远就看见几个男孩坐在灯光球场上，狗腿般看着华卓儿打球，华卓儿进了球，或者摆出一个自以为炫酷的跳跃姿势，他们就会鼓掌。

“他们放学也挺早的哦。”冬霜很不喜欢他们，但又怕他们，小声对我说。

“他们那个垃圾学校。”我说。以前在三灵寺读小学时，我还和华卓儿同过班，后来我分到镇西中学，他成绩太差，不知分到哪个学校去了，总之不是好学校。

岳达又故意放慢速度，嘟嘟嘟地朝他们开近。

听到摩托车的声音，坐着的男孩们回过头，看见我们就开始嘀咕：“看那个木灵江，天天把‘围墙外面的’带进来……”

“我越来越看不惯他，还有那个‘围墙外面的’——”

“看他姐姐肥的，胎都没气了——”

“哈哈——”

“他们家的人都怪——”

我觉得岳达和冬霜都没听见他们的窃窃私语，但我能听见，我已经在非常漫长的孤独中，养成了过度的敏感，我可以听见任何声音，只要是和我有关的，只要是从三灵寺的男孩口中说出来的，无论再小的声音，我都能听得一清二楚，甚至只用看见他们张开嘴，我就能知道他们即将要说出口的话。

我们从他们身边开过，华卓儿停下打球，看着我们，眼睛中充满厌恶和仇恨。岳达也和他对视，用一种非常冰冷的目光。我知道在这样的气氛里，只需要一个小小的火点，就能将他们引爆。

不过在和岳达的眼神对峙中，华卓儿一如既往地退缩了，他知道岳达是不要命的人，他不敢惹，于是，他在瞟了一眼小轩和冬霜后，直接盯向我。

我没有回避的意思，与他对视，我在他的眼睛中找东西，我想知道他对我是一种怎样的反感。然后，我看着他的嘴微微要动，我仔细地看着——

“三灵！”他说。

这么小的声音，包括他身边的那些男孩可能都没有听见，就是一丝从嘴角滑过的音，但我是那么清晰地感知到这两个字。

“你说谁？”我朝华卓儿喊。

岳达赶忙停下摩托车，不知后座的我发生了什么。冬霜也疑惑地望向我。

我从摩托车上下来，走到灯光球场上，走到华卓儿面前：“你刚说谁？”

华卓儿一脸莫名其妙：“什么我说谁？”

“你刚刚说了什么？”我质问他。

华卓儿更是觉得奇怪，两手一伸，望望坐着的男孩们，再望望岳达，再看向我：“我什么都没说啊！”

“你说‘三灵’。”我直接告诉他，“你是说谁？”

他一笑，笑得那么令我厌恶：“我刚没说你啊，我刚什么都没说——”

我这么近距离看着他的眼睛，又看了看坐着的那帮男孩，他们都仰着一张既疑惑又像是在看热闹的脸孔，我还听见他们中有人发出嘲讽的笑声，我觉得他们一定以为我神经错乱了，并且自己也开始反思，是不是真的听错了，太敏感了。

为了不更自讨无趣，我失落地走回岳达身边，坐上摩托车。

但是岳达没有开车。他侧过脸问我：“他们说你什么了？”

冬霜被这时的气氛吓住，把大头移开，让出一个空隙。

见我没有说话，岳达又往后扭了扭头：“说你什么？”

我看到他的侧脸：“没什么，我听错了。”

岳达抽出摩托车的钥匙，气冲冲地准备下车。

“你干吗？”

他不说话，开始下摩托车。我知道他要去找华卓儿麻烦了，赶忙拉住他，因为隔着一个冬霜，只抓住他的衣角。

“别去了！我们走了！”

他完全听不进我的话，非要往灯光球场上去。坐在最前面的小轩揉着眼睛，已经开始呜呜地哭。

我死死抓着岳达的衣服，他挣脱不开，便开始脱衣服。

他愤怒和任性到这种程度。

“冬霜！抓住他！别让他去！”

冬霜愣愣地“哦”了一声，然后抓住岳达的衣服，像提一只兔子似的把岳达提回摩托车边，以至于岳达被这突如其来的大力提回来直接撞在摩托车上，我们差点翻车。

被冬霜抓住，岳达也动弹不得了。她就像一个女力士，我觉得若是她再稍稍用点劲，完全可以把岳达直接提上摩托车。

“先回去吃饭了，别理他们。”我说。

岳达还在愤愤地喘气。

“不然我妈又该说什么了。”

离开的时候，灯光球场上的那群男孩有人开始说：“看那个‘围墙外面的’，啧啧，他以为他是谁啊，一个‘围墙外面的’——”

在嘟嘟嘟的车声里，我依然可以听见身后传来“三灵”这两个字，它们就像被层层遮掩的幽灵，缠绕我，而我对它们还一无所知。

三灵究竟意味着什么？

什么情况下，所有人都知道的事，你却不知道

我家住的这个地方，有三栋居民楼，我家在第三栋，因此我们开到第一栋楼就下车了，这样，我妈就听不到摩托车的声音。

岳达把车停在这里，然后我们走回家。在饭桌上，大家都很沉默，我妈也不知道我们出了什么事情，只能看出小轩很难过，因为他嘛

着小嘴在擦眼泪。

我妈经常这样，非常善于在年幼无知的小轩嘴里打听一点有关我们的最新动态，但时常失败，还是因为小轩年幼无知。

“小轩，怎么啦？哭啦？哥哥欺负你啦？”我妈歪着头问他。

小轩哽咽着，点点头。

“告诉阿姨，谁欺负你啦？阿姨帮你去打他！”

“岳达！”小轩难过地说，“岳达吓我！还吓灵江哥哥。”然后他看了一眼冬霜，就是不说“吓姐姐”。

冬霜觉得自己的自尊心被一个小屁孩狠狠地践踏了，于是义正词严地对我妈补充：“小姨，岳达还吓我！”

我真的能被冬霜气死，于是给了她一个能杀死她的目光，但她是个无论怎么杀，活力都很四射的人，因此还很不甘地问我：“看我干什么？本来就是！”

这时，我妈问她：“你们又去干什么了？”

“没干什么啊。”我把筷子抵在嘴边含糊地说。为了避免冬霜再给我捅娄子，饭桌下，我的脚狠狠地踩着她的脚。

“哎呀！”冬霜疼得往饭桌上一扑，一桌的碗和盘子都在震颤。

“霜霜，怎么了？”我妈的注意力又集中在冬霜身上。

“没……”冬霜缓缓地坐正。

“又吃多了吧？！”我妈说这句话的时候居然能那么正经，“这下好，你注意点儿啊，大姑娘家的，少吃点儿！”

我妈再看回来的时候，我和岳达已经草草吃完去厨房送碗了，我妈非常好奇地看着我们走进卧室关上门，再看向餐桌，冬霜也已经不见了。

等冬霜钻进我的卧室后，我听见我妈还在质问小轩——

“小轩，你告诉阿姨，你哥哥怎么吓你啦？怎么吓你们啦？你们干什么去啦？”

可是小轩，已经忘记了这件事。

就是因为多了一个冬霜这样的佛祖，再沉默的饭桌也不会太无趣。看着她和受惊的胖老鼠一样钻进我的卧室，我真的很想跟她谈谈脑子里那根筋的事。

结果她在我即将开口时就说：“小轩有病啊？！差点就告诉你妈了！”

她的表情那么地义愤填膺，我瞬间对她脑子里的那根筋死心。

“冬霜，你有没有听说过三灵？”

“冷酸灵？”

“三灵寺的三灵！三灵寺为什么要叫三灵寺，因为传说这座坟山上有三个神灵。山上古寺里的那棵树精，还有竹叶青，你没有听说过吗？那第三个是什么？”

“是你啊！”她突然哈哈大笑。

这一刻，我愣在那里，感觉到空气中布满杂质。

“他们都说是你——”她续说。

“谁？你也知道这件事情？为什么说我是……三灵？”

“三灵寺的那帮孩子呗，我当然知道啦，二灵寺的孩子里几个不知道的咯？”她往我身边一坐，“我也问过啊，他们也是道听途说的啊，可能是你名字里有个‘灵’字吧。”

原来冬霜一直都知道，早应该问她的。“我开始也以为是名字里有个‘灵’字，但……”接下来，我意识到这有些难以启齿，尤其是当着岳达的面。

“但是什么？说啊。”冬霜说。

“但‘三灵’很明显是妖魔鬼怪。”我看了一眼岳达，他正很专心地听着，“三灵寺的孩子们从来都和我保持距离，怕和我接触，我不知道为什么，好像我就是妖魔鬼怪……”

“这个我也知道。”冬霜说，“而且他们的爸妈都不怎么喜欢你。”

“这个你也知道？！”

“知道啊，我也是听别人说的。”

“可为什么，他们的爸妈都不喜欢我？”

“这个我就不知道了……”

我困惑地坐在床沿，岳达靠着墙，双手背在身后看着我。我听见客厅里传来收碗的声音。冬霜突然拍着我的肩说：“别不开心啦，他们的爸妈是妒忌你，又可爱，又听话，是吧！”然后不停地揉着我的脸，“笑笑嘛！”

我知道这是在安慰我，但我就是笑不出来：“我真的很想把这个事情弄清楚，都那么多年了，一直都蒙在鼓里，我真的很想知道！”

“找个人问问呗，这还不简单。”她站起来。

“三灵寺里可以找谁？没一个敢和我接触的——”

“那我帮你去问好了！”

“你认识的都是女孩子，她们怎么知道？”也就是在这时，我才突然意识到三灵寺里疏远我的都是以华卓儿为首的那帮男孩。

“问问那个谁嘛，她只和男孩子玩，我和她关系还蛮好的。”

听她这么一说，我才猛然想到这个人。

谁动了我的胎气

趁我妈在厨房洗碗，我们三个准备偷偷开溜出去。拧开卧室门，看见客厅里只有小轩，此时正悬着两条小腿坐在沙发上荡着，边看卡通片边快乐地吸果冻。

我打开大门，这时小轩看向我们，喊：“哥哥！”

我赶快“嘘”，叫他别出声，可是小轩看见我这个样子却咯咯笑出来，冬霜也迅速“嘘”，可是用力过猛，脸部肌肉扭曲得就像朵大丽菊，非常狰狞，小轩被吓住。

就在小轩颤抖着小嘴要哭的时候，我怕惊动我妈，又怕楼上那只“鹈鹕”会发飙，所以赶忙跑过去安慰他，并挥手要岳达和冬霜先出去。可就在小轩黏人地说“哥哥，抱抱小轩”的时候，冬霜非常义气地一把拉开我，迅猛地抱住小轩，并挥动着她粗壮的臂膀要我先走。

“你也快点！”说着，我就跑出了门。

当我们在楼下听见小轩极其痛苦的哭声时，冬霜手持小轩的那颗果冻，飞也般地冲下楼来。

我妈拉开铝合金窗，朝我怒吼：“木灵江！你给我回来！”

“明天星期六，我也要放松放松啊……”

“晚上了不要给我乱跑！你给我回来！”

我装作没听见，急速地走。岳达也装作没听见，低着头和我保持同样的速度。冬霜走得比我们都要快，此时天已经黑了，朦朦胧胧中，我看着前面的她就像一坨欢快滚动的煤球。

就在将要走到停摩托车的地方，看见两个男孩匆匆跑远的背影。

我和岳达都知道不好，赶忙跑过去，冬霜却放慢了脚步，指着远处移动着的两个影子，很害怕地说："刚那是什么？黑黑的，那是什么？"

那是两个三灵寺的男孩。我到现在都坚信其中一个肯定是华卓儿。他们把摩托车轮胎的气给放了，并且报复式地把摩托车踢倒在地上，并用石头砸。

当我告诉冬霜，我们的气被人放了时，她大叫了一声："我的胎气！"然后非常心疼地跑过来，边跑边神经质地大喊，"谁动了我的胎气？！是谁？！"

在我极其不愿再理她的时候，我听见她对岳达轻声细语地安慰着，说："不要难过了，胎气没了，可以再充。"然后，她的眼神中充满对三灵寺那帮男孩的怨气，望着远方说，"就算胎都没了，不要紧，我们可以再有……"

冬霜，你前世一定是如来佛祖身边的某只神物——或者脚下踩着的那只怪物！

因此，我越加急不可耐地想要知道，他们，三灵寺的那帮男孩，为什么会这么恨憎我。

我们走到冬霜家楼下，这时从楼上传来一声核武器爆炸的轰鸣。

"什么声音？"岳达捂着耳朵问。

"核武器。"冬霜说，"她在家，你们跟我一起上去吧。"

"我们也上去？不好吧。"

"有什么不好的？"

"她爸妈在家不？"我开始习惯性地这么问。

“不在，一起去吧。”

我开始以为她们关系不好，虽然是邻居，冬霜看偶像剧，鹿威看枪战片，电视的音量都开得那么大，真的很像在对着干。但不是这样，鹿威性格很好，就是一个男孩子性格，冬霜也没心没肺，两个人实际上是相处得很愉快的。

并且，也只有都开大音量，彼此轰鸣着，才感觉不到寂寞。

当我们来到她家，门边是无数个空酒瓶，满屋子都是酒气，听冬霜说，鹿威的父亲酗酒后，经常打鹿威。冬霜在隔壁听见那么残暴的声响，就会胆小得把电视声音开到最大。

鹿威家的客厅中央是一张麻将桌，一桌凌乱的麻将东倒西歪，她妈妈下午刚在家玩过，晚上又去别人家续摊了。

我看到墙壁上到处都挂着刀、剑，电视柜上还放着一把匕首，再加上房间里各个角落都是机枪扫射的声音，顿时让我忧心忡忡。

但在这灰暗的空间里，唯一闪耀的，就是鹿威。

她穿着干干净净的白色衬衣，衣服上一个褶皱都没有，一头男孩般的碎发非常迷人，英气的笑容让人如沐春风，清秀英俊的面孔真的能以假乱真，让人以为她就是一个近于完美的男孩。

除了她胳膊上的瘀青。

以至于后来，冬霜和我说，如果鹿威是个真正的男孩子，她宁愿犯重婚罪，先和岳达结婚，稳住他的家财，再嫁给鹿威，就算受到道德和舆论的谴责，以及两个男人对她的百般折磨与摧残，她也无所畏惧。

反正她当时这么对我说，我是很畏惧。

鹿威关小电视声音，来到客厅。

在她家的客厅里，我们四个人刚好坐在麻将桌的四边。岳达规规矩矩地坐着，很有礼貌也很谦逊，我知道他一直以来都想要改变三灵寺人对“围墙外面的”看法，也是为了自己的自尊心与颜面。而冬霜，像只慵懒的树袋熊趴在桌边，一只手还在玩一粒麻将子，我觉得气氛再这么安静的话，她绝对就睡着了，因为我太了解她，除了吃，就是睡。

“木灵江，能把你的校服借我几天吗？”

“你要干什么？”

“穿几天玩玩，我早就想借了，三灵寺就你一个是镇西中学的哦。”

“你要干什么吗？”

“就是想玩玩。”

原来，鹿威只是觉得穿着军装走在外面很威风，但我很不明白这些女孩的脑子里都装了什么，比如冬霜，我很不明白。

而且我发现鹿威一点都不排斥我。我说好，送给你都没问题。

鹿威很是高兴，因此双手开始搓桌上的麻将子：“来来，刚好四个人，打几圈先。”说实话，她真的是一个豪爽的性情中人，但我们不是来玩的，我根本一点心情都没有。岳达却开始搓起麻将来，并看了我一眼，好像在说“先陪她玩，稳住她再说”。

我觉得有道理，因此也开始搓。

冬霜早就按捺不住玩麻将的冲动，她早已被我妈等老一辈的老女人同化，内心里早就是个彻彻底底的世俗妇女，因此很精神地哗啦啦搓麻将，但她在岳达面前，还是要保持矜持，因此边搓边鄙夷地说："我真的，嗯，怎么说呢，呵呵，我真的不大喜欢一群人同时伸出手在这里揉来揉去……"

但实际上，她非常喜欢揉来揉去，并且功力非常高深，她可以不用看，只用指腹去摸麻将的凹陷纹路，就知道那是什么牌。就在她对着我们解释一遍："我真的不会玩啦……"然后闭上眼，手捏一粒麻将子，和神婆作法一样在空中利索地一摸。

麻将桌上的鹿威非常英姿飒爽，她偷了她爸的烟，就叼着烟搓着麻将，而且她还给我们发烟，她散发出来的雄性荷尔蒙异常浓烈，让我们无所适从。因此，打麻将的全过程，冬霜的眼睛都像两盏灯泡一样盯着鹿威，鹿威放的炮，她从来不吃，鹿威自摸，她会雀跃。

而岳达，因为是雨坛人——雨坛本地人大多喜欢玩麻将，父母玩时，他在一旁就耳濡目染，所以有些技术。至于我，和岳达在一起待久了——同样耳濡目染，也学会了一点，但我们这次是有求于人，并且要取悦她，因此都只让着鹿威和牌。所以，不断地听见鹿威用她那清澈的喉音喊："和！""和！""和了！"然后不断地听见冬霜雀跃引起的庞大动静："呀！""哇！""哦耶！"

夜阑人静，漆黑中的三灵寺，只有我们所在的这个房子里还亮着黄色的灯光，四个无所事事的少年，一片稀里哗啦的搓麻将的声音。

其实都是一帮不幸的孩子。缺少关爱，没人管教，家庭暴力，还有孤独的我。

“鹿威，华卓儿他们为什么不和我玩啊？”我找准一个时机，突然问她。

“嗯？怎么问这个哦。”她有些惊讶，但她现在心情很好，于是说，“其实你也没有什么哦，可能是他们太夸张了点。”

我就像在冗长的山洞中摸索多年，终于看见了光亮一样，但如果她不说下去，这个谜团，只会更扑朔迷离。因此我不说话，等她说下去。

她继续说：“其实是他们的爸妈不让他们和你玩。”

原来果真是这样。

“为什么？为什么不让他们和我玩？”我和冬霜几乎是异口同声的。

“我是听华卓儿说的哦。”她把身子往前倾，“他说，你是有病的，会传染的，所以他们的父母不准他们和你玩。”她又靠回椅子上，“就这样。”

“什么病啊？！我从来就没有什么传染病！”我觉得特别奇怪。

“是啊，没发现你有什么病啊……”冬霜离我远了一点，打量着我说。

我看向岳达，他突然对鹿威说：“我和木灵江认识好久了，也没有被传染过什么病。”

“是么。”鹿威突然很玩味地瞟了一眼岳达。她那么短瞬的一瞥中，眼睛里透出来的光，让我感到一丝邪恶。不知为什么。

“来来来，先打麻将。”她摸了一个牌，说，“那我也不清楚了，我也觉得你没什么病哦。”她看着我说，“我就是听华卓儿他们说的，你以前被绑架过，后来得了传染病，他们好像是这么说的。”

“绑架？”我越加疑惑，“我怎么不知道，不可能啊。”因为我妈从来都没有说过这个事情，家里也没人提过。

“我觉得这些都没什么，可他们觉得很可怕吧。”她说。她的语气就像她才是最勇敢的、真正的男孩。

鹿威知道的只有这么多。她现在已经不和华卓儿他们玩了，这些都是读小学时华卓儿他们说的，因此更多的，她也不清楚。

我在脑海中一遍遍地梳洗得到的线索，“传染病”“绑架”，这些和我一点关系都没有的词组变得和我息息相关，让我觉得非常困惑，为什么这些我都不知道，如果是真的，为什么我妈从来没有对我说过。

“他们是造谣的吧！”冬霜对我说，“三灵寺这个封闭的小圈子里，小小的事都能炸开锅，然后瞎说，就像还有人说我爸妈出国了呢！”

“我也听说了，我妈今天打麻将的时候还在和别人说‘冬霜她爸妈跑到加拿大去啦’‘不要这个房子啦’‘在那里落好脚了直接把冬霜接过去’，这些。”鹿威说。

我觉得鹿威模仿的声音和动作格外有趣，虽然我没有仔细观察过她的妈妈，但可以看出她模仿得非常逼真。

“我就搞不懂为什么要造谣我爸妈去加拿大？！”冬霜恼羞成怒。我始终觉得她后面即将要说的是“而不是韩国！”

“今天牌桌上有个阿姨说……好像是因为你爸中了五百万……”

“我晕！真的假的啊？！”冬霜差点一头栽在桌上。此时的她，好像也有点儿信以为真。

“你是他们女儿你不清楚啊？他们说你爸怕遭劫，就赶快移民了……”鹿威好奇地问，“说真的，冬霜姐，你家是不是中了五百万哦？”

“我家……”冬霜异常混乱，不过迅速清醒过来，“中个屁五百万中中中！”

“那你爸妈都没看见人了……”

“他们闹离婚去啦！”

“哦……”

看来三灵寺这个地方，真的不宜久留。

就是那一颗火星，点燃了我们的故事

“我们该回去了！”我看看鹿威家墙上的钟，已经九点半了。

鹿威叼着烟：“再来一圈。”

于是硬着头皮又打了一局。

临走的时候，冬霜依依不舍，对鹿威说：“送我们吧，我们都怕黑……”

我当时真想把她的头拧下来。鹿威却很爽快地说了声“好！”于是跟着我们一起下楼。

“鹿威你回去吧。”我说，“别送我们了。”

她又是一声很爽快的“好！”然后转身上楼，就在这时，冬霜望着黑暗中大叫了一声“鬼火！”

鹿威又跑下来，问：“什么鬼火？”

“看看看！就在那儿！！！”

我们顺着她的手看过去，那哪里是什么鬼火，就是有人在点火而已，一束小小的火光，而且可以听见小孩的声音，估计是小孩在玩火。但当我们走近，就看见玩火的，是和华卓儿混在一起的那些男孩。

他们蹲在一个废弃的平房边，这个平房前有一个木笼子，木笼子里全是干草。他们那几个男孩就从笼子里取出干草，用打火机烧着玩。

其实小孩子玩火是没有目的性的，也没有道理，就是在一种无所事事的百无聊赖下，对火有一种微妙的好奇，然后用它烧着任何东西取乐。大多是男孩喜欢玩火，因为男孩天生具备激进的生理和心理因素，会乐于参与一种事物被毁灭的过程，是一种微型的残酷审美。

他们就拎着一棵干草，看着火苗一点点往上蹿。

岳达突然朝他们走过去。

“你去干吗？”我问他。

他不作声。鹿威也跟着走过去，冬霜走到我身边，像看热闹似的伸长脖子去望，然后也走过去。

我觉得，岳达可能是想去找他们的麻烦，因为摩托车的轮胎被放气，还对摩托车进行报复式的毁坏。岳达无法容忍他们在背地里使阴招，虽然不确定是哪两个人干的，但他对三灵寺男孩的愤怒已经上升到一种“皆为敌”的地步。

不过在他没有查清楚到底是哪两个人所为时，他只是在那些男孩身边蹲下来，非常冷峻地用眼神挑衅他们。

男孩们看见这个“围墙外面的”，赶紧往后一躲。结果鹿威就蹲在他们身后，全神贯注地盯着那串火焰。

她也喜欢玩火，和男孩一样。

我站在离他们较远的地方，也不走近，因为只要我一过去，那些男孩就都散了吧？因此我站在这里，仔细感应着空气中的不安骚动。

“来，给我。”鹿威往前挪了挪，问那些男孩要打火机。然后从木笼子里抓出一把干草，一点，“吱”的一声就升起一大串火焰。然后在空中乱甩，画圆圈。鹿威转过头问冬霜：“像烟火不？”

“像！像！”冬霜欢快地拍着手。

岳达也往男孩身边凑了凑，要过打火机，也开始点火。男孩们以为这位不速之客也只是来玩火的，于是放下了戒心。

但岳达是带着脾气的，从木笼子里抓起好多干草，同时点着，很大一束火“呼”地着起来。男孩们也感到不安。然后，岳达在干草快要燃尽的时候，往男孩身上一丢。

“你有病啊？！”男孩们赶快站起来，拍着身上沾到的黑灰。

“你说谁有病？”岳达站起来，像头危险和精力旺盛的年轻狮子。

我知道这是岳达在故意挑起事端，但男孩们突然也不作声了，在一旁胆怯地嘀嘀咕咕。

“岳达啊。”我冲他摇头，要他不要惹事。

“好啦，玩火吧。”鹿威头也不回地说。

岳达怎么可能就轻易放过他们，一言不发地蹲下，继续大把大把地从木笼子里抓出干草，点着，乱扔。

鹿威看得出岳达是故意的，就站了起来。

此时，岳达已经折腾到这里一地都是火。他就是要将干草烧完，让那些男孩玩不成。

我听见那些胆小怕事的男孩在嘀咕："死围墙外面的——"

冬霜也听见了，她突然来了气，全身抖动了一下，冲过去从笼子里抱出一大堆干草，然后引着，再塞回木笼子里——

"这样烧才好玩！"她站起来，拍着手上的草屑。

"轰"的一声，一道几米高的熊熊火焰猛地从木笼子里蹿出来。

我突然意识到大事不好，那些男孩开始紧张得乱叫，随后仓皇逃窜。岳达也很吃惊地站起来往后退了一步。

"冬霜！你想死啊？！"我这么吼着，拉住她和岳达就要离开这里。

"冬霜姐你太猛了！"鹿威跟着我们边跑边说。也就是她这一跑，顺理成章地加入了我们的队伍。

但是成为我们这一队的人后，就不再是跑，而是逃跑。

当冬霜还不清不白地边逃跑边谦逊地回答："没有啦！"的时候，我听见身后传来"着火啦！救火啊——"的声音。

当我再回过头，那串火焰已经爬上那座平房的屋顶，一片漆黑中，那道危险的火光格外刺眼，我甚至能感受到扑面而来的滚滚热浪。

天空没有眼睛。天空没有耳朵

我一直都在设想，如果当时鹿威是和那些三灵寺的男孩一起跑走的话，那么她就不会卷入旋涡，但现实是，不知是在什么情况下，她跟着我们一起逃走。也就是这个短瞬又微妙的选择，改变了很多东西。

而当时我回头去看的那一刻，我心里是那么希望赶快来一场大雨，就此平息这件事。雨坛的夏季雨水很多，但这一段时间却反常地干枯，看来，上天听不见我的声音，如果它真的能听见，也就不会有后来的那些事情发生——

我们没有回家。我们不能回家。

于是我们疯狂地跑出三灵寺，鹿威也跟着我们，跑到岳达家。也没敢去接小轩，他待在我家，我们也放心。

然后我们不知出于什么，好像因为明天是双休，又或者做贼心虚、不愿在三灵寺附近多待，于是决定去岳达乡下的外婆家。

我们连夜过去，岳达包了辆车，直接开到他外婆家——龙凤山。因此大概一小时前，我们还在三灵寺，一小时后就在龙凤山了。到了龙凤山，也不过晚上 11 点钟。

其实不是逃难，而是去玩——因为——

冬霜其实是有些畏惧去乡下的，尤其是在晚上，她总觉得乡下那些粗俗的男人很危险，照她的话说，就是“这种男人发了狂，母猪都会上”，我觉得这是一句很值得玩味的话。

但——

本来我还忧心忡忡，脑子里总想起火灾的样子，又要联想到底烧得有多严重，因此更加不安。就在我们一行人在山间土路上走的时候，无比愉悦的冬霜欢乐地走在最前头，突然指着前方朝我们大叫了一声：“一头猪！”

我们都顺着望过去，模模糊糊中看见两个男人抬着一头白色的东西在走。

那个被抬的白色的东西，远看确实像一头猪，可走近了才发现那根本不是猪，而是一个肥胖的妇女，衣衫不整，露出白色的肚皮，头上还有血，好像是刚和丈夫打架，被打晕了。雨坛乡下的这些农民时常动粗，很常见的。

但冬霜不知道这些，她也永远不会弄懂这些，因此她特别兴奋地对我们重复着："看！他们抬了头猪！快看快看！"

那两个男人突然停下来，把晕了的女人放在地上，好像是中途休息，可是他们盯着我们的眼神又充满敌意。我觉得是冬霜把他们给惹毛了。

"冬霜，你叫那么大声干吗……"我边走边对她嘀咕。

"我激动了嘛，哦，都不准激动哦？再说是真的很像啊！"

"小心他们打你一顿！"我闭上了眼睛，"到时候我们还要把你给抬回去，也会有人说我们'抬了头猪'！"

就是在这种境况下，我时常为火灾的事焦虑，又时常忘记了火灾这件事——可当我又记起来，只要冬霜的那张脸再出现，就会迅速忘记。

冬霜真的是一棵比较粗的忘忧草。

沿着山路七拐八拐，走了大概十多分钟，就到了岳达的外婆家，典型的雨坛乡下民楼，说通俗点，就是农民家自已砌的小楼，没有岳达家盖的楼那样豪华，毕竟岳达家是在镇上，因此这里的楼房显得比较简陋。

而且和雨坛乡下人家一样，养了一只土狗。我们还只遥遥看见这山下的小楼时，就听见这只土狗不怀好意的叫声，当我们走到门口，岳达的外婆打开门，那只狗迅猛地冲出来，要扑向我们时，看见是岳达，就迅速从空中下来，边摇着尾巴边呜呜地哼唧着。

岳达的外婆非常慈祥，对我们很是关照，而且当我们走进她家时，才发现她还养了一只斑点狗。

“你外婆还养斑点狗啊？！”我望着那只温顺的斑点狗对岳达说。

“嗯。”他带着我们往楼上去，“别人送给我妈的，我家又不养，就把它送到乡下来了。”

很显然，在乡下养一只斑点狗是多么稀奇的事情。这只狗刚被送到岳达外婆家时，附近方圆十里的农民都前来参观，他们没有见过，非常好奇。而且当他外婆把这只斑点狗拴在屋外，从门前路过的乡间土狗们看见这么个黑白无常的玩意，都和见鬼一样，先猛地在原地愣住，然后夹着尾巴飞快跑过。

它们都没有见过。

因此这只斑点狗也很是孤独。岳达他外婆为了不引起附近的骚动，以及附近土狗们的不安，于是把它圈养在家中，并且家里还有一只土狗，两只狗在一起也可以相互做伴。虽然家里的这只土狗已经快被斑点狗身上的斑闪得精神失常。

我们在岳达外婆家楼上的两个空屋住下。我和岳达住一间，冬霜和鹿威住一间。半夜了，我们四个还凑在一个房间里，因为只有我和岳达的房间有可以洗澡的卫生间，冬霜因为体胖易热，出汗也多，所以抢先在我们前头去洗澡。

“我们回去怎么办？”我问岳达，也等于是在问鹿威。我现在脑子里很乱，我担心事态会发展到我想象不到的程度。

他们都不说话，都不知道该怎么办。

“我妈会杀了我的。”

“是哦。”鹿威也说，“要是他们找到我家去了，我也完了。”

“你爸会不会把你打得很惨？”

“谁知道——”

就在这时，冬霜撩着湿漉漉的头发从卫生间出来。

“你洗完啦？！”我们三个几乎是异口同声。

冬霜看向我们：“是的啊，怎么啦？”

“也太快了吧！你才进去了三十秒！”

她一脸茫然，然后举起手上抓的一坨衣物：“我把裤子也洗了……”

她真的不是一般人。

就是这样，我一会儿深陷在烦恼中，一会儿忘记了烦恼，再陷进去，再忘记，我也会害怕真的有一天被冬霜同化，变成一个极其奇特的人。

至少天空依然清澈

我听见稻田里的蛙鸣，我听见风的声音，它们顺着稻田一层层地飘来，自由自在。我听见沙沙的树叶声，听见岳达的外婆关门的声响，听见鹿威还在逗狗，还有冬霜朝她喊：“威啊，睡觉啦——”

她叫她“威啊”——

“灵江，来给我搓背。”岳达从厕所里露出一个头来。房间里只剩下我们两个男孩子，岳达洗澡就没有关门。我看着他头发都湿乎乎地贴在脸上，不太明亮的灯光下，他的笑依然显得那么干净。

“你洗吧，我有点困了——”

我躺在床上听着哗啦啦的水声，听着各种各样琐碎的、我辨别不清楚的声音，昏昏沉沉地，身体像是在旋转，缓缓地旋转，坠落，往一处我不知道的地方缓缓坠落。

像一片叶子。

我疲劳地闭上了眼睛，然后是一片漆黑。

吱——

一串小小的火突然照亮了黑暗。我看着它在黑暗中显得那么突兀，那么孤独，接着，它闪动的火焰开始向上升高，向四周蔓延开，吱——吱——生出第二串火，第三串火，越来越多的火苗，这些火苗也在迅速扩张，膨胀，轰——它们开始让我感到心慌，像是正朝我游来，要把我包围——

我已经浑身是汗，焦躁地躺在床上无所适从——我听见一个男人的声音，陌生的，男人的声音，我感觉像是被一双强有力的大手扼住我的喉咙，我喘不上气，但也无法挣脱，我听见男孩们的声音，在叫我三灵，在熊熊的火光里，在我无法忍受的热度里，我听见男孩们的尖叫，我听见我的心脏要从胸腔中迸裂出来——

“灵江？你做噩梦了吗？灵江？！”

我大口喘气，已经从床上坐起。岳达在一旁拍着我的背，对我说话。我恍恍惚惚中还不是很清醒，就这样坐了一会儿，再把脚放下床，坐在床沿对着窗户。

窗外吹进来的风凉飕飕的，带着稻田的水汽和泥巴的气味，撩开我紧贴在额头上的头发，我终于感到放松，再扭头的时候，发现自己的T恤已被汗浸得焦湿，这样的潮湿，让我觉得，觉得自己就像掉进了水中——

“再去洗个澡吧。”岳达看着一身是汗的我说。

“不用。”我看向他，“我感到冷。”

“怎么了呢？”他凑近我，“梦到什么了？”

“没什么，可能今天被火吓到了吧。”

他去拿了毛巾，浸了冷水，拧干，擦我的脸。

“岳达，我们回去怎么办？怎么回去？”我看着他低垂的眼睛。

他没说话，擦我脸上的汗，他也不知道该怎么办。

我想，唯一的解决办法就是，在这里待上两天，星期天下午回家，星期一还要上课。回家了就任凭我妈怎么骂吧，虽然不知道那场火会不会把那整座平房烧完，但已经发生了，希望它不是很严重，如果它很严重也没有办法，该怎么样就怎么样。

我突然发现自己已经破罐子破摔了，我觉得这是一件好事，虽然很消极。并且我也想通了，既然回去是死路一条，在流放期内，就要痛痛快快地抓紧时间享受，因此我要好好度过这个最后的周末！

第二天一大早，岳达的外婆给我们准备了丰盛的早餐，然后坐下来问岳达：“你怎么那么晚跑来哒？”

“今天放假啊，家里没点味。”他这么说着。

“他们是你的同学吧？”岳达外婆对我们笑，问他。

“嗯。”

岳达外婆一直盯着冬霜，我觉得她一定疑惑这女孩的体格完全不是和我们一个年纪的，因此特别关注，并且还开始问她："你们出去玩也和家里人说吧？"

"没说。"冬霜正在狼吞虎咽。

"他们也让你们那么晚出去啊？"

"我们根本就没回去。"

我已经隐隐感觉到不祥。这时岳达外婆问："你们为什么不回去啊？"

"我们把别人家房子烧了。"冬霜总是这么直白。

以至于耳朵非常好的岳达外婆第一次没敢相信自己的听力——"啊？"

可那个奇迹冬霜居然对着岳达外婆的耳朵，大声重复："我说，我们把别人家的房子，烧了！烧了懂么？一把火，轰！没敢回去！"

我觉得当时岳达的外婆没把我们给赶出去，已经是大仁大义。当我无心吃饭，不安地自问"也不知道会烧得多严重"时，冬霜直接抬起头，极其肃穆地对我说："走的时候，我看了。"然后她挑了下眉毛，"烧得很旺。"

她居然可以用"旺"来形容一场火灾。

也就是因为冬霜这种无头无脑的乐观精神，彻底地将我击倒，于是我更是乱摔破罐子，管它那么多，先抓紧时间，把握现在！

于是吃了早饭，我们朝向美丽的稻田奔去——

结果我们一出去就碰上了一场追悼会——一个农村老太太打麻将中了杠上花，当场就晕了，最后脑溢血死在牌桌上。

真是焉知非福。死者的家人还专门谱写了一副无比精妙的丧联挂在灵堂前——四季发财二五八，一命呜呼杠上花。

当我们看到这副对联，四个人都发出了银铃般的笑声。笑完了我真的担心死者的家人会把我挂在对联上当横批，把冬霜制成贡品，把鹿威扔进棺材里陪葬，然后这个死者再从棺材里坐起来抓住岳达一起去超下度。

但当时限已到，当我再次面对我妈的时候，我真的感觉自己是在超度。当我看着那道黑影从卧室里走出来，他的眼光足以普度众生。

我们回到雨坛镇，是星期天下午。还是没敢回三灵寺，在岳达家一直磨蹭到天黑，才准备回去。

回到三灵寺，我似乎还能闻到烧焦的气味。我们一路鬼鬼祟祟地走，生怕被人认出来。冬霜不敢面对我妈，所以不准备回我家。我们先去送冬霜和鹿威回家，路过火灾发生的地方，看见平房已经完全烧毁，屋顶都没了。

事情很恶化。

就在快要走到她们家楼下时，远远看到鹿威的父母，他们各坐在一个小凳子上，守在楼道口的两边，就像两尊门神。

“过不过去？”我问她们。

鹿威早已习惯，没有说话，点了点头。冬霜却畏畏缩缩地愣在原地，说什么也不过去，这时鹿威居然对冬霜说了声“别怕”。

该怕的不是我们，而是你。但是你却会对我们说出这两个字。

“你回不回去？”我问冬霜。

她一个劲地摇头。

鹿威看了我们一眼，抿了下嘴巴就转身过去了。我真的很为她担心。就在冬霜拉扯着我的衣服说“我们走啦，别看啦，走啦”时，我看着鹿威的爸爸一把掐住鹿威的后颈，把她硬生生地拖进楼道口。

居然能这样对一个女孩。

只听见她爸爸的咒骂声、拍打声，听见她妈妈在一旁添油加醋的声音，却听不到鹿威的哭声，甚至听不到她因为疼痛而本能地呻吟一声。

这真的就是习惯，是麻木吗？

其实最可怕的，并不是感觉不到快乐了，而是麻木到，再也感觉不到疼了。

其实最可怕的，是麻木到忘记反抗

我就那样望着，也没有走。我看见岳达的身子往前倾了倾，他可能想去帮她，但不现实，我们都没有这个能力，那是她家的私事，我们只是一群小孩，而且是犯了错的小孩。

走到我家楼下的时候，我停下来。我问冬霜：“你觉得我妈知道我们放火这件事不？”

冬霜愣愣地看着我，摇摇头。

我看到她这么害怕的样子，于是更害怕了。我想那些三灵寺的男孩一定来我家告状了，但又不能肯定，不过就算没有火灾这件事情，我两天没回家，也足够挨一顿臭骂，再把我关起来，两个月不准出门。

就这样，我们忐忑不安地走上楼，敲门——

我妈把门打开，一脸愁容地看见是我们，又坐回沙发上。

她很反常，非但没有骂我，连一句话都没有说，就那么静静地坐在沙发上，对着黑乎乎的电视机。

我们一声不吭地进家。小轩特别乖地坐在我妈身边，也很反常，没有叫哥哥。

我感觉空气中有种很古怪的气味，这种气味充斥在这空间里，满满的，还在鼓胀，就像这里多了点什么——

然后，我看着一道瘦长的黑影从卧室里走出来。

"爸……"我吓住了，我没想到他回来了。

冬霜也愣住了，很小声地叫了声"小姨夫"，眼睛都没敢再抬。

岳达看见这种情景，也一时手足无措，他不敢叫"叔叔"，他很少见到我爸，他从未这么近距离地看过他。

我爸气色很差，像是病了，板着苍白的脸孔，一言不发地坐在沙发上。我赶忙过去拉起小轩，要岳达带他先走。小轩在这冷肃的氛围中，很是害怕，临走时还很小声地叫了我妈一声"妈妈"。

送走岳达的时候，岳达牵着小轩还回过头看着我，好像在问"等下会发生什么？"在担心我怕不怕，我匆匆关上门，再回到客厅时，我看见我爸的眼睛狠狠地盯着我，就像一头残暴的狼。

"你爸就是为了你的事赶回来的！"我妈突然说，"你们干什么不好？去玩火！"

看来他们已经知道了。我和冬霜都老老实实地站在原地，不去看他们，也找不出任何借口。

“说，你们这几天跑哪儿去了？”她续问。

“我们……去岳达家了。”我没敢说去乡下。

“跑出去两天！我们都急死了！”我妈说着站起来，“你到底想干吗嘛！”

“谁先去玩火的？”我爸问我。

我知道他是在问“谁点的火”，我瞟了一眼冬霜，此时她颤动着鼻翼，已经快要哭出来了，我说：“我们也不知道，我们只玩了一会儿就走了。”

“那房子烧成那个样子，你们也不知道？”

“我不知道啊，啊？房子烧了？绝对是三灵寺那帮死孩子弄的，我们只玩了一会儿就走了，走的时候他们还在那里玩……”

“三灵寺的哪个孩子？”

“好像是……和华卓儿玩的那帮——”

我话还没说完，我妈就说：“就是那帮孩子来告状的！”

他们都没有打我，虽然我依然很怕，尤其是我爸，我小时候，他打过我，那种我所恐惧的威慑一直都在。

在熬过这漫长的可怕气氛后，我回到房间。然后我听见我妈对冬霜说：“霜霜，你小姨夫回来了，家里没地方睡人了，你回家去吧——”

冬霜第一次没敢怕黑，壮着胆子去走夜路。

于是又剩下我一个人。

“叫你不要和‘围墙外面的’玩！他们只会干坏事！没点教养！我知道这次放火也是那个‘围墙外面的’小孩带的头对吧？”我爸站在我房间门口，“带你坐摩托车，带你到处乱跑，教你不回家，坏事都做绝了！你跟他们玩能玩出什么？啊？你能玩出什么？！”

我一声不吭，也不敢直视他。

“木灵江，你都大了，不要再让父母操心了！”

“我们也不是有意的，完全是……”

“你还有理了？”他往前走了一步，“从今天开始你不准和那个‘围墙外面的’玩！你哪里都不要给我去！也不要和冬霜玩，她没人管的，你看看她那个样子，和个女娲一样，她把天玩塌都没人管，你和她玩只会玩疯！而且带你学不到一点好——”

我很想问他，几乎半年多没见，见面的第一句话能温和点吗？能给我一个微笑吗？能让我觉得温暖吗？能给我安全感吗？能让一个孩子逢人就很有安全感地说“我爸爸回来了”，而不是“死神来了”！

你是我的爸爸！

就这样听着他一直说一直说，只要他不动手就足够安慰，直到我妈对他说：“好啦，睡觉了，他明天还要上课呢。”

这时他就走进他们的卧室：“你也是，管也管不好！什么都任着他来——”

“我怎么没管？他不听，他还要跑——”

“刚才那个小孩还叫你‘妈妈’呢！那么亲，你给‘围墙外面的’小孩当什么妈妈，你没事干了！”

“什么叫我没事干了？你做父亲的又做过多少？”

“你让他和‘围墙外面的’玩什么？！你——”

“木灵江只有他这一个朋友！”

“我不管这些！不准他再和‘围墙外面的’玩！”

“你凭什么不管？当初要不是你搞出那个事三灵寺的小孩为什么不和他玩？他一个朋友都没有……”说到这里，我妈突然哽咽，“——他一个人……”

我听到她哽咽的声音突然心酸。但是我不会哭，不是忍住不哭，而是真的忘记该怎样去哭，在习惯了那些孤独，在逐渐逐渐麻木之后，我不知道眼泪还能有多少作用。

然后我跑到他们卧室门口，很平静地问他们：“你们告诉我，出过什么事，他们为什么不和我玩。”

我妈愣了一下，她知道自己把秘密捅破了，带着一丝惊慌地望着我。我爸也站在那里，什么话都没有再说。

“他们说我有传染病，说我被别人绑架，为什么？发生过什么？”

我妈更是惊慌，我爸开始掏烟。

“爸，你以前做过什么——”

“你不要知道！什么都没有！”我妈突然朝我喊，“你不要管——”

“什么叫我不要知道？发生在我身上！从小到大都这么多年了，我都受够了，到底还有什么不能让我知道的？！”

“灵江……”我妈擦着脸上的眼泪走到我面前，“其实什么都没有，但是别人不知道，别人不那么看，他们是乱说的……”

“你告诉我，到底是什么事，他们到底乱说什么！”

这些，我必须知道，我有权知道。

我一定要知道。

过去了的，别再过来

你两岁的时候，你爸爸抱着你出去玩，他去看别人打桌球，就把你放下来，你在地上捡树叶，可能跑远了，他再回头找你就找不到了。

然后打桌球的那帮人里有个人指着远处说“你孩子在那里”，你爸爸就看见一个男的抱着你往三灵寺外跑，他就去追，但跑出了三灵寺就看不到你们了。

他回来的时候，我和你奶奶你爷爷就不停地骂他，我在那儿哭，我说我一定要找到木灵江，你一定要给我找到他，你要是找不到，我就去死。

但是我们出去找了好久找了好远的路，都找不到，我们叫了你好多叔叔去找，但都没找到，我们想你可能是被人贩子骗走了，再也找不回来了——

谁知道有一天，一个戴眼镜的女老师把你给送回来了，你一直住在她家，她也在到处找我们，她是你的恩人。

“我被人贩子抱走了？”

一个男的，三十多岁，他不得好死！他一路抓着你，你哭，他就打你，他把你带到围墙外面的一个楼里面，那个楼是不要了的楼，里面没有人，他把你的手捆起来，然后开始毒打你，用砖头用棍子，你那时候才两岁，那么小，他不是人！

然后你哭，他就把你按在一张桌子上，掐你的脖子，你那时都要死了！就在他掐你的时候，楼下面有个过路的女教师，是本地人，她听见你的声音就跑上来看，喝止他，把你抢过来，然后那个男的就揪住她的头发，踢她的肚子，把她的头往墙上撞，他是要杀了她的——

但那个女教师因为是本地人，家可能就在附近，她尖叫，那时你被丢在地上，喉咙都已经哭哑了，又受了怕，躺在地上和死了一样，到最后，上来了一帮人，是那位女老师的亲戚，这样才救了你们两个。

"那个男的是什么人？"

"一个围墙外面的老乡。"

"他把我抱走干什么？"

"他从小脑子就有病，那时已经疯了，就是个神经病！"即使是现在提起来，我妈依然特别激动，"他就是想虐待孩子，他脑袋不清醒！你那时候那么小，他就那样对你，拿铁丝缠着你的手，拿那么粗的棍子打你的身子，他是个畜生！已经丧尽天良了！"

"这个男的后来怎样了？"

"后来你爸都要拿刀去杀他的！他被关起来了，就是个脑子有病的，现在在哪里也不知道了。"

"那为什么，三灵寺的孩子……"

"灵江。"我妈擦干眼泪，很冷肃地看着我，"这个事情三灵寺里很多人都知道，但是他们的嘴巴很怪，当时就有人传你……"

我爸突然看向我妈，示意她不要说。

"传我什么？"我问她。

"三灵寺的人和别的地方的人不一样，这里面的人彼此都认识，都在一起住了这么多年，各家都知道各家的底细，在一起了就互相攀比谁家过地好，谁家过得不好，表面上都客客气气的，但其实都是想看热闹，都希望这个人惨一点，觉得……”

“我只想知道传我什么。”

我妈看着我，一直盯着我的眼睛：“一个男的抱走你，又不是人贩子，又和我们无冤无仇，你觉得会是干什么？因为三灵寺的那些人不相信这个人是神经病，他们只会造谣！灵江，很多事你现在应该能明白了，那些东西都是造谣，诽谤，以讹传讹的，都是没有的事！但他们偏偏喜欢那样说……”

究竟是什么，他们究竟传我什么，是什么，我应该明白什么？

我只能感知到一些阴暗的成分。漆黑的，见不到底的，潮湿的，散发着腐臭的，道德的底线，丧失了人伦的——

灵江，你知道我们为什么哪里都不让你去，什么都不准你玩，管你那么严，那么担心你，为什么？不是我们不懂你的难过，而是——

我们真的很怕你再受到什么伤害。

你爸爸很自责的，那之后焦虑了很久，天天抽烟，抽好多。

好怕失去你。

他想要好好保护你，让你快乐地长大，但很多事情真的容不得人自己决定。

你没看，每一次你犯错，他生气归生气，骂归骂，却从来都没有动手打过你——

“他打过！我小时候。我哭，他还踢我——”

“那不是他！灵江，你一定要知道，那不是你爸爸！”

我突然愣住。

“那是那个神经病。你对这件事情还是有印象的，你还记得他打你，对吧，你还记得——”

我在一片破碎的混乱中摇头，我无法相信——

但是，我是记得的。

我知道，我一定是记得的。

每一次噩梦中，那个陌生的男人，那双强有力的大手扼住我的喉咙——

我是记得的——

“灵江，妈妈对你说实话，你爸爸从来没有打过你，从来没有，一次都没有过，他舍不得，他比我还舍不得——”

“爸爸……”我看着他坐在阳台的地上，把头埋在双腿里。他离我那么远。一直在我身边，却离得那么远。

我把他看得那么远。

刹那间觉得我是那样不了解他，那样陌生，原来我什么都不知道，我什么都不了解。

我越来越看不清楚很多东西，我越来越不熟悉很多东西，包括熟悉自己，耳里只有风的声音，我听见它们在窗外呼啸，我听见它们吹过树顶发出的滚滚浪潮声。

呼——呼——

似乎会越来越强烈，我有这种预感。

我又听见地底那团混沌的污气窸窸窣窣的响动，它们已经躁动不安。

THE
AUTUMN
BOY

Chapter 02

二氏症

大，小。美，丑。深，浅。成，败，非喜，即悲
只有两点。成长，不是越来越好，就是越来越坏
这世界上任何事物的发展，都只有两条路可走
那么，我的时间会步向光明，还是灰暗

火灾事件之后，三灵寺又像从前那样，在大门处新建了一个与凯旋门一样壮丽的大铁门，还有人守着，以防“围墙外面的”再进来。我知道这两扇铁门是针对岳达的，针对岳达就是针对我，是我带他进来的，因此，也越发觉得周边不怀好意的气氛。

也是因为这样，岳达再也不能进来，虽然我们知道后山没有围墙，但从那里进入三灵寺，要走很长一截的泥路，还要穿过一片林子，岳达可舍不得把他那么时尚和昂贵的衣服鞋子弄脏。而且，我爸回来后，他也不敢再带着小轩到我家来吃饭了。

再说，他现在只要踏进三灵寺一步，就会被全体三灵寺人分尸。

他买了新的摩托车，和以前那辆不一样，更加贵也更加好看，我觉得他其实是早就喜新厌旧了，那辆被放气的废铁至今都还留在三灵寺里，他连它的尸都不收。

冬霜依然摧残着这辆崭新的摩托车，她现在也不再到我家吃饭，因为不敢。因此在我的吩咐下，每天岳达都要负责带冬霜去吃饭。

今天就是这样如序进行的，先把我送到三灵寺门口，他们再回去接小轩，然后一起去解决晚饭问题。

把冬霜交给岳达，我很放心。应该是交给有钱的岳达，我很放心。再准确一点，冬霜这个人，总是让我放心。

她不管是不是有感情的饭菜，只要是饭菜。她不管是不是地沟油，只要是油，她就能把自己立于不瘦之地，隔三岔五地看着她的身材如树的年轮一般一圈圈疯长。

而且，他们天天换馆子吃饭，今天尝尝这家，明天试试那家，整个雨坛的馆子都快被他们吃遍了，直到有天听他们商量准备开六个小时的车去邻镇找一家。

“以后我一定要写一本回忆录给我的子孙，告诉他们——”

“那应该是一本食谱。”

“你听我说完！我要告诉我的子孙，我曾经过的是无家吃饭的日子，受过很多苦，每天在各个餐馆里摸爬滚打，有一次，甚至连续吃了七天的甲鱼……”

“冬霜，你的子孙只会很明确地告诉你‘这样的苦，我们也愿意吃’！”

至于火灾本身，被烧毁的房子是一座废弃多年的平房，而且三灵寺正在改建楼房，这些平房都是要处理的对象，因此，我们似乎是用最坏的方式做了一件大好事。我们所需要承受的后果，无非是被大人们指责一通，或是打骂，但是对于我——

“就是那个木灵江啊！”

“那个以前被拐走的小男孩？他放的火？”

“是啊，带着‘围墙外面的’到三灵寺里来玩火。”

“外表看上去挺听话的，怎么也——”

“坏得嘞！只和‘围墙外面的’玩，带进来就欺负我们的孩子——”

我在三灵寺太过出名，以至于谁都认定我就是那只出头鸟，这就是名人的烦恼，而那些知道内情的人虽然不会这么说，但——

“冬霜放的！木灵江他姐姐。”

“是那个死‘围墙外面的’先挑事，然后那个胖子帮他点的。”

“木灵江把‘围墙外面的’带进来的——”

“他想干吗呀？”

“绝对是木灵江唆使的！”

“对！就是他干的！”

这帮男孩看见了我，都站起来盯着。我看着其中最高的华卓儿跳上石阶，看是我一个人，就露出一脸令人生厌的坏笑对我说：“今天怎么没把‘围墙外面的’带进来啊？”

我不去理他，继续往家走。

“你怎么不住到围墙外面去啊！”他继续朝我喊，声音越发地大，“你赶快搬出三灵寺嘛！去找那个‘围墙外面的’嘛！”

然后是一阵笑声。像极了非洲草原上的野狗。

我被他最后那句话激怒了，转过身，正准备和他聊聊的时候，华卓儿盯着远处，突然不再作声，畏畏缩缩地从石阶上下来。

我回过头去看，是我爸爸。

“你这么早放学了？还准备去接你。”

“不要接了……”因为岳达会开摩托车送我回来。

“刚才那帮小孩和你在干什么？”

“没干什么。”我边走边说，“我厌恶他们。”

“你不要惹事啊。”

“我没有，从来都是他们——”

“我不管是谁，你不要理他们。他们要是对你做什么，你就告诉我。”

我走在他身边，终于感受到那种安全感，让我依赖的，沉甸甸的，巨大羽翼阴影下的安全感。就在上楼的时候，我往楼道口里走，却看见他还在径直向前。

“爸，你干吗去啊？”

他停下来，回过头看我，然后问：“你站在那里干吗？回家去啊。”

我一时不明就里，指着楼道口：“家在这里啊！”

他愣了一下，然后走过来，眯起眼睛望向楼道口。

“爸，你怎么了？”

他不说话，脸色突然变得很差，紧闭着唇就往楼上去。

我跟在他身后，突然觉得诡异，我不知道他是怎么了。然后看着他掏出钥匙去开门，可他拿着钥匙怎么也对不准锁孔，他很着急，手开始抖，钥匙哗啦啦地掉在地上。

我妈把门打开。

他什么话也没说，捡起钥匙走进家去。

吱——

我听见地底那团黑雾向地面渗透的声音。

吱——吱——

“你们刚在外面干什么？”我妈端着菜从厨房里走出来，“开个门也不利索。”

我爸一直紧闭着嘴，坐在桌边看着桌上的菜，瘦削的脸孔像是被刀削过，苍白、病态。

我坐在一边，没敢问他什么。我隐隐能知道有不好，我尽量不去触碰这些东西。

可就在上齐了所有菜可以开饭的时候，我爸拿起筷子，要去夹一道菜，可盘子就在那里，他却把筷子伸向盘子外，还很自然地在夹，可怎样夹都只是空气。

我和我妈都停下筷子，看着这一幕。

“小瑞，你怎么了？”我妈很小声地问他。

他不作声，紧闭嘴巴，仍在夹，而且换了很多位置，可就是对不准那盘菜。

“菜在那里。”我妈看着他。

他收回手，放下筷子。

“怎么变这么严重了？”我妈问他，“你那时在工地，你说你写字老是写到格子外面，我还没有太担心，可现在怎么变得……”

他揉了揉眼睛，很烦恼的样子。

我妈放下碗：“去配个眼镜吧？”

“去了，没用。”他有些烦躁。

“可能是老花了吧……”

“也不是。看的都是重影。”

他不仅看什么都出现重影，而且他也没有方向感，因为他找不到自己的家了。在他这一点症状表现出来后，此时坐在饭桌上的我马上就可以知道，这或许并不是眼睛的问题。

我有这种预感。但是这种预感让我感到古怪恐惧，刺一样的，微小又密密麻麻，像株奇形怪状的仙人掌。

“怎么都是重影呢？”

“我怎么知道？！”他更加暴躁。

“你在那边也去看过没？怎么搞的这是？”

“说了在那边去配过眼镜，没用，戴了还是看不清。”

“这怎么办？怎么一下子就变得这么严重？！”

他厌烦地“啧”了声，紧皱着眉：“昨天睡了一觉起来看东西就变得模模糊糊的。”

我妈很担心地望着他，然后又看向我：“木灵江，都是你给气的！”

我没作声，不安地吃饭。

其实他的视力一直在不断下降，可没有在意，像我们这种寻常人家，有点小毛病也不会非要急着去医院，直到问题变得严重才开始寻对策。

因为谁也不知道身体里的那一点小小的不舒服，会不会变得严重。而且谁也不知道如果变严重了，会有多严重。

他们抱着侥幸心理，又去了一趟眼镜店，但是无效。然后他们下午直接去雨坛镇人民医院的眼科检查，仍是无效。医生很明确地告诉他们，眼睛没有任何问题，至于为什么看不清楚，建议去神经科检查。

他们在神经科检查回来，是晚上六点多，我已经放学在家等着他们了，他们的脸色都不好，全是焦躁，我妈系上围裙就去厨房做饭，我爸心不在焉地坐在沙发上。

我很想去问问情况，很想去安慰安慰他，但还是觉得此时让他自己静一静会比较好。

“灵江。”我妈看着正在吃饭的我，说，“明天你放学了就去周阿姨的那个店子吃饭，我在她那里放了钱了，你去吃就行了。”

“你们去哪里？”我抬起头。

“去市里，带你爸去看病。”我妈低下头，拿起筷子，“可能去个一天两天就回来了，你在家就听点话，吃饭就去周阿姨那里，吃完了就回家写作业，别……”

“爸爸是什么病？”

我爸没作声，他不想提这些。我妈说：“还不知道，去大医院检查一下，你一个人在家，就……”

“雨坛的医院都查不出来吗？不是说投资了多少多少，怎么也……”

“这里还是小地方嘛，信不得，你给我听好了，记着！别乱跑，别跟着冬霜和‘围墙外面的’的去玩，别让我们操心，噢，自己要懂点事了。”

她叫岳达还是“围墙外面的”。

我一直很不理解这称谓，这个叫法自从三灵寺建完围墙后就出现了，那时应该是20世纪七八十年代，那时的雨坛贫穷落后，人的素质、见识自然也低，但是现在已经不一样了，过去了那么多年，所有的事物都在发生变化，我弄不懂这件事，明明人在变，可为什么观念、那些所谓的共识却不变呢？或者，这些东西永远变得如此缓慢，跟不上时代实质的进展，为什么？

即使岳达家财富五车，经济时代，雨坛人都已经靠经商发家，可以反过来俯视我们这些保守的“围墙里面的”人。我们在围墙里面过惯了安于现状的日子，因为这在一个地质队，是地质局旗下，是国家单位，大家都挤在其中，哪怕这个地质队已经很多年不再开展地质工作。

即使这里变成地狱，我相信很多三灵寺的人也不愿出去。因为这里是他们过惯了的、依赖上了的、保护他们的、给过他们虚荣心的，从前的天堂。

而如今，我看着三灵寺一点点地变成地狱，比任何三灵寺的人都看得真切。

因为我是乖孩子

“你一起去啊。”岳达骑在摩托车上，两只手抓着扶手，对我说。

“不去了。”我说，“我妈已经把钱付了。”

“付就付了啦，管它那么多。”坐在车上的冬霜也望向我，“走了啦，上来啦，一起去吃啦！”

我还是摇头：“你们去吧。”

“灵江。”岳达突然笑起来，凑近我，“你妈妈出了多少钱，我都给你，好吧？一起去吃吧。”

我故意冷笑得很大声，非常鄙视财大气粗：“谁家没见过钱呢？！”

“你自己怕浪费啊，给你钱，请你去你都不去，不给面子？”他说。

“走咯，一起啦，到时候我们还好一起回来。”冬霜也说。

“我爸生病了好吧，我少叫他们操点心，你们去你们的。”说着，我转身就走。

“他们晚上回来不？”冬霜问我。

“今天不会回来了。”

“晚上我住你那里！”

“嗯。”我非常喜欢和冬霜在一起。

我离开他们后，走进三灵寺，在大门处，就看见两个三灵寺的男孩在嘀咕，我理都没理就走到周阿姨开的面馆。也不能叫面馆，就是一个废弃的平房里的一个小房间，房间里摆了几张桌子，我们一般都叫它“吃面的地方”。

而且，她这里只供应早餐，但她家的厨具基本上都搬到这里，所以她家的中饭、晚饭都在这里做了。我妈和她关系一般，看她是三灵寺里唯一做餐饮生意的，就打好招呼、付了钱让我跟着她们家一起吃晚饭。

“灵江，你妈干吗去了？留你一个人在三灵寺。”周阿姨盘着长发，问我。

她长得又高又瘦，古典的长发，不烫不染，长相有些艳俗，无论形象还是面相都散发着封建、刻薄的古代刁妇气息。

“她们出去办点事，就去一天两天的样子，说不定明天就回来了。”我说。

“什么事啊？”

“我也不清楚。”

“意思是你爸也去了？”

“嗯。”

“你爸为什么回来啊？他现在是在外面做工程吧，是办这个事回来的啊？”

“不知道……”

“他多久走呢？”

“办完事了就走了吧。”

“他们办什么事啊？”她又问一轮。然后她反应到自己问过了，就笑道，“什么事还要跑出三灵寺去办呢，呵呵，灵江啊你多吃点啊……”

“嗯。”

这就是三灵寺人的一个缩影。三灵寺人心里装着些什么，想着些什么，都可以在她身上彰显。

随后吃饭的过程中，她不断地问我家的问题，我清楚她知道了就会去向别人说，所以我总是三思后答。比方说她打听我爸的工资，打听各种杂七杂八的事情，然后意味深长地笑着说：“你家有钱咯，开始过好日子咯，你妈现在也不用去工作了，男人在外面赚钱，她带着你在家就好了，享福啊！到点了做做饭，没事了就到楼下打打牌，你也听话，那么乖，她什么都不要操心，真好……”

我听得出语气里带着不甘与忌妒，也有那么几个词是真心话，比如说我乖。

吃了饭我实在不想久留，又被她追问了几个问题，这次追问的是邻居家的事，别人家的事情，我怎么知道，于是连连说着“不知道”就走了出去。

结果就又碰上三灵寺的几个男孩。

他们游手好闲的，在家吃了饭就到外面玩，和扫荡一样，看到了我，便停下脚步。我听见他们在说：“又是那个灾星，在哪儿都能碰到他。”

我就当作没听见，继续往家走。可就在我走了没几步，我就看见从我身边擦身而过的石头。我转过身，一颗石子直接打在我的手臂上，我疼得赶紧捂住手臂。我对他们喊：“你们最好别做得太过分！”

他们笑。傍晚的夜色下，我隐隐约约看见其中一个男孩弯腰又在地上捡石头。他们是看现在的我是一个人，容易攻击。而且，我还看见周阿姨闻声走出来，像观赏热带鱼一样手倚着栏杆看着他们朝我丢石子。

我也在地上捡起一块石子。

当他们的石子飞过来的时候，我突然想起答应不给我妈惹事的承诺，就努力忍耐着将手上的石子丢了，转身回家。

可身后的石子只会越加汹涌地飞来。

嘟嘟嘟——我听见岳达的摩托车的声音，看见三灵寺的铁门外那束非常熟悉的车灯。他们吃完饭了，他把冬霜送回来。

那些男孩也看到了岳达，胆怯地不再丢石头。但他们的胆怯只停留了几秒钟，因为当看到只有冬霜一个人进来的时候，他们马上就反应到，自从新建了大铁门，“围墙外面的”就再也进不来。

“冬霜！”我朝她喊。

她听到我的声音看过来，加快了脚步。岳达也听到了，摩托车停着一直没有开。

然后，冬霜看到了横在我们之间的男孩。她畏惧他们，因此放慢了脚步。我看着她朝我走过来的轨迹是弧状的，她在绕着走。

“他姐姐！”男孩们互相说。说完就弯腰继续捡石头。

岳达看到了，下了摩托车，站在铁门外。他现在能做的只有这个，隔着门，从镂空的缝隙中观望我们。

我看着那帮男孩朝冬霜丢石头。

“哎呀！哎呀！”冬霜的叫声。

我捡起石头就朝那帮男孩丢过去，也不知道有没有丢中：“冬霜，你快过来！跑过来！”

冬霜两手护着脑袋跑到我身边。

这拨男孩分成了两队，一队还在朝我们丢石头，边丢边很气愤地喊：“你还敢丢我们？”另一拨走到铁门边对岳达挑衅：“看什么看？有种你进来啊！进不来吧，哈哈！死‘围墙外面的’！”

“灵江，你明天把这几个人的学校告诉我！”铁门外的岳达对我喊。

“好！”

但这只是恐吓他们。我们都清楚，解决不了问题。我拉着冬霜一路跑到家门口，我借着灯光看到她额头上的一点血红。

“疼不疼？”我用手指轻轻去擦。

“哎呀呀！”冬霜咧着嘴，眼睛都是红红的，“他们是神经！”

我没说话，往楼上走。“回去擦点碘酒吧。”

她捂着额头跟上来，就在我开门的时候，她突然问：“有创可贴没？”

“应该有吧，不知道，去看看。”

“嗯，我那天在电视里看到一个人，实在身上没伤，还故意在身上贴创可贴，以为很时尚，啧啧啧。”

我预知到不祥，果然，在给冬霜创可贴后，看到她一溜烟跑到厕所，对着那面大镜子左照右照。在她进去三十分钟后，我实在忍受不了，走过去看着还在忙碌的她：“你搞完没？还没贴上去？你到底在干吗？”

“等等，要贴对位置。”

“你对了半个小时了！”

她不作声，两只手架在额头上摆了一个印尼猩猩挠头皮的造型。

“往左边贴点，你都没贴到伤口上去！”我说。

“那样不好看啦！”

“你！”

然后她突然像被电打了似的怔了一怔：“哦！兔子还在书包里！”说着就奔向客厅从沙发上提起书包，猛地一拉。

“怎么了啊？”我走过去。

“给你的。”她从书包里掏出一团白毛茸茸的兔子，“今天我们吃饭的时候，看到外面有人在卖这些，岳达就买了。”

“给我干吗？”说着我就抱了过来。

“怕你一个人在家无聊啊。”

我看着这只小小的兔子，现在它是很可爱，但我知道等它长到一定规模，我就会因爱生恨。

“那个人还卖乌龟，本来我准备买的，就是那种小乌龟啊。”她抵了抵额头上的创可贴又走回厕所。

“巴西龟吧。”

“管它哪个西的,那么小,又不能吃,要是王八,我可能还会买。”

她养东西就是为了吃。“你别忘了你有一次连续吃了七天的王八！”

丁零零零丁零零零——

电话响了。我去接，是我妈。这时冬霜捂着额头从厕所走出来，她居然在鼻子上也贴了一个！我摆着“嘘”的手势，让她别出声。

“啊？咋啦？”她的声音只会更大。

“谁的声音？”我妈问我。

“没谁，电视里的，我刚把电视关了。”

“你在家别只想着看电视！好点学习，都要考高中了！”听她的声音，就像看到她皱着眉的样子，“晚上去吃饭没？”

“吃了，放心了。”

“嗯，你爸住院了，我们……”

“干吗住院啊？”

“在医院检查嘛——”

“住院检查干吗？”

“要做全身检查，所有的都要查一遍，要搞蛮久的。”

“还不知道是什么病吗？”

“今天就做了视力检查，又重新做一遍，本来拿着雨坛医院的证明去，那医生说在他们这里治就要用他们的仪器再检查一遍，就是要钱的。你在家听话哦，我们可能要晚几天回来了——”

“几天？”

“可能要个好几天吧，你吃饭就去周阿姨那里吃，晚上就在家里搞学习，哪里也别去，别——”

“我知道！”

“嗯，乖乖在家，我们每天都会打个电话回来，你爸也要和你说话，你和他说。”

“爸……”

“灵江，你在家要乖啊，别给我乱跑——”他的声音仍是沉沉的，磁性的，只是多了些疲倦。

“究竟是什么病啊？”

“还不知道，你也别担心，乖，过几天就回家了。”

“嗯。”

“嗯——你去做自己的事情去吧。”

其实我知道，他还有好多话要对我说，但他不善表达。

我也有一些话想对他说，但我也偏偏说不出口。这或许就是男孩子和父亲普遍的一种关系，尤其是我们家这种特殊的情况，我总是认为自己愧对于他。

挂了电话，我看向冬霜，尤其是看着她那只惺惺作态的鼻子，我更不开心。她抱着那只兔子，抚摸它，却看着像是在拍打。我走过去抱过来：“你的抚摸和虐待似的。”

“他们多久回来？”

“不知道，我爸住院了。”

“怎么住院了啊？那么严重了啊？”

我摇摇头：“这个你别和外面人说，任何人都别说。”

我怕又会在三灵寺里引起什么波浪来，但不说归不说，当我爸再回来的时候，他们一目了然地知道我们家发生了什么。

天上只生活着两种动物

我一个人在三灵寺的这段时间，一般情况下会在周阿姨家吃饭，特殊情况下，就是岳达硬拖着我要带我去吃好吃的，我实在无法拒绝他的好意，或者拒绝好吃的的时候，就会和他们一起去馆子里大快朵颐。

但我仍然做到六点前准时回家，虽然时间很紧，但我妈说过每天都要打电话回来的。

开始那几天，是和冬霜一起回家的，我开始变得和她一样，怕黑，我有些担心黑夜里那些飞向我们的石子。

六点前，天还没有黑，刚刚好。但最近一段时间，冬霜被岳达带得开始迷恋上网吧，她不再跟我一起回家，她上网聊天要聊到很晚，到了那时候，她又不敢回来，就通宵。岳达有时为了陪她，也一起通宵，但我总以为他不会丢下小轩不管，事实上，他确实没有丢下小轩不管，他把小轩一起带到网吧玩通宵。

非常忙碌、疯狂网聊的冬霜旁边，就是玩网游玩得兴高采烈的岳达，小轩坐在他腿上，睁着大眼睛很好奇地看着哥哥玩游戏，然后看不懂，又很晚了，就在哥哥怀里睡着。

岳达抱着睡着了的小轩，左手按键，右手飞速移动鼠标，旁边就是聊得眉飞色舞，有时是聊得一头雾水的冬霜，歪着一个大脸，眉心带着淡淡的伤感，无比专注地揣摩对话框里对方的话。我觉得她很有可能是在网恋。

于是我一个人在家，终于把人生中最宝贵的一段时间，投入到养兔子的生产劳动中去——

兔子真的是一种很奇怪的动物，它永远也吃不饱，无论我每天上学前从厨房里拿多少莴笋叶片，放学再见到它，塞在盒子里满满的菜叶总是被吃得精光。它除了吃就是拉，它不停地吃，不停地拉。我真的很担心它会把我家吃穷。

而且，我还发现一个我解释不清的现象。

我把它装在一个盒子里，我的卧室有个阳台，就把它养在阳台上。

我半夜又做了噩梦惊醒后，在黑漆漆的房间里独自坐了很久，想起它，就光着脚悄悄地拧开阳台门——

我看见盒子的盒盖已打开，那样朦胧的月光下，我看见它背对着我，蹲坐在瓷砖上，一动不动地望着夜空，因为浑身通白，被月光拉扯出的狭长身影似乎会反光。

怪就怪在这里，它那么警觉，但此时就是觉察不到我引出的声响，就那样望着天空，痴痴的，像是被催了眠。刹那间，我感觉后背有股诡异的寒意，我觉得此时的它就像一个人，是有灵性的，好像它会随时回头看向我，然后对我笑。

我躺在床上想了很多，我想这大概是动物正常的生理现象。然后我又悄无声息地拧开阳台门，瞟到它蹲坐的背影时，客厅里的电话突然响了，我吓得一怔，看了看客厅再看回来时，它已经盯着我，我们四目相对，我倒抽一口冷气，猛地关上阳台门。

电话是我妈打来的，我接通后心不在焉地和她说了几句，挂了电话后，满屋子又是令我毛骨悚然的极度寂静。

就是这种说不清道不明的可怕，我实在不想在这里多待，拿了钥匙就准备出去找岳达他们。

然后在外面，我又遇见那帮无所事事的男孩。

“哎哎，看，三灵……”

“妈的！别叫我看他！”

“他来了欸，他上哪儿去啊？”

“管他上哪儿去！把他赶出去！”

他们真的是帮疯子。我把手插进牛仔裤口袋，加快脚步往三灵寺外走。我看见他们丢了些什么东西过来，没打中我，我便当作没看见，继续走。

“哎哎哎！木灵江，你这么晚去哪里啊？”其中一个男孩追上我，但还是与我保持距离。

我没理他。

“是去找那个‘围墙外面的’吧，啊？”

“关你屁事！”

我感觉到左肩被石头击中，瞬间刺骨地疼。

“我们都赞成你搬出三灵寺！你赶快搬出去！”“就是就是，

你这个坏东西！灾星！”“赶快出去！别回来了！去找那个‘围墙外面的’！哈哈哈——”

我捡起一块石头就朝后面丢过去。

“哎哟！”

丢中了，不知道丢中了谁。我还准备要和他们对抗，但他们都没有再扔石头，而是都去围着被我击中的人，闹哄哄的。我眯着眼睛看，那个被击中的人好像蹲在了地上，捂着头动弹不了了，我才反应过来，我刚刚捡起的好像是块挺大的石头。

“好，木灵江，你砸伤人了！”“你完了！”——

我扭过头，虽然有点心虚，但这是你们罪有应得。我不再理睬身后的闲言碎语，走出三灵寺。

我急匆匆地走过好几条街才走到岳达他们常在的网吧，但进去找了一圈没看见他们，于是又陆续找了几家。这条街几乎都是网吧，但找不到他们。

然后路过最豪华、最高档的那“栋”网吧，看到停在门外的那辆太过显眼的摩托车。

我在顶楼的“贵宾包间”发现了他们，乌烟瘴气的包间里，昏暗暗的光线下，连在一起的两台电脑屏幕冒着幽幽白光，白光下两个黑乎乎的、像蛆一样蠕动的身影，让我觉得他们就像一对贩毒的夫妻，那叼烟的男人怀里还有一个即将要成为遗孤的孩子。

“你们潇洒啊！”我走进去。

他们都回过头，看是我，又惊讶又兴奋，尤其是冬霜，在看到我后迅速转回头，正襟危坐地嗒嗒嗒打字，像是在炫耀。

“你们怎么跑这个网吧来了？”

“那家网吧的键盘不好用。”冬霜头也没抬。

“真好。”我坐在岳达的椅子扶手上，“有钱人啊！”

“没有啦。”冬霜说。

岳达回答还算正常，可是她却回答。我真的很想与这位伴大款的女人好好聊一聊，这时小轩醒了，他一看到我，马上就噘起小嘴要哭，伸出两只小手要抱。

“小轩乖！”就在我从岳达怀里把他抱过来的时候，他就娇气地趴在我肩膀上呜呜呜地哭起来。

“乖啊，怎么了？”

小轩揉着眼睛，噘着小嘴，看着岳达。看来是不喜欢这里。

可他那个哥哥还叼着烟，明明心虚却死撑着对着屏幕纹丝不动。

“你怎么出来了啊？”冬霜百忙之中终于问了句，“小姨打电话回来怎么办啊。”

“她打过了，就是因为这个，你不知道，那个兔子……吓死我了……”

“兔子怎么了？”冬霜扭过头看着我，岳达也终于肯抬起头看我一眼。

“它望月啊！好恐怖，我现在一个人待在家都怕……”

“望什么月啊？”

“它到了晚上就对着天看看看，一动不动的，我觉得好奇怪，这种东西真是解释不清啊，是这只兔子是这样，还是所有的兔子都有这个习惯？”

“这个……”冬霜又看回电脑，“它想吃月饼了吧。”

我直接无视她，这时岳达说：“那是它家嘛，它想家了。”

这个好像还有些道理。“你确定？”

“我属兔的嘛。”

“哦，你就以为你是它啊？那我属龙啊，冬霜属虎啊，那冬霜是母老虎。”

冬霜也可以做到自动无视我。结果岳达说得好：“古人不是说兔子住在月亮上吗？这一定是有道理的吧，我觉得这都是有根据的。”

他一下子变得这么有文化，突然让我很没自信。

但又确实是这样，仔细想一想，十二生肖里除了龙可以上天，还有一种动物生活在天上，但是它生活的地方孤寂寒冷，月亮，生活在月亮上。

就是兔子。

但我不知道它是被月亮放逐，还是自愿离开，现在又后悔，因此要日复一日地遥望夜空，守候着，像是在等一个回答。

可能已经是凌晨了。我抱着小轩挤在冬霜和岳达的中间。岳达还在游戏，冬霜一手撑着下巴，目不转睛地盯着屏幕上的对话框。

小轩也许是看到我来了，有了精神，也不困了，噘着嘴巴玩我的衣领。我朝他脸上吹气，他就亲我一下，我再吹，他再亲。

“这个小轩好玩啊！”我笑着说，“小轩，我还要！”

小轩捧着我的脸，噘着小嘴巴又大大地亲了我一个。

“岳达啊，快看！”我用手肘捅了捅岳达。

但是他很忙，没空看。

“小轩啊，你以后肯定会很讨女生喜欢哦。”我擦掉他脸上还挂着的泪，“又帅，又爱掉眼泪，那么会撒娇，那么可爱。而且家里又有钱！”

不过我也很怕他到时候会变得和岳达一样。亲兄弟，他们的习性几乎是一样的，看着现在的小轩，我就可以想象到岳达小时候，也那么娇气，那么爱掉眼泪，也噘着小嘴轻声细语地逢人就喊：“哥哥 / 姐姐，抱抱小达……”

我真的很难接受。不过我可以预知到小轩以后绝对会变成岳达现在这个样子，不苟言笑，又冷又爱挥霍，毕竟是纨绔子弟。

小轩真的很黏人，我已经没在逗他，可他依然不停地亲我。我看向还在聊天的冬霜，她时而面无表情，时而嘴角闪现一道微笑，又迅速面无表情，又闪现一道微笑。

“你在干吗呢？”

她突然紧张地用余光瞟了一眼我，坐正身子。

“和谁聊天呢？”

“网友啊。”

我看着对话框，六排字里出现了二十多个“爱”字。

“你爱他啊？”

“屁啊！”她心虚地瞟了一眼岳达。

“啧啧。”

她迅速转移话题：“你以后就跟我们一起去吃饭嘛，再一起来上网，别回去啦。”

我摇摇头：“其实我也不太想出来，刚刚出来的时候又碰到那几个男孩，然后……”

“咋啦？”她飞快地打字。

“我好像弄伤了一个人。”

“太好了！打死他们！”她兴奋地叫了声。岳达听到了，扭头看了我们一眼。

“你那么高兴干什么。”

“就是高兴！”她狠狠地说，“让他们去死吧！赶快去死！”

“可我又惹事了啊。”

她面无表情地转过头：“我也惹事了……”

“怎么？”

“我刚太激动，把‘赶快去死！’发过去了……”

我看到她的对话框里对方再也没有回话。而冬霜居然还深表担心地问我：“他不会真去死了吧？！”

我不想回答她。我不知道我该怎样作答。

她看我沉默，又看着对话框里的沉默，突然疯了一样：“天啊！不会吧！乖呀，不要吓我啊！不要那么听我的话啊！乖乖乖！”

冬霜你一定要放心，凡是与你有染的男人在死之前绝对会先来干掉你。

我只是想做一个听话懂事的孩子
但因为这种懂事，我越来越不听话了

“木灵江，你妈呢？”华卓儿的妈妈带着华卓儿冲到我家。

我看着臃肿的她一脸恶相，就是一只烫了头发的斗牛犬，华卓儿站在她身后，头上缠了一圈纱布。原来被打伤的人是他。

还有一群三灵寺的男孩跟着他们来到我家楼下，躲在楼道口里看热闹，发出“嘻嘻”的窃笑声。

“他们不在家。”我说。

“你打我家儿子干什么？”她歪着脑袋盯着我，两手叉腰，“你没人管啊？你把他打成这个样子，你和他有什么深仇大恨啊？啊？”

“阿姨，是他们先用石头丢我，我……”

“没看你也被打成这个样子？！”她的表情越加凶悍，“你到底是怎么回事啊？我觉得你妈应该带你去医院看看！”

“我不是有意的，我那时是保护自己……”

“你保护自己什么？啊？保护什么？有什么好保护的？三灵寺里有几个小孩敢和你玩的？你自己不清楚啊？你不故意惹他们，他们谁敢惹你？啊？”

我看着她那么荒诞的脸孔，什么话也不想说。

“你是不是，有问题啊？”她把脸凑过来，斜着眼问，“又打人，又放火，我觉得你妈应该把你给关起来，或者送到什么地方去。”

这时，楼上的那只“鹈鹕”闻声下楼来看，披着一件亮黄色大绒衣，飞下来的时候还在嘀咕：“谁啊？吵什么吵在这里？！”结果看到是华卓儿他妈，“咦？温姐，你这是？”她又看看华卓儿，又看看我。

“他把我家卓儿打成这个样子。”说着就扯过华卓儿的脑袋，指着纱布，“小白，你过来看看。”

白“鹈鹕”咧着抽屉一样的嘴巴：“哎呀，啧啧啧啧！”

华卓儿他妈盯着我说：“这算好的了呢！你不晓得以前他差点没把我家儿子给炸死！”

“啊？炸死？！”白啼湖故意放大声音，营造气氛。

“和‘围墙外面的’一起欺负我家卓儿呗！拿炮炸我家儿子！你看可恨不？！”他妈又要把华卓儿锁骨上的那块疤展现出来，“看看，现在还留一个这么大的疤！”

“啧啧啧啧，哎呀！啧啧！”白啼湖摇着头，对着华卓儿她妈小声说，“我每天也被烦得不行，啧，他天天带‘围墙外面的’回家里吵啊吵，吵死我了！”

“他妈怎么也不管管他啊，真是！”

“嗯，他们家啊，啧啧……”

当着我的面，她们说了很多，出于礼貌，我就站在门口看着。华卓儿看我的眼神充满仇恨，看热闹的那帮男孩子也指着我说三道四，还要耻笑。

“木灵江，你妈回来了要她来找我，我有话要跟她说。”二十多分钟后，华卓儿他妈拽着华卓儿走了，边下楼边说。

白啼湖收进去她那把“抽屉”，恶毒地瞟了我一眼，披着她那件斗篷也飞上了楼。

我关上门，握着门把手吐了一口气，转身，看见那只兔子从阳台上跑出来，蹲坐在我面前。

“你喜欢他们不？”我蹲下来，看着它红红的眼睛，“我爸妈一不在，就来欺负我，以为我好欺负？！”

兔子低头看了看瓷砖，又看向我。

“他们也好意思，老子是自卫！”

兔子又低着脑袋在瓷砖上嗅啊嗅。它其实没有灵性，听不懂。我抱起它，送到阳台上。抱起它的时候，我突然想告诉它，你应该住在月亮上，虽然很孤寂，但没有纷扰。你真的来错了地方。

这是人间。

事实证明，它不仅来到了人间，错上加错的是，来到了我家。

当家里仅剩的菜叶子被吃完后，不得不对它实行放养，当时我在家等我妈的电话，先让冬霜抱着它去外面找个草坪，让它吃点草。

可当我接完电话出去找冬霜的时候，却看见披头散发的她怀抱着兔子，无比汹涌地朝我冲来。我当时心一下子揪紧了，感觉是一个即将成为女烈士的女战士抱着炸药包要与我同归于尽。

“怎么了？”我忙问。

“快！快！”她直接跑过我，冲进楼道口里躲起来。

我真的觉得可能哪里正在打仗：“你见鬼了啊？！干吗啊？”

她紧贴着墙壁，侧着头，摆了一副侦察敌情的严肃表情。

我看着那只兔子，就快要被她勒得翻白眼了。我抱过来：“你咋啦？神经兮兮的。”

“他们在打鹿威。”她惶恐地小声说。

“谁打鹿威？”

“三灵寺那几个男孩。”她赶紧“嘘”了一声，惊慌失措地环视四周。看来她受了点刺激，不过真的好像已经神经了。

我抱着兔子就去找鹿威，这时冬霜从楼道口里露出个大头看我，我回头看她，她赶紧缩回去。

我跑到灯光球场，远远就看到鹿威被一群男孩围住，她穿着纯白的衣裤，那么闪耀地站在灰暗的男孩子中间，就像一个天使。

她看到我，忙用眼神示意要我不要过去，这时华卓儿也转头看向我。

这个家伙头上的纱布还没拆，缠得和坨包菜一样，就又开始作威作福。

“哎哟哟，这是谁啊？”他的那张歪嘴巴还是这么贱，“还带了宠物来了？”

我看了看抱着的兔子，低头忍了忍，抬起头：“鹿威，他们在对你干吗？”

“没干嘛。”鹿威一脸刚强，“你别站在那里了，走吧。”

“木灵江，别走！”几个男孩挡住我的去路，华卓儿说：“既然你们关系那么好，就一起呗。”然后他扯住鹿威的衣领。

鹿威抬起胳膊敏捷地挣脱开，一拳要打到华卓儿的脸上。

“啊！”华卓儿一手捂脸，一手捂着头上的纱布，吓得忙往后退了一步。

“滚开！”鹿威朝其他体格弱小的男孩喊。那些男孩赶快让出了一条路，鹿威走到我身边，看到我抱着的兔子：“冬霜姐没事吧？”

“嗯，有点怕吧。”

她轻盈地微笑，指着后面的男孩对我说：“他们要拿沙子丢冬霜姐，说‘你不是怕黑吗？那就要你永远都看到黑！’我就来帮她，结果她吓得赶快跑，哈哈。”

我越发觉得这群男孩的可耻。

“鹿威，你给我等着！”华卓儿朝我们喊，“老子现在是有伤，等我好了你看着咯！”

鹿威头也没回，边走边说：“我看什么哦？你别惹我就是，反正我也没惹过你。”

“你这个叛徒！三灵寺的叛徒！和那个‘三灵’一样的叛徒！”华卓儿更是叫得大声，“妈的！亏我以前还把你当兄弟！”

鹿威呵呵冷笑了两声。

“你给我记着！”

“你们翻脸咯？”走在路上，我问她。

“放火那次就翻了哦。”

“不好意思啊，鹿威。”

“不怪你哦，发都发生了。”她把外套甩在肩上，阳光把她照得越发明亮。我看见她的脸颊有汗流下来，我觉得如果可以，她一定会光膀子。

“鹿威，我回去了。”

“哦。”她说着也往家走，走了几步却突然转过身，“校服！你的校服还没借我哦！”

“哦，对！等下我给你送去？”

她犹豫了一下：“我跟你一起去拿吧，我爸说再看到我和你一起玩，就剁了我。”

听她这么说，我很是无奈，点了点头。

冬霜还躲在楼道口里，看到我们来了，她跳出来。再看到她，我的心里只有很深很深的亏欠，我一点都不想再和她耍嘴皮子。

“鹿威你没事吧？”她纠缠着鹿威，“你没事干吗惹他们啊？我躲都躲不赢，你还去惹！”

“人家是为了救你！”我还是忍不住要插嘴。

“啊？救我啊？”冬霜还一头雾水，“我不停地往外面跑啊，鹿威不停地往里面钻啊！怎么回事啊？”

“好，好，你自救。”我从衣柜里把军装拿给鹿威。

“嗯，我拿去了哦。”鹿威说，“你最近不用吧？”

“不用。”

送走了鹿威，我再看向冬霜：“没事吧，别害怕了。”

“我又没怕。”冬霜拿起桌子上的一杯水，仰头喝下，“我是觉得他们做得太过分了！你晓得不，他们拿沙子打我啊。”

“我知道。”我从她头发里挑出几粒沙子。

“他们拿沙子丢我眼睛里啊，他们要我瞎啊！”冬霜又仰头喝下一口，“我肯定会跑的不，我一个女流之辈，绝对会被他们蹂躏！”

我忽视她最后两句话，继续给她挑沙子。

她仰头喝了第三口：“主要是我还抱着你的那个兔子！跑都跑不动！”

“我觉得你跑不动绝对不是因为这只兔子。”

“本来就是！”

“好，好，跑跑也好，锻炼下。”

她呛住。

冬霜恐惧他们，那些男孩吓她“你不是喜欢玩火吗？下次烧光你的头发”，她提心吊胆了很久，只要在三灵寺铁门外看到那些男孩，她就不会进去，而是在外面遛个四五十分钟再回来观望，或是直接和岳达去上网，一玩儿又是一个通宵。

而且当她从我们这里知道三灵寺后山那处没有围墙的地方，她开始从那里走。但每次看到她一脚的泥巴，蓬乱的头发上插满了乱棍树枝，都让我觉得她就像刚从栖息地回来的母尼安德特人。

我对她说过无数次，你越怕他们，他们越要欺负你。但是她听不进去，她坚信着一个道理：惹不起，躲得起。

当她又一头乱棍地从后山归来，上我家楼的时候，一路在台阶上刮鞋底的黄泥巴。敲了我家的门，我从猫眼里看，开始以为是个逃荒的。她边扯头发上的树叶边说："是我啦。"

"你又从那里回来，危不危险？"我走回卧室，"叫你光明正大地走进来，你又不是贼，又不是什么……"

"好了啦，我是不想看见他们。"她在我家门口刮泥巴，脱了鞋光着脚走进来。

她刚把门关上，就听见"咚咚咚"的敲门声。她又打开。

"谁啊？"我走出去。是我爸妈——

我爸怎么变得这么瘦，眼珠外凸，面色更加苍白，就像是掉入冰窟刚被解救出来。我妈搀着我爸，还提了一袋东西，皱着眉看着一地都是从冬霜身上掉下来的异物，还有门口的黄泥巴。

"你在家搞什么鬼？搞成这个样子？！"我妈冲我喊，"叫你好好的，你给我惹事，刚在路上还碰到华卓儿他妈了，你居然还打伤别人！你……"

我一句话都无从出口。冬霜愣愣地站在一边，只极小声地叫了声"小姨"和"小姨夫"。

"霜霜，你妈还没回来？"我妈板着脸，没有看她，扶着我爸走进来。

"没……"冬霜退到更远的地方。

"妈，爸爸这是？"我问。

"你给我在家搞什么名堂？"她一脸愁容，放下袋子，"什么味？臊烘烘的？"说着要去阳台。

我还想试图拦住她，但已不可能，她已走到阳台："木灵江！你给我干的什么好事！"

我赶紧走过去："就是一只兔子啊。"

"你养什么兔子？搞得家里全是那个味道！"

我把装兔子的盒子盖好，放在一边。

我妈拉开冰箱，冰箱里仅剩的那些菜也没有了："你养什么兔子啊？！你不搞学习，尽给我搞这种事！你马上就要考高中了！"

我走到客厅，看着坐在沙发上的我爸。

"你为什么不去周阿姨那里吃饭？"我爸问我，他的声音已经低喑。

"我去了啊。"

"她说你只去过两三次，你搞什么去了？"

"我没。"

"你又给我瞎搞！"他指着我。但指偏了一些。

"你看他养的兔子！"我妈从阳台上把盒子抱到客厅，丢在地上。盒子打翻，兔子吓得从里面蹿出来。

"那是什么？谁给你买的？"

"我自己买的啊。"

"哪来的钱？"

"其实是捡的。"

我爸突然站起来，因为看不清，差点一脚踩到兔子，然后他蹲下，在地上摸索，摸到兔子，一把抓住，就往厨房去。途中还撞到了一扇门。

这样的情景给我一种慌乱无助的压迫感。

我妈跟上去，我和冬霜对视，她早已吓得瞪大了双眼。我也跟过去，看见我爸抡起了一个大铁锤。

我马上意识到不好，我知道接下来会发生什么事，但我没有任何办法改变。于是我跑到卧室，扑到床上，把整张脸都埋在枕头里。

一片漆黑，我什么都看不见了，我还将枕头卷起要包住自己的双耳，我也不想听到任何声音。

虽然明知道兔子不会发出声音。

就是大概五秒钟，飞快的五秒钟，我在黑暗里，觉得竟是那样漫长。我什么声音都没有听见，包括兔子的挣扎，铁锤落地的声音，甚至他们大人的声音，我都没有听到。但我非常清楚，他们已经把事情给解决了。

我从床上下来，走到厨房，看见那只兔子，头顶是一溜黑色的血渍。在洁白的毛皮上太过刺眼，就像一条大地的裂缝。

谁都没有再说话。

你只是来错了地方。遇错了人

我不怪他们，我知道他们的心情糟糕。

他们有太多的苦闷需要释放。我也做错了事。

“灵江。”我妈说，“我们后天还要去市里，转院了。”

“怎么又转院？到底怎么了？”

“查不出来。没办法。”

“怎么会查不出来？有没有确定是哪里的病？”

“做了脑电图，医生说是脑神经上的病，我也不知道。”她把袋子提过来。

我打开看，是一张张核磁共振的头部扫描。底下是病历本，我翻看着，医生写的一个结论是“MS？变性疾病？”还有一个是“病毒性脑炎”。

“全身上下各项检查都做了，查不出，医院又不敢随便给他打针，所以他在那里住院没打过针，没吃过药，天天就是检查，可查不出啊，病情越来越严重。”

“现在都有哪些症状了？”我在看核磁共振的图片。

“你爸爸的视力只能感光了，而且有幻视，就是幻觉，看天空就像在下雪一样，全是白点点在飞。”

我看着这些黑色胶底的扫描片，很大一张，翻动的时候很清脆地响，让我感到不安。尤其是上面显现的人脑内部结构。

“别叫灵江看那个。”我爸听到胶片的声音。

我妈拿过那些图片：“别看了，你爸不叫你看。”

“为什么？”

“小孩子看这些不好。”

我听我妈说，医生给我爸做的脑电图，图上的波谱异常混乱，按照这样的波状，病人应该早就痴呆了，但是我爸思维还很清晰，只是看不见东西。

我越加感觉到身边阴冷的湿气。

在他们走之前的那天晚上，我妈搀扶着我爸去洗澡，我爸小心翼翼地伸出脚去试探。我坐在沙发上呆呆地看着他们，我想不通为什么会变成如今这样。

他们走进卫生间，我妈给他打点好，关上门，让他自己洗。

在短暂的安静之后，就听见我爸大叫的声音。我妈赶紧跑进去，然后我听见卫生间里像是在扭打的碰撞声。

砰——啪——哗啦啦——

还有我爸的咆哮怒吼，我妈的低劝声。

我不知道发生了什么，我只知道一切都变得不正常，我爸那么歇斯底里地咆哮，乱叫，就像已经疯了。我也意识到他的声音太大，传得很远，附近几栋楼的人都可以听到。

“看什么看！木灵江我叫你给我偷看！”

“我要打死你！你还给我看！”

“我要杀了你——”

我听见他这么大叫着，我吓得赶紧躲在饭桌边的角落，坐在地上，无助地望着。

我听见我妈急切的声音：“灵江一直在外面，他没有看你啊！”

“就是他这个小坏蛋！他想害我！”

“他是你儿子，他怎么会害你啊？！”

“我看到那里有好多双小眼睛在偷看我！”他颤抖着手指着卫生间的门，“就是木灵江！是他！他这个小坏蛋！”

“好了好了没事了，那是你的幻觉，什么都没有，灵江根本……”

“怎么没有！你看你看，他还在看！”

“那是门，那里什么都没有！”

“看啊，他还笑！我要打死你——”

他没有继续洗下去，我妈搀着他从卫生间出来。我看到我妈身上全是水，因为我爸拿着喷头到处洒水。我妈看到躲在角落里的我正担惊受怕地望着他们。

“你看你把灵江给吓的！”我妈对他说。

我爸瞪着圆眼，什么都看不到，伸出两手摸着，问："灵江呢？"

"吓得躲在那里呢。"我妈把他扶到沙发上坐下。

"谁欺负灵江了？！"

"还不是你啊！你说要杀了他。"

他一脸惊慌："我没有啊！我没有说啊！我没有……"

世界已经混乱不堪了。我就躲在那里，望着他一脸的困惑和慌张，他是真的病了，严重地病了。

至于那只兔子，在锤死它的当天，就被我妈做成了一盘菜。因为我把它养得太肥了，刚好我家此时正缺钱，我妈不会浪费的。

但是我看着这盘红烧兔肉，怎么也不敢吃。我看着我妈吃得津津有味，还给我爸夹了一条腿，我就是不动筷子。

"你不是喜欢吃鸡腿么？"我妈嘬着一块肉问我，"这个腿比鸡腿大，吃吧。"

"这怎么吃啊？感觉怪怪的！"

"你就当是一盘别的肉嘛。"

我摇头。没有办法吃它，毕竟是我养大的，我用了感情的，现在吃它，就像吃自己的孩子、亲戚、朋友一样，那种感觉非常嶙峋古怪。

而且还是一只会望月的兔子。可能我真的把它当人了。

不过还是因为它来错了地方。

当我再次面对岳达的时候。

"你和兔子在家也玩得愉快不？"他笑着问。

我看他心情很好，我不想破坏。

“怎么了？”他看出我的脸色。

“岳达。”我抬起头。

他预感到不好，问：“它死了？”

我抿着嘴，摇了摇头。

“没有死就好了啊。”

“我们把它吃了……”

这个确实比死更难以启齿，以至于岳达、小轩、冬霜都惊讶地看向我。小轩的小嘴还开始颤动，要哭了。冬霜难以置信地问我：“你们后来……把它吃啦？！”

我内疚地低下头。

她更是愤怒，差点拍案而起：“怎么不叫我啊！”

这种传言对男孩子来说，比死还难受

爸妈走后，我再也不愿意去周阿姨那里吃饭。我看着她虚情假意的脸孔就不舒服，而且她给我做的饭菜都是敷衍了事的，天天只有一盘青菜秆。

特别是近来，她会不停地问我：“你爸怎么了啊？生病了是吧？你爸你妈是出去看病了吧？哪里的病啊？好像眼睛不行了哦，怎么回事啊？”

我说我不知道，她也许看得出我是在装傻，有一天终于按捺不住，停下筷子高声问我：“你爸怎么了你不知道啊？自己家出什么事了你不知道啊？你这个小孩太有意思了哦！”然后反应到自己过激的行为，改口说，“太不关心自己的父母了。”

我依然强装微笑，吃完饭就想赶快走，以后也不会再来了。

“周阿姨，我妈在你这里放的钱都退给我吧。”

“怎么？”

“因为要中考了，想在学校多待一会儿，就顺便在学校里吃。”

她转移视线，沉默了一会儿：“可是我都给你买好菜了，钱都用完了啊。”

我知道她在撒谎，我笑着说：“那，你把那些菜都给我吧，我带回家去。”

她语塞，又沉默了一会儿，说：“我是和菜市场的那些人预订的，钱都给他们了，我每天只要去他们那里拿就行了。”

“那你告诉我是哪个卖菜的，以后我去拿就行了，不麻烦您了。”

“没事没事，你还要学习的嘛，别浪费这个时间嘛，是吧。而且你还和阿姨计较这些小钱啊？呵呵。”

“可我身上总要有钱吧，我妈他们又不在。周阿姨，你借我点钱好不？”

“我没有！”她有些急了，“现在身上没有，你别那样嘛！你要么就来我这里吃，多好，现成的，吃完了回家学习多方便，是不！哦，你嫌弃我这里啊？”

“没有没有，我……”

“你是的吧！”她瞪大了眼睛，“木灵江你可别在我这里使坏啊，他们都说你坏，我是给你妈一个面子看你一个人在三灵寺挺可怜的，才准你来我这里吃饭！你别不识好歹！”

我木然地盯着她的脸孔，在这里一刻也不想多待了，起身就走出去。

"哎哟，你还给我脸色看？！你算什么东西？坏东西！"

我听见她一直在说。

"坏东西！哈哈，她也骂你坏东西啊！"身后跟着几个三灵寺的男孩，朝我喊。

我忍着，往家的方向走。

"喂！坏东西啊！"他们见我没有回头，继续喊，"三灵啊！你听得到不？叫你呢！三灵！你聋了啊？"

我放缓了脚步，顿了一刻后又加快。

他们捡起石子朝我丢过来。

啪，啪，打在我的背上，我忍着疼继续走。

"他聋了！哈哈。"他们朝我喊，"你爸也瞎了，你也聋了，你妈该哑巴了吧！"

"谁说我爸瞎了？！"

"你爸是瞎了啊！走路都是这样——"其中一个说着就开始学瞎子摸路的模样，"哈哈，作孽哟！都是你害的吧，三灵？说了你就是个灾星！"

"你！"我转过身就冲过去和他扭打在一起，其它三灵寺的男孩都纷纷帮他扯我的衣服。还有一个人揪住我的头发。

我已经极度混乱，疯了一样按住身下的那个男孩。

"小心被他传染啦！快踢开他！快啊！"他们喊着。

我已经记不清是怎样结束的了，只记得他们喊着"小心被他传染"，接着混乱之中，就只剩下我一个人还在地上。

远去的他们还在说："赶快滚出三灵寺去，快滚！这里不欢迎你！"

但是我和冬霜不一样，我惹不起，我也不会躲。我凭什么躲？

但是这天晚上我真的没有回家，真的离开了三灵寺，去找岳达。

他们在上网，我蓬头垢面地站在他们面前，岳达看我这个样子，猜想到发生了什么，让冬霜先带着小轩，拉住我往楼下走。

我以为他会带我去他家，但是坐上摩托车后，他是往三灵寺的方向开。

“你干吗啊？”我忙问。

他不说话，紧闭着嘴巴。把摩托车开成了火箭。

我猜到他或许是要找那些男孩报仇了，我拉住他的衣服：“岳达你别去啊，你也进不去！算了算了，不用理他们。”

“我那天看见了，冬霜也告诉我了，他们天天拿石头打你们是吧？”

我只能沉默。

到了三灵寺门口，铁门拦住。

他下了车，看着三灵寺里那帮聚众的男孩，朝他们喊：“喂！你们过来！”

那些男孩听见了，没有动。其中最高的那个男孩仰天长啸了两声，走过来，其他的男孩也跟着走过来。

最高的那个男孩是华卓儿。

“嗨嗨，‘围墙外面的’，你进来啊。”华卓儿走到跟前，看见了我，唱 Hip-Hop 似的对岳达挑衅，“哟，哟，进来说嘛，站在外面干吗？哈哈。”

“你再给我宝里宝气点儿。”岳达面无表情地看着他在杂耍。我很奇怪岳达总是那样平静地说一句话，气势却可以那么强，“以后再欺负木灵江和冬霜，你就别想在雨坛混了。”

“哟，我还怕咯？你以为你是谁啊？”

“你可以一辈子待在三灵寺里面，但只要你走出来一步，你就会知道你是什么下场。”

“好啊。我就不出去，你能把我怎么样？”华卓儿的语气有些软了。

“我没空跟你废话，你记住。”岳达指了指他，准备转身走。

“哎哎，别这样啊。”华卓儿明显是怕了，往前凑了凑，“我们对木灵江并没有恶意啊，就是觉得他不适合待在三灵寺里。”

岳达转过头，要他继续说。

“我告诉你一个秘密哦。”华卓儿试着讨好岳达，从铁门镂空里伸出手，要岳达走到他身边。岳达走过去，他在岳达耳边说：“你最好少和木灵江在一起，他有传染病，我们都怕这个，你不知道吧。”

虽然华卓儿的声音很小，但我听得到，一清二楚。

“什么传染病？”岳达问。

“你看吧，你不知道吧，我告诉你，他……”

“华卓儿，你最好给我闭嘴！”我朝他喊。

他们都看向我，华卓儿瞟了我一眼后，继续对岳达说：“以前有个变态把木灵江拐走了，然后……”

“那个人是神经病，从小脑子就不正常！”我走上前告诉岳达。

“那个人不是神经病，那个人是个变态！”华卓儿朝我吼。

“那个人是脑子有问题的，他后来被家里人锁起来了，因为当时已经疯了。”

“嘁！”华卓儿歪着嘴巴，“那个人就是个变态狂，专门对小孩子变态，你自己还不知道啊？”

“放你的屁！”我冲上去抓住铁栏杆。

华卓儿迅速把手缩进去，指着身后那些三灵寺的男孩，对岳达说：“不信你问问他们。”

那些男孩都说“是啊”“对”“就是个变态狂抱走他的”……

我气喘吁吁地抓着冰冷的铁栏杆，什么话都说不出来，只有膨胀的愤怒和绝望困在身体中，要将我撕裂，我颤抖着呼吸，感觉自己在他们这样庞大的误解与“不相信”中根本无法抗争——

因为我是当事人，受害人，没有人愿意相信受害人，因为所有人都认为受害人说的任何言论都是为了维护自身。

“然后那个变态就把病传染给他咯。”华卓儿看向我，“你还不承认自己有传染病啊？你还记得那个男的啊，就证明你已经被传染上了！”

“你！”

“你什么你，这是事实！”

岳达在沉默了很久后，问他：“你们怎么知道？”

“我妈跟我说的啊！”华卓儿理直气壮的样子，“三灵寺的人都知道，我们从小就不能和他玩，因为一旦被传染上那个病，就……我好意提醒你，最好别和他玩。”

我看向岳达，我的眼睛里只有无助。他没有看我，一直盯着华卓儿的眼睛。

“你们说的那个病，是什么病？”岳达问他。

“就是变态的……”华卓儿凑近岳达的耳朵用最小的声音悄悄告诉他。

这次，我听不到了。

我看着他们离得那么近在窃窃私语，这一瞬间，我感觉他们变成一伙的了，我终于一个朋友也没有了。

我往后退，我本能地要离他们远一点，甚至离岳达远一点。

“知道了吧！所以我们都叫他‘坏东西’。”华卓儿说完了。

岳达抬正头，看着华卓儿。我已经决定在岳达看向我的时候，就转身走，我不想看到他也用那些男孩看向我的眼光、用那种带着鄙夷的、憎恶的眼光看我，让清白的我也会产生一种耻辱感。

你要知道，这样的传言，对于任何一个人来说，真的都非常痛苦。

岳达看向我，我看着他的眼睛，怎么变得那么陌生。

我想，他或许选择相信那些男孩了，要变得和三灵寺里的人一样邪恶和愚昧了。

但他接下来，却一把抓住华卓儿的手腕，掐住华卓儿的喉咙。华卓儿的脸都贴在铁栏上，疼得龇牙咧嘴地乱叫。

“你们的嘴真贱。”岳达对着他的脸说。

那些男孩不敢上前帮华卓儿，都战战兢兢地观望，都害怕自己以后在雨坛也混不下去。

华卓儿张着嘴伸着舌头，快要翻白眼了，岳达才松开他，把他往后一推，华卓儿摔倒在地上。

那些男孩终于敢去扶起华卓儿，华卓儿不停地咳嗽，缓了很久才推开身边的男孩们，指着岳达：“你被木灵江传染了！”

“你再说一句。”

“你绝对被他传染了！”华卓儿站在离我们比较远的地方，“我早知道你被他传染了！你完了！你什么话都会听他的，他要你干什么，你就干什么，和一条狗一样，你没救了！真悲哀啊！”

华卓儿确实很贱，不仅嘴贱，身体各个部位都跟着贱，因为他有一团无比下贱的灵魂，如果不下贱的话，当时就不会在锁骨上留下那么大一块疤，就不会在头上缠纱布，就不会在这种关头还要疯狗乱咬人。

我能感觉到岳达的怒气上来了，要在那张永远冷若冰霜的脸上显露出来了，这种时候是最危险的。

我走上前。

“华卓儿，你听好了，真正悲哀的是你。”我看向他身边的男孩，“你，你，你，还有你。还有三灵寺里的那些人，你们的父母，才是真正的悲哀，你们居然能用那种变态的猜测去扭曲一件事实。”

“你他妈说谁？”

“说你！你们这些造谣者！造出这么变态的谣言来彰显出自己的变态。”

“木灵江，你他妈给我……”

岳达骑上摩托车：“你们这几个以后都别想在雨坛混了。”说完踩下油门。

我以为他口中的“你们这几个”也包括我，不过他又朝我喊：“我们走。”

我坐上去，狠狠地与他们对视。

华卓儿气急败坏：“行！你可以！木灵江，那你以后也别想在三灵寺混了！”

我怎么可能会怕你们？

三灵寺的风言风语越来越多

“风言风语”这个词造得很形象，那些难以入耳的传言，像风一样，听得到，却看不到，抓不到。

当我们听到了，也无能为力，有时候去辩解是搅一摊浑水，因为人有一种行为叫“不相信”，不去相信，不愿相信，即使相信也要去埋葬相信。

对于它们，我们无处发力，就站在原地被它们环环缠绕，直到系成死结，让我们动弹不得。

就这样倒着，无法挣脱，无法反抗，眼睁睁地看着。等死。

“看看看，就是那个小孩他爸爸啊！眼睛瞎了。”

“那个什么木灵江噢，他爸不是一直在外面挣钱么？”

“是的咯，好好的三灵寺不待，觉得赚不到钱，跑到外面去，现在好了吧，变成那个样子回来了。”是幸灾乐祸的轻笑声。

“怪得了谁？还不是怪自己！”

“是的，他们家是挺多事的。”

“姓木的那个眼睛瞎了，你们知道不？”

“知道啊，看到了啊，他老婆跟他一起回来的，搀着搀着，啧啧。”

“不只眼睛瞎了吧，好像还神经了。”

“啊？神经了？怎么回事啊，说说。”

“我就住他家前面那栋楼嘛，听到他鬼喊鬼叫的，好像还要杀人咧！啧，反正是搞不成器了！”

“他家是不是真的有点邪门啊？孩子小时候出过那种事，现在大人又……"

"哪种事啊，别乱说，当时我就在场的，那抱走孩子的男人是个癫子，就打了那孩子而已，我还看了那孩子身上的伤呢。"这是一个极少数的正直的人。

"那这种事不好说，你晓得那人对那孩子做了什么，别人家也不可能把这种事情告诉你不！"

"我怎么不知道啊？我那时住他家楼下，是我一起把他送到医院的！身上就是一些擦伤，孩子还受了点怕，都不会哭了。"

"啧啧，反正我不喜欢那小孩，那时还在三灵寺里放火呢，现在他爸又搞成这个样子了，怪得很呢！"

可是正直又怎么样呢？在三灵寺被黑暗强势地压着，又遵循着"不管闲事"的原则，谁能帮我呢？

"岳达，停一下。"我捂住嘴。

他开得更快："就快到了。"

"停，我想吐。"

他刹住车。我捂着嘴从车上下来。

"我走过去算了，我不舒服。"我刚准备往前走，他就拉住我的衣领，把我扯过去。

"这是什么？"他看到我脖子上有一道血，顺着这道血往下看，就要撩起我的衣服。

"你干什么啊？"

"怎么青了？怎么搞的？"

"不知道。"我也莫名其妙地摸了摸脖子，摸到了血，都快干了，"我背上怎么了？"

“青一块紫一块的。他们干的对吧？”

“好像是。被石头打的吧？”说着，我就放下我的衣服，往前走。他在路边随便找了一个地方，把摩托车停在那里，然后追上我。

“岳达，你相信他们的话吗？”

他没有说话。

我又问：“你是相信他们，还是相信我？”

“肯定是你。”

“嗯。”这样我就放心了。

但那样的传言，被我唯一的朋友知道了，即使他选择相信我，但仍然能让我心慌得厉害。因为这是多么让人感到羞耻的传言，即使他相信那是造谣，但现在的我，却总觉得他心里其实存有怀疑。

我开始丧失信任感。我总觉得全世界的人都不会相信我。

因为信任是互相的，而互相毕竟是两个人，两个单独的个体就必然存疑，因此很难达成统一。

我有点累了，前面那个上坡就是岳达家，上台阶的时候，我想休息下，就坐在台阶上，用他买的餐巾纸擦脖子上的血，望着街角的路灯。

“到家里睡会儿吧。”他说。

我摇摇头，我就想在这里坐一会儿：“你先回去吧，我等下回三灵寺算了。”

“还回去干什么？”

“我怕我妈打电话回来。”

这里的夜，真的很静。

他在我身边坐下，我困了就趴在他的腿上，想睡却一直睁着眼睛。

“你不怕那些人到处乱说我们的事情吗？”

他沉默了一会儿，摇了摇头。

我知道他肯定是怕的。我太了解他。

那些令人作呕的谣言和幽灵一样，就在我脑海里不停闪现。

我想，即使是那些大人制造谣言，并不是针对你，也许是为了攻击你的父母，或者攻击别的什么事情，但是你成了牺牲品，就此被毁掉了，甚至是被那么随随便便说的一句话给毁掉了。

毁灭一样东西真的很容易，就像用火去烧一根干草，烧成灰，再想复原它就不可能了。

我就是那根要被烧掉的干草。

他们点的那场火，想让我孤单，让我在这种环境下扭曲地成长。

但我木灵江，从来就不会软弱。

我会比想象中更坚强，会比任何人都更坚强。

因为我来错了地方却遇对了人

当我醒来的时候，发现自己是在岳达的大床上。身边只有小轩，很乖地趴在床上，一直在等我醒。

“哥哥！”小轩看我醒了，扑过来抱住我，小脑袋在我身上蹭啊蹭，哼哼地撒娇。

"他们呢？"

小轩又开始噘起小嘴。

"怎么了？"

小轩噘着嘴，看着卧室的门。

我从软软的床上爬起来，看了看岳达床头的闹钟，才凌晨一点多。我才睡了三四个小时。一出房间，就听见巨大的电视轰鸣声，当时震得我瞳孔都放大了，赶快又把门关上，背靠着门，惊慌失措地环视四周。

"小轩啊，外面是谁啊？！"

小轩呜呜哭出来了。我一下反应过来，这个人，绝对是——

"冬霜，你他妈就是个仙！"

凌晨一点，她还跟着电视翩翩起舞，看的是女性频道的健美操。掀飞屋顶的音量，一个披头散发的女子上蹿下跳、左躲右闪，还跟着"1234、2234、3234"的庞大节奏，发出"嘿！嘿嘿！嘿嘿嘿！哈哈哈……"的疯癫娇喘。

我面无表情地拿起遥控器，按下静音。

"你有完没完？你也不怕撞邪，半夜三更的别人家都在睡觉。"

她摆了一个冲锋陷阵的奇怪姿势，纹丝不动，只动了动嘴巴："岳达家的隔音效果很先进啊。把声音开开啦！"

我把脸转向一边，摇头。

"我一个人在这里很没意思啦！"她终于放弃了那个造型。

"岳达呢？"

"和朋友去 KTV 了，等下就回来了吧。"

“那你去睡觉啊。”

“睡不着。”

她可能是通宵上网太多，生物钟都颠倒了。而且内分泌失调后，精力越来越旺盛了。

我醒来了，她终于不是一个人了。于是我走到哪里，她跟到哪里。我牵着小轩到屋顶吹吹风，冬霜悄无声息地跟着，上楼的时候，小轩就时不时地回头瞟，可能是怕她偷袭。我带小轩去上厕所，冬霜也跟着，我把门关上，对小轩说：“好了，她看不到了，放心吧乖。”

可是小轩小便的全过程，自始至终都扭头看着我。

“你还怕我看啊？”我问他。

他一脸的呆滞，就那样望着，尿也尿不出来。

“好吧，我转过去，不看你。”说着我就转过身，结果刚好对上冬霜那张云贵高原般传奇的大脸。

“冬霜，我请你马上给我消失。”

“我怎么消失啊？！”

“你怎么进来的就怎么消失！”

当我像是很是虚弱地横躺在巨大的皮沙发上，忧虑地看着冬霜。小轩搬了一把小凳子坐在我身边，也盯着冬霜。

“看我干什么？”她问。

“我想看看你还能创造出多少新花样。”

于是又在彼此安静了几分钟后，偌大的客厅里满是庞大冷肃的氛围，冬霜终于忍无可忍，指着天花板：“我们找点儿事做，好不？”

“什么卸掉别人家房顶这样的事，我建议你最好别在岳达家干。”

“这样吧。我们出去玩，去找岳达！好不？”她又看向小轩，想拉拢一个支持者，“外面可好玩了呢，呵呵呵。”

我知道她就是想出去玩。于是我摇摇头，小轩看我摇头，也摇摇头。

她想了想，又说：“那我们斗地主！三个人，刚好！”

我十分感谢她认为小轩也会玩斗地主：“没牌。”

她看出我是不想玩，但她实在熬不过寂寞，于是站起来，很严肃地说：“反正要么出去玩，要么在家斗地主，选一个咯。”

“斗地主。”我就是不想出去。

“好！那我们先出去买牌！”

“……不斗了！”

这时岳达回来了，刚开门进来，就被扑面而来的冬霜又擂出了门外。冬霜朝门外喊：“顺便带副牌回来！”

我佩服她能用“顺便”这个词。然后她又补充一句：“还有两袋薯片！”

于是岳达买了扑克和薯片回来，我们三个夜猫子就开始斗地主。

“10，J，K，A……”她边舔着薯片边对着一手牌说，“奶奶的，少个蛋。”

“自己下。”和她打牌真的不用动脑，她是什么牌，她会亲自告诉你的。

然后她捏起那片薯片，对我们说：“你们知道不？电视里说这个……”

“用火烧可以滴油。”我头也没抬。

她捏着薯片僵在那里：“你能不能别这么了解我？！”

“我不是很想了解你，可是我家也有电视！”

“可我们不一定看同一个台啊！”

“可我们偏偏看了！”

“好吧。不过不是我说你，你都要考高中了，你还看电视？！”她用的是一个长辈的语气，然后不甘地瞟了我一眼，“我跟你说，我认识一个很厉害的人，就是一台学习机，读了硕士了，正在考博，现在在芝加哥学导弹推进。你应该跟人家学学。”

“哟，你还认识芝加哥的啊，谁啊？”

她自豪地呵呵笑起来：“就是，我那个网友，的哥哥啊。”

“他那么死学干什么。”

“好找工作啊，人家学导弹的呢，以后回国了不是在酒泉就是在本·拉登那里。总不能回来了去浏阳做花炮吧。”

“那是。做的炮飞到月亮上还没爆。”

“就是说咯。”

我凑近她：“冬霜，你和那个网友究竟是什么关系啊？”

她的脸有些红了，看看岳达，又看看我：“就是，普通的网友。嘻嘻嘻。”

“你们见过面了？”

“还没。”她的表情又严肃起来，“你没看到我最近在减肥？”

“啊？哦。难怪你大半夜还在做操。”

她低下头吃薯片，又突然意识到此时的行为与减肥相悖，赶快扔开薯片：“你们说，我五天只吃一餐饭，会瘦么？”

我呆呆地看着她那么坚定的眼睛。

“问你呢，会瘦么？”

“会死……”

我总觉得，我们身边正在出现一些细微的东西，这些看不见的东西正在一点点地改变我们。遇见的人，遇见的事，遇见的风景，看过的书，听过的歌，甚至听到的一句话，都在慢慢地改变我们的人生轨迹。

改写着未来。

一点一点，用我们察觉不到的速度和力度，慢慢慢慢地改写。

谁将光明涂抹成黑暗

把白纸画花是一件很容易的事，但再要洗刷成原始的干净，却不可能。

那污点，啪嗒，啪嗒，打在白纸上，慢慢晕染开——

“灵江，你爸爸给你姑姑打电话的时候，好骄傲的，说灵江考上高中了，不要担心了。”我妈说这些话的时候非常开心，我还听到她久违的笑声。

我握着电话，也很高兴：“开始的时候，我也怕啊，天天就去看他们的分数线有没有出来，幸好，还高了六分！哈哈。”

“嗯，你在家好好待着，我们——”

“妈，爸的病还没查出来吗？”

“没有，家里的钱都快花完了，家里好不容易存的那点钱，就都用在这上面了，你爸有天非要出院，怕你的学费以后拿不起。”

“爸爸现在是什么情况？”

我妈沉默了一会儿：“还好。现在在做检查，你有什么要对他说的没？”

“我——”我顿了下，“嗯，你让他安下心，好好看病。”

“嗯。”

其实我想说，我有点儿想你。

我觉得我是一个聪明的人，但是从来不把聪明放在学习上，而且别人判断你是否聪明，只会去看你的成绩。因此家里人对我的评价一般都是：“嗯，木灵江，还好。”或者“中等”，就因为这样，我越来越觉得自己就是一个全国普通的大多数人。

考高中这件事，我觉得凭我的成绩，要考上镇上的高中，是困难的，事实证明，确实没有达到分数线。但我会画画，凭借特长生加分的政策，我顺利考上镇上一所高中的美术班。

所以我觉得，其实我也是有福相的。

这件事也算是这一年我家的唯一的一件喜事。点缀了一下灰暗无光的氛围。

但那灰暗，压得我们都喘不过气，太过于强大，我们马上就会迅速忽略掉那唯一的一小点光彩。

“岳达，我考上那个高中的美术班了。”

“哦。”

“你呢？”我突然压低了声音。不过马上知道等于白问，因为就算他没有考上，那些高中的大门一样为他而开，因为钱势背景。

“我都没有参加中考。”他的眼睛就没有离开过电脑屏幕。

“怎么回事？”

“考试前一天被开除了。”

“镇北中学也敢开除你啊？”

“嗯，因为那个事情闹得有点大。”

“什么事情啊？你又惹什么了？”

“我没惹事，是有一个三灵寺的男孩和我在一个学校，那天他对我翻了一个白眼，我就找他聊了一下。”

“然后？”

“他就报警了。”

“你和他聊的时候头上顶了一把西瓜刀吗？你不要再惹事了。”

“好了好了。”

“你啊！他们就和野狗一样，纠缠不清的，你又不是不知道。”

“我知道。”

而且他一旦与三灵寺的男孩有纠缠，我也成了间接受害者，那些男孩就会带着家人来到我家。

“木灵江，你妈呢？”

“他们不在家。”

“就你一个人在家？”

“嗯。”

这个又黑又矮就像一颗红薯的女人，气焰越发嚣张：“我警告你，以后再怂恿‘围墙外面的’欺负我家儿子，我就告到你学校去！”

“阿姨，我从来没有怂恿过任何人欺负你家儿子。”

“不是你是谁？！”说着，她就把她儿子拉过来。我看着那个男孩整张脸像刮了痧一样，头上还缠着绷带，看来岳达确实顶了一把西瓜刀和他动情地聊了一会儿天。

而那个男孩还指着我：“就是他怂恿的！他和那个‘围墙外面的’玩得好，就是他幕后指使的！”

“我干吗要幕后指使？”

“就是你，你要他干什么，他就干什么！”

“你给我闭嘴！”我突然控制不住地愤怒。

“你不得了了啊！”他妈怒得变成了烤红薯，指着我的鼻子，“你还敢叫我们闭嘴？！”

我深呼吸着气，让自己赶快平静下来。

“我告诉你，你这个妖魔鬼怪，你以后再敢动我家儿子，你就给我等着！”

我告诉你，你这个妖魔鬼怪——

妖魔鬼怪——

这就是她们说的。

我恨他们。我真的很恨他们。

我特别难过，随便穿了一件T恤就准备出去找岳达，但一下楼，就看见华卓儿和那帮男孩。可能就是在这里等我的，无非就是想让我在三灵寺“混”不下去。

“又去找那个‘围墙外面的’啊？呵呵。”华卓儿笑着走上前。

我理都不想理他，赶快走。

“今天呢，不太想找你麻烦。”华卓儿和那几个男孩拦住我的去路，“就是希望你能当我们的面，恭恭敬敬地说一声‘对不起’。”

那些男孩附和道：“对，要大点声，我们都要听得到，要诚恳点儿！”

我看着华卓儿，他今天吃了铁皮吗，怎么嘴又歪了些：“我凭什么对你们说？”

“就凭你和那个‘围墙外面的’以前弄伤过我，还有那天你朝我扔石头。”华卓儿趾高气扬地瞪着我，“还有你怂恿‘围墙外面的’打伤那个谁，然后是你们在三灵寺里放火的事，你不仅要对我们说‘对不起’，还要对三灵寺说！你就是三灵寺的罪人。”

我非常不屑地“哼哼”笑了两声。

“还有哦，你妈都说了呢，那天当着我妈的面，还有很多三灵寺人的面，低声下气地说了哦，听我妈说，你妈说得很诚恳呢，你爸瞎了，站在一边动都不敢动呢！”华卓儿开怀大笑。

我想冲上去，那些男孩赶快按住我的手，死死的。我无比愤怒地朝他们喊：“迟早有一天你们会遭报应的！”

“我管你那么多！赶快对我们说！”

“我死都不会说！”

“别逼我们动手哦。”他将嘴巴歪到了尺度的极限，“这都是你自己犯的错，对吧，总要付出代价不。”

“你怎么不去死？！”

“该去死的是你！”华卓儿朝我吼，“你这个三灵！灾星！三灵寺不欢迎你！你最好赶快搬出去！”

“我凭什么搬出去，这是我家！”

“这里没人欢迎你！大家都不想见到你！”

“我偏不搬出去！”

华卓儿掐住我的喉咙，咬着牙说：“一、大点声说‘对不起’；二、说自己是‘三灵’，是‘怪物’，你自己看着办。”

那些男孩却说：“两个都要他说嘛！”

“好，你今天不说‘对不起’，不说‘我是妖怪是三灵’，就别想走！”

我挣脱不开他们，只能看着他们那么龌龊地嬉笑。现在他们敢动我了，不怕被我传染了，敢接触我了。他们真是可笑，可耻！

“你现在就不怕被我传染吗？”我睁着眼睛装作单纯地望着华卓儿。

华卓儿愣了一会儿，说：“就是想着赶快把你给赶出去，什么办法我们都要试试不，不然留着你这个污染源在三灵寺，我们以后只会被你传染得更严重！”

“呵。”

“呵什么？赶快给我们说了！”

我紧闭着嘴，就是不说，华卓儿抓住我的下巴，恶狠狠地盯着我。

“说啊！赶快说自己是怪物！快说！”

“灵江——”

我听见我妈的声音，震惊的，颤抖着的，很微弱的声音。

华卓儿闻声看过去，赶快放开了我，那些男孩都松了手，站在一边，望着远处。

我看见远处，昏暗的天光里，我妈搀着我爸，呆呆地站在那里。

然后，我妈让我爸留在原地，自己走过来，走着走着就开始小跑。那些男孩看她过来了，都急着离开。

“妈。”我喊了她一声。

她看着我脖子和手腕都是红红的，下巴上也有指印，皱着眉，微张着嘴，眼睛里好像有许多闪闪的东西。

那些男孩的咒骂，她都听到了，我觉得那样的话语被自己的爸妈听见，真的羞耻到不行。她看着我，什么话都说不出来。

只对我说了一声“乖”。

乖。

我爸因为头部检查的原因，把头发都剃掉了，戴着一个遮阳帽，眼睛也看不见，更可怕的是，他现在说话开始变得迟钝、结巴，一句话最后那一个字，会不停地说。

“检查出来了吗？”我问。

我妈已经极度倦怠地摇摇头。我看了看已经在睡觉的爸爸。

“那，现在怎么办？”

“灵江，家里的钱已经用完了。”我妈侧过身子对着我，“已经没办法了。”

“借钱也要治的啊！”

“借过了，还去找三灵寺借了，但不借给我们。”

“为什么？”

“他们看了病历，说检查不出来，没有办法治，借给我们也是白借。医生也劝我们出院，你想，他们医院现在连钱都不赚了，还劝我们回家，一定是没有治的了。”

“医生怎么说的？”

“那个主治教授对我说‘你带他回去吧，在这里也是浪费钱，带他回去，给他做点儿他喜欢吃的’这样的话。”我妈茫然地望着我，“你觉得医生是什么意思呢？”

我当然知道是什么意思：“我就不信现在的医疗技术还检查不出病来，不是说什么癌症都快攻克，什么——”

“这个比癌症更难治。”我妈叹了一口气，“是没有治的怪病，真的已经没有一点办法了，现在——”

“所有检查都做了？”

“嗯，还有一个没做，这个不能做。本来准备做的，你爸都把头发剃了的，但……”

“什么检查？”

“活检。”

听这些医学术语，我都感觉浑身发冷。比如“活检”，就是在脑袋上打孔，直接提取鲜活的脑组织，再去化验，这种检查能够直接诊断出病因，但——

“为什么不做？”

“我们要去黑龙江做这个检查，全国只有那里的一家医院有这个能力，但太远了，而且——”

“去啊！再远也要去的！”

“而且医生说了，去那里也只是检查出到底是什么病，还是没有办法治的，就是让这个病人不那么不明不白，让他知道自己得的是什么病。”

这或许就是绝望了。“我觉得还是应该做这个，至少我们知道——”

“灵江，做这个检查是有风险的，有的病人会直接死在手术台上的，而且做了后，因为要在颅骨上打孔，这个孔以后也不会复原，以后只要不小心碰一下，这个人都会有生命危险！”

沉默之后，只能那么无能为力地去问——

“他怎么会得这样的病。”又更像叹息。

“这种病可能是有潜伏期的，有的人，一辈子都不会发病，有的人，因为太暴躁，性格不好，或者太焦虑，想事情想太多，就很容易发病。”

“那怎么得的呢？”

“不知道，就是查不出来嘛。”

“那这种病，如果没办法治的话，那……”

“灵江，医生说……”她盯着我，那么无助的眼神，“他没有多久了。”

“那是多久？”

“很快。”

我看见绝望

我们总是因为一些小小的不愉快，就说自己很绝望。但是，你知道绝望是什么吗？

绝望是，我爸住了很久的院，每天看着账单上激增的数字，可病却查不出来，每天就是花钱，等待检查，花钱，等待。

他在那样反复的等待中，做得最多的一件事，就是盯着天花板发呆。

急自己的病，还要急家里的钱，那种急，是沉在谷底的无能为力。

绝望是，当我知道我妈在医院的食堂只打一份饭，给我爸喂完，然后去洗饭盒的时候，她就把剩下的饭粒，一粒粒捡着吃了。她那时已经非常饥饿。

可是当时我不在他们身边。可是我在，又能怎么样。

绝望是，得这种病的人，接下来，会痴呆，然后瘫痪，最后死亡。

绝望就是——

我看着我爸戴着那顶旅游帽，穿着很旧的背心，端端正正地坐在沙发上，把双手老老实实地放在膝上。他看不见，哪里也不能去，还出现幻觉，一点小小的动静都会让他很害怕。

他就这样日复一日地坐在这里，旁边是那扇窗，有一次我走过去，看着午后的阳光投射进来，在瓷砖上照出大大小小的光斑。

他只能这样度过他的时光。等着自己变成痴呆，瘫痪。这样等死。

那一刻，我感到非常害怕，心里像有一口钟，发出无比沉闷的声音。

没有药吃，什么都不能做，就那样看着时间一滴一滴隐去。

绝望是——

“爸，我带你出去走走吧。”我走到他身边。

他不知道我在哪里，看着地板的某一处，说：“好啊。”

“妈，我带爸爸出去走一走。”我朝厨房喊。

“啊？”她系着围裙走出来，好像有些顾虑，不过随后说，“嗯，也好。”

牵着我爸走出来，就会遭到各种各样的眼光和指指点点。但是我已经不在乎这些了，似乎已经没有什么能让我有所顾虑的了。

“看看看，出来了——”

“怎么戴着帽子啊？”

“不是眼睛不行了么？怎么把头发剃了？”

“我听别人说，他不是疯了么？肯定是脑子的病。”

“难怪。”

“我怎么听人说，是脑癌啊？”

“啊？不是吧？！”

“你看看他现在的样子，可能是的咯——”

“说不定，是在外面染了什么病回来？”

“啊……”

就在闲言碎语里，我牵着我爸走到一块草地上，这里有一些石凳子，我让我爸坐在上面，我也坐着，看着不远处和远处那些三五成群的人。

然后，一颗石子打在我的肩膀上。

我捂着肩，身子往前倾。我看着我爸微笑地坐着，我忍住没发出声音。

华卓儿和那帮男孩朝我走过来，也不发出声音，咧着嘴笑着围在我们身边。我看看我爸，他没觉察到什么，我也就当他们不存在。

华卓儿走到我跟前，脚踩在我坐的石凳上，坏笑着看了看我爸，又看向我，然后掐我。

我真的很疼，但我就是不发出声音。

那些男孩也走上前，有的掐我，有的在地上捡起草和泥土从我的头上筐下来。

“爸，我们走吧。”我虽然尽全力去忍受，但声音还是颤抖的。

“好啊。”他笑着。他现在就像一个小孩。

有男孩按住我的肩，不准我站起来。然后继续掐我。

我爸看我没有去扶他，他也不敢动。

“爸，再坐一会儿，马上。”

“嗯。”他依然很高兴的样子。

我转过身就抓住华卓儿的衣服，要把他推开，那些男孩一起帮助他，按住我，我真的无能为力了。

我能感觉自己头发都是凌乱的，身上全是泥土、沙子和草，他们按住我后，又开始将指甲按进我的皮肉里，华卓儿凑到我耳边小声说：“你不疼的啊？怎么不叫呢？叫嘛。”

我抬起头，看见我家的邻居从我们面前路过，扭着头一直看着我们，然后匆匆走了。我多希望他能过来帮帮我。

那些三五成群的人，都不动声色地观望着，越发指指点点。

我很疼，我很狼狈，也筋疲力尽。我不知道我现在该怎么做，不知道他们多久才会停下来。

“灵江？”我爸突然问我，“你在做什么？”

“没……”我的声音很怪，已经正常不起来。

“你在做什么呢？”

华卓儿很用力地用指甲刺进我的后背，我实在忍受不了，轻轻地发出了声音。

“怎么了？”

“没事！”我在一片慌乱中，几乎要失去理智。

我爸一定是知道有了什么不好，顿了会儿说：“我们回去吧。”

“嗯，马上……”

我再次猛地要挣脱，那些男孩牢牢地困住我。

“你在做什么呢？灵江？我们回去吧。”

这时不知是哪个男孩，说了一句：“别放他走！”

“是谁啊？你在和谁说话？”我爸问我。

“没，我们等下就走。”我用劲努力站起来，抬起胳膊要摆脱他们，他们却把我按在地上，有的男孩踩在我的身上。

“别放他走了！”他们又喊。

“灵江啊？怎么了？！”我爸说着就站起来，两只手在摸索。

“我没事！”我的脸贴在草地上，那些植物，怎么会那么冰凉的。

“你在哪里啊？灵江！你在干什么呢？！”他说着就往前走。

“爸！别乱走，前面是台阶！”

我爸听见我的声音，吓得站在原地，也不敢挪步，很是无助。

“华卓儿，你赶快放了我！”

“哟，命令我呢？”他掐住我的脖子，“你不是不会哭的吗？我还想等下烧烧你呢。”

“我求求你！放了我！”

他愣了一下，他没想到我会说出这句话。然后他说：“怎么求呢？啊？”

“你说怎么求。”

我感觉他们的手渐渐松了，我顺势挣脱开，跑到我爸身边赶快扶住他。

“灵江，你干什么去了呢？”

“没有，我刚才休息了一下。”

“我好怕——”

我突然看向他瘦削的侧脸：“没事，别害怕，我们回家了。”

“你他妈的敢跑？”华卓儿带着那帮男孩追上我们。

我爸听到他们很大的声音，很受惊地握紧了我的手。

“我现在要回家，等我吃完饭，我再来找你们。”我赶忙对华卓儿说。

“不啊！我就要现在啊！”华卓儿抓住我背后的领子。

“我要送我爸回去！”

“灵江啊，是谁啊？”

“没，我的一个同学。”

“谁是你同学啊？！”华卓儿看向我爸，“叔叔啊，跟你直说吧，我们要打木灵江。”

“啊？”我爸似乎没听清楚。

“你聋了啊？你不是瞎了吗？现在又聋了啊？啧啧。”华卓儿怎么会这么贱。

“你们要欺负灵江？”我爸突然激动起来。

“是啊！你才听见啊！”华卓儿说着就掐住我，那些男孩也跟着过来。

我下意识地也握紧了我爸的手。他也感觉到了，就挥着拳头，眼睛瞪得圆圆的，看也看不见，紧闭着嘴巴，对着空中乱打。

“哈哈哈哈——”那些男孩的嬉笑声。

笑，难道不是世界上最美好的表情吗？

他们怎么会笑得如此龌龊。

“说‘我是三灵，我是妖怪’，说了就放你们走！”

“我是三灵，我是妖怪。”

“啊？你真说了啊？再说一遍，我没听清——”

“我是三灵，我是妖怪。”

“哈哈哈！好！以后也要经常说哦！”

我说了。当着我爸的面。

绝望过今日，也不会有明天

洗澡的时候，我看见自己全身都是紫红色的掐印，缓缓地还有余痛，刺激我的痛觉，我的神经，还有我的灵魂。

我为今天的事情感到耻辱，但是又能怎样。

短袖遮掩不住我手臂上的伤痕，我捂着两手，遮遮掩掩地赶快走进卧室。

“小玉，你在做什么？”我妈把我爸安顿好，让他躺在沙发上睡午觉，自己去厨房洗碗。我爸听到厨房的响动，很是不安地问。

我妈没有听见，此时我正在卧室里换衣服。我爸又问：“灵江呢？灵江，你在干什么呢？”

我扭过头看向客厅：“我在收拾东西。”

我爸越发不安，非常害怕地大声叫喊我妈的名字，我妈闻声跑过来：“怎么了？”

“灵江呢？灵江呢？”他伸出手惶恐无助地说。

我关上衣柜，赶忙跑过去：“我在，我在，不怕。”

他死死地抓住我的手，睁着眼睛，哭着说：“你们不要走，你们别走——”

“我们不走，爸，我们没有走啊。”

“不要走。”他哭着说，“你们走了，我们这个家就散了……”

“散了”这两个字，重重地打在我的心上。

他以为我们是在收拾行李，准备抛弃他。他已经承受不了半点恐惧，因为这是我第一次见到他的眼泪。

“灵江，这是什么？”我妈突然撩开我的头发，仔细地看着我脖子上的掐痕，“这是……”

我很不自在地站起来：“不知道……”

她一定知道是什么，因为她没有说话，眼泪却往下掉。我看着他们的眼泪，身体深处开始钻出带刺的藤蔓，一把掐住了我的心脏，虽然我忍住没哭，可心里那些细细碎碎、无法忍受的伤痛就像在流泪。

为什么都哭了呢？现在我们不是还在一起吗？

我那么讨厌“现在”，因为它的善变，24 个小时之后就会变成过去。

因为，现在，是暑假期间。

毕业生的暑假没有暑假作业。轻松吗，很轻松，可以天天放松，玩到天花乱坠。但是我很沉重，好像在慢慢走到举步维艰的地步。

因为我要眼睁睁地看着我们家散掉。

因为任何时间，都可以看见在三灵寺里游窜的男孩们。

大家都放假。

“去找‘围墙外面的’啊？”他们围上来。

“我去帮我爸买眼药水。”

“你爸不是脑子有病吗？还买眼药水干什么啊？”

我没有理他们，往三灵寺的子弟医院走。为了让我爸更安心，我们依然给他按时上药，虽然用的是无效的眼药水、氨基酸之类。

“过来过来。”他们把我拉到一处树荫下，“先让我们好好欣赏下。”

“干什么？”

“你不是承认自己是妖怪吗？我们想欣赏下妖怪，哈哈！”

“怎么欣赏？”

“脱给我们看！看看你身上到底长了点什么！”

我直接把 T 恤哗啦脱下来。

“哇！这么主动啊！”他们邪笑着打量着我的身体，“不错啊！哈哈哈，看样子会很招女孩喜欢啊！”

我从他们包围的圈中走出去，边走边穿上衣。

等我走远了，我听见他们在喊：“华卓儿啊！你怎么才来啊？刚刚有好戏看呢！”

华卓儿跑进他们的圈子里：“什么好戏啊？”

“三灵脱衣服啊！你没看到啊！可惜啊！”

“啊？！没事，等他回来再叫他脱！”

“是啊是啊！他很主动哎！”

“那么豪放啊？哈哈，不愧是三灵！——”

他们说得如此有成就感，因为他们也看到我身上大大小小的伤痕，那是他们的杰作，我是他们的艺术品。

我开始有些胆战心惊，我知道我在慢慢软弱，不知道为什么，是不是真是沉沦进去，就麻木了，麻木得感觉不到疼，麻木到忘记反抗。

还是我只是暂时地纵容他们，为了摆脱他们的纠缠。为了我那个正在散去的家。

他们没有等我回来，而是急不可耐地跟着我，站在子弟医院外看着我买完眼药水，当我走下来时，他们挡住我，把我逼到一处无人的角落。

华卓儿总是一马当先：“来，来，三灵，我刚都没有看到你脱衣服。”

我哗啦又把T恤脱下来：“看吧，随便看。”

那些男孩在起哄:“哇哦！胆子好大吔！”华卓儿嬉笑地说:“怎么变得这么勇猛了？”

“赶快看，我还要回家。”我说。

“急啥？”华卓儿打量着我说，“你继续啊——”

“继续什么？”

“脱裤子啊！”

那些男孩附合道：“是啊是啊，脱裤子！”“脱啊！脱啊！”“哇！越来越好玩了！”

“你们没有吗？”

“别废话，脱不脱？”

你跌倒是为了让我站起来

嘟嘟——

那些男孩都看向三灵寺大门外，我也闻声看过去，看见岳达坐在摩托车上一脸惊讶地盯着我们，手还僵在喇叭上。

男孩们胆怯地退后了一点。

“哟，你的‘围墙外面的’来了。”华卓儿现在就是一把尚方宝贱，他走过去，隔着铁门对岳达说，“进来啊，在外面看什么哪？进来一起欣赏嘛！哈哈哈——”

岳达从摩托车上跳下来，但隔着那么高大的铁门，真是毫无办法。

我也不指望他能帮助我，除非他口袋里有手榴弹，不然是无论如何也进不来的。

“三灵，赶快脱了！趁大家都在场，一起娱乐下！”华卓儿朝我喊。

岳达一脸惊诧地望着我，真的很少见到他能有这种表情，确切地说，很少见到他有表情，因为他就算是笑，也能笑得让大家觉得可能是抽了下筋。

“快点儿！”华卓儿又急又激动，“要我们帮你脱不？”

我站在那里，没有办法离开，也不愿做这么可笑的事情。

“还站着干什么？”华卓儿继续吼，“还等着‘围墙外面的’来救你呢？”

砰——

剧烈的一声碰撞，华卓儿吓得摔倒在地上。

岳达骑着那辆摩托车，已经极度愤怒地直接撞上铁门，他想把铁门撞开。

“他疯了！”男孩们也吓得乱了套，躲躲闪闪地往后跑，“疯子！”

华卓儿离得最近，吓得说不出话来，狼狈地爬起来就要逃窜。

砰——砰——

但是那样巨大沉重的铁门，除了震颤和发出响声，还是战胜不了。

这声响，只会招来更多的麻烦。

守门的人闻声从小楼里跑出来，许多人家也都站在阳台上观望。

岳达的脸愤怒得变成血红，他坐在摩托车上就像没有灵魂。我看着他，也不知道如果真的将铁门撞开，他会冲进三灵寺里做出怎样的事情，总之让我越来越不安，越来越惶恐。

因为我也觉得此时的他，就像疯了。

“岳达！停下来！”我隔着铁门朝他喊。看门人也在用一种介于怒斥与惧怕之间的语气令他赶快停止。

他心魂未定地停下来，眼睛直直地看着地面，喘着气。

“发什么神经？”我让受惊的看门人打开一道小门，终于敢走到他身边，“你想搞翻三灵寺啊？！”

他不说话，努力在稳定情绪。

“岳达，我知道。”我说，“可是你真的帮不了我。”

“不就是这个铁门吗？我找人把它卸了。”

“你怎么卸？”

“我就是要卸！我要把这里铲平！”

“没用的，你拆了他们再建，拆一次，建一次。没有办法的。你以后——”

“那你搬出来好了。”

“这里是我家！我全家都在这里，我能搬到哪里去？”我努力让自己小声地说话，“我家现在不太好，我爸病得很严重，我什么都不想去想，我只想风平浪静。”

他一直沉默，他不知道该说什么。

我看看他，又看看三灵寺那些正对我们指指点点的人：“现在就是恶性循环，你打他们，他们就来找我麻烦，就像这个门一样，拆一次，建一次，永远都不会停。”

他看向我，他或许知道我接下来要说什么。

“你以后别试图来帮我了，他们只会把对你的怨气发在我身上。我现在不想招惹他们，我累了，我觉得这样下去没有止境。”

“可不教训他们，还有什么办法能让他们不纠缠你？”

我答不上来，我也不知道，或许真是毫无办法吧。我没有看他，转身就要走。

“喂！你们过来！”岳达突然朝远处的那些男孩喊。他的声音让我听起来感到可怕。

那些男孩站着不动，商量着要不要走过来。

“快点儿！”岳达命令式地喊，“那个歪嘴巴，就是你，过来！”

原来华卓儿的嘴巴确实很歪。不是我对他有偏见，确实如此。而且华卓儿自己也很自然地对号入座了。他看了看身边的男孩们，又有一些害怕，又碍于面子，挺胸走过来，可挺出来的就是他那块疤。我真的觉得他很失败。

“过来就过来！我怕你啊？！”他的胸越发坚挺。

“岳达你要干什么？我警告你不要给我胡来！”我只能一个劲地对他说。

他不说话，看着华卓儿走过来。那些男孩也狐假虎威地跟在后头。

“出来。”岳达要华卓儿走出铁门。

华卓儿在犹豫了三十分钟后——对身后参差不齐的男孩们使了一个眼色，一帮人就走了出去。

我心想完了，岳达你再厉害，你能搞得定这一大堆奇形怪状的人，我算你狠！

岳达走到华卓儿面前，眼睛却没有直视他：“以后能不能不找木灵江麻烦。”

他突然这么温顺，华卓儿也愣住了，他一定觉得岳达可能患有神经不稳定的疾病。在他们愣了一会儿后，华卓儿迅速明白自己已占上风，于是说：“你不是威胁我要我在雨坛混不下去吗？那好啊，木灵江就在三灵寺混不下去。”

“对不起。”岳达说。

我也愣住了，看着他低着头，怎么变成这种怂样？

华卓儿更是心慌，他总觉得不按牌理出牌的人最后都是老千，岳达可能会在抬头的瞬间不知从哪里抓出一坨地雷直接塞进他的嘴巴里：“你，你，你刚说什么？”

“对不起。”

我闻到空气中那些正在飞速质变的气味。我感觉有点不太真实。

“行啊，不找木灵江麻烦也行啊。”华卓儿总是能迅速挺起他那把“宝贱”。

我感觉会有不好的事情要发生。

“你给我跪下，我就考虑考虑。”真的是把“好贱”。

“去你妈的华卓儿！”我抓着铁栏就朝他骂。

华卓儿看都不看我一眼，盯着岳达：“跪不跪随便你。”

岳达看着我，脸上还是那副标志性的任性。十几秒钟后，我看着他的膝盖开始弯下。

我知道，这一跪就会成为定局，这么多年来的对峙，就会因为这一跪，这么不值得的一跪，围墙外面的男孩就终于输给三灵寺的男孩。

“岳达！你敢跪！你要是跪了，我就去死！”我声嘶力竭。

他吓得看向我，表情一下子变得很无助。

“跪啊你！”华卓儿催他，那些男孩都在催他。

“你跪吧，你等下就看着我去死吧！”我没有开玩笑，这是我的心里话，我真的准备在岳达跪下后就找一根柱子一头撞过去。

华卓儿恶狠狠地看向我，咬牙切齿地对岳达说：“你不跪也行，你就看木灵江以后怎么被我们整吧！”

岳达很慌张地犹豫不决。

“我等下就去死。”我继续向他施压。

“好！”华卓儿急了，“你不跪是吧？你等下就看我们怎么搞死木灵江！”华卓儿看向我，“你不是想死吗？好！”

“我跪。”岳达说。声音还是那么熟悉的冷，但已经让我失望、绝望。

就在岳达很决绝地要弯下膝盖的时候，我看着一块砖头飞过铁门，直接飞到华卓儿的后脑勺上。

“啊！——”华卓儿捂着后脑勺，惨叫了一声。

“你他妈别忘了还有我！”鹿威站在我身后，朝华卓儿喊。这霸道得咄咄逼人的语气就像在骂这本书的作者。

岳达也伸直膝盖，直视着华卓儿，在华卓儿还没有搞清楚状况的时候，直接给了他一拳。

“打得好！”我兴奋得叫起来。真是激动！是成功捍卫尊严的激动，比让我中五百次五百万都要畅快淋漓！“继续打他！岳达，别手软！”

不过当我兴奋完，马上意识到我违背了那个“恶性循环不惹事端”的承诺，看来我的身体里真的是有一坨犯错的灵魂。

而岳达身体里，就是一坨犯错错错的灵魂。

接着就听见华卓儿“啊！”“哎呀！”“嗷……”的惨叫，岳达就像一头饿了半个月的豹子，骑在一头长得有点丑的羊羔身上。

剩下的那些三灵寺的男孩都吓得跑进三灵寺里，隔着铁门看着豹子虐羊。有鹿威在身边，我更是放心，这些男孩看见鹿威，也不敢对我做什么。

“我告诉你们，你们动木灵江，就是动我！”鹿威警告那些三灵寺的男孩。那种高高在上的俯视目光，让我们觉得她简直就是——“威哥”。

岳达虽殴打华卓儿正在兴高采烈之时，但也不忘百忙之中抽空对鹿威说：“谢谢你啊。”

“你放心，只要我在三灵寺，木灵江就会很安全。”鹿威跑出铁门，给了华卓儿一拳，“你这种人就不配做我的兄弟！”

岳达和鹿威相视一笑，边折磨着华卓儿边相互寒暄，比如“你累不累喔？让我来。”“好，你搞完了，我接着上！”看到这种情景，让我觉得这才是传说中两位江湖老大之间的对谈。

事情解决完，三灵寺的男孩把华卓儿抬走后，我看着一头汗的岳达，他情绪很好，还在擦着汗得意地笑。

“你以后再做出这种事，你就不是人！”我皱着眉对他说。你不知道你身上肩负的是什么，你不能输，不能输给三灵寺这些卑鄙无耻的男孩，不要因为任何事任何人就允许自己在灰暗面前低头，那样只会让对方更自责也更绝望。这些都是我想告诉他的。

“好了好了。”他永远都是这样敷衍了事打发人的几个字。因为他的话很少，所以我每次对他叽里呱啦讲了一通，他都是“好了好了”，或者“好啦好啦”。

“总之，你必须明白，你一定要明白。”我盯着他的眼睛说。

“好了好了。”

“你！”

鹿威也来劝我：“好了好了，别说了。”

“你们！”

“好了好了。”

散了

“那好吧，反正该说的都说了，我回去了。”我对岳达说，“这些日子我要待在家里，不会出来玩了。”

岳达点点头。我和鹿威转身回到三灵寺，铁门将关，岳达又说：“灵江你生日快到了。”

我怎么会那么迅猛和果断地停住脚步？因为这句话，怎么让我觉得，空气中有一种苦苦的，又让人乐的东西？！

“还早呢，呵呵……”我真的乐了，“你是为这个事来的？”

“嗯。想要什么？”

他从来都是这样，对谁都是说“想要什么”而不是“想要什么礼物”，他就是不加后面那两个字，好像你要一块天要一块地都没问题。所以他这样财大气粗、目空一切的架势，总让我心里万马奔腾又充满鄙夷。

“嗯，这个，我真的要回去好好想想。”此时我总是不太像我。

“嗯。”

又有东西赚了，我当然不太像我。而且他提前来问我想要什么，就像邀请，我觉得，既然如此，那么应该无论是什么，他都能搞得到的吧？！

车子，不行，他都没有买车。电器，嗯，虽然算是比较贵重的东西，但我若是因为它们的价格，得到这种不是很能派得上的物件，也没什么必要。金银珠宝，不错，他家有现成的，平时也得过不少，再得也就没有什么意义。

回去的路上，我根本就没有心情顾及那帮男孩还会不会来无事找事，也懒得管路上那些人望向我的目光，甚至自动屏蔽了身边的鹿威，就一心在盘算这个事情。因为我觉得这个事情，还是比较值得的。

不过生日的事，后来被我们忘得一干二净。爸爸的病控制不住地日益加重，生日那天，岳达终于又从后山的山路走进了三灵寺，问我想要什么礼物的时候，我才突然又记起这件事情，但一时又不知道该怎样回答，和他站在我家楼下小聊了一会儿便上楼了。

过了大概半个小时，我又听见他在楼下叫我的声音。

他递给我一个非常精致的礼盒，我打开看，是一颗打磨得毫无瑕疵的绿色宝石。

“哇！绿宝石啊？”我格外激动。

“橄榄石。”岳达拿过它给我解释，“你的诞生石。这是店子里最好的一个。”

“谢谢你啊！”我笑到神智不清。

但是说真的，我看着这颗橄榄石，快乐的感觉却很渺茫。因为这时爸爸已经瘫痪了，器官开始逐个衰竭，当时已经九天没有排泄，全家都在犯愁。

可是也就在我生日那天中午，不知是天意还是什么，他奇迹地排泄了。

当时我站在门边激动得不行，手中还攥着那颗橄榄石，那一刻我突然明白，黄金，其实不如粪土。

可是你说，一个人苦中作乐，真的能做到吗？或者说，很容易做到吗？

我很佩服我妈总是能把最便宜的小菜做成珍馐，她非常善于在贫穷的幕布上凿出一个孔，照进来一束那么小，却那么亮的光。

还有她的善良。在存折只剩零头的情况下，仍然给我爸买回来大鱼大肉。这些菜，她不吃，后来，我也不吃。

我爸看不见，我们好骗他，他问我们吃了吗，我们说吃了。他不相信，我们说是真的。

我看着我爸在那样绝望无助的心境下，依然很有活力地大口吃饭。我明白他。

“爸爸，我是灵江。”

他胆怯地笑着摇头，笑得那么陌生。

“我是灵江啊。”

“你不是灵江。”

明明声音还是他的，但却说“你不是灵江”。

他不再认识我，也不认识我妈，他听到我们叫他，他不会答应，他觉得我们是陌生人。

我感觉到那种绝望的被遗忘。我的心像空了，只剩下畏惧。我怀疑他是不是装出来的，他不可能连我们都不认识了啊。

还是，他怎么舍得把我们也忘了？

即使在他痴呆前的几天，他晚上仍会不停地喃喃念叨一串数字。我问他是什么，他说是灵江的生日，他想要死死地记住，他怕他以后会忘记。

但人，还是敌不过很多东西，最终还是忘了吧。

从我爸自己端着碗吃饭，到他痴呆，我妈喂他吃饭，再到他瘫痪，无法进食，一个月的时间。

呼——萧索的风，把时间吹得越来越快。

我妈抓紧着这时间，不会放弃任何一种办法，她甚至迷信地请来了法师和巫婆在家里作法，在门上贴符。以至于邻里间路过，都会觉得不安。

“什么怪病啊？还要在家里敲锣打鼓？！”楼下是白啼湖高亢的鸣声，“啧啧，那么邪？！我真是受够他家了！”

“姓木的是脑子的病吧，听说是从外面传染得上的，现在都成植物人了。”

“是的咯，到外面赚什么钱哪？中了邪回来，还不是把钱用在治病上面，我就不知道他们家人的脑子都是怎么想的。”

“听说有医院要收购他的脑子呢！”

“我也听说了！出十万还是二十万收购他的脑子去做研究是吧？啧啧，这下又得发了……”

“你们有完没完啊？！”我猛地拉开铝合金窗，对着楼下那几个女人，“你脑子才被收购呢！你胡说些什么啊？！”

“哎呀，你还骂人啊？！”白啼湖指着我。

“我骂你！你这个鹈鹕！”

“哎呀呀！你们看你们看，他骂我啊他！”这个疯女人一掀起那两只臂膀要拉拢身边的人，真是要展翅高飞，说她是鹈鹕真的太小看她了，她就是只神鹰。

“你不要每次说我家怎样怎样，还嫌我家吵，你每天在楼上砰砰砰地响，不知道你在搞什么鬼！”

“嗬！你家有能耐去住别墅啊！别住这里啊！你家……”

“灵江，你吓到你爸爸了！”我妈坐在我爸床边朝我喊。

“妈，她天天在楼上跺脚，要么砸东西，天天吓爸爸，她是故意的！”

我妈很屈从地摇头，要我别继续说。

“我只希望安宁一点。”我走到他们身边，“可为什么总不得安宁，他们真的没有一点人性。”

“你要明白，别人家的事，再大，也不关她的事。”

“灵江……”我妈转过脸，一脸的惨白。

“怎么了？”我看着她捏着我爸的手腕。

“摸不到脉了……”

我疯了似的往楼下跑，穿过那些女人，她们的手在我的视野里指指点点着，我的速度越来越快，一直跑到子弟医院，茫然地叫来医生。

他们都是三灵寺的职工，看到我，遵循着医德，却笑着对我摇头。

“你们怎么了？！”我已经面如死灰。

“我们治不了！”他们朝我吼，“我们这里不治传染病！怪病！外面带回来的病！”

我那么无助，心被焚了又焚，赶快要跑回家，我要赶快回家！

可就在疯了似的跑着，一根很粗的竹竿直接打在我的锁骨上，当时我就捂住锁骨摔倒在地上，疼得站不起来。

“打死你！你这个三灵叛徒！哈哈哈！”埋伏在这里的男孩们跑出来，食人族一样边叫边跳。

我疼得失去知觉，头都抬不起来，两只手在地上摸索，想要赶快站起来。

“拦住他！”他们喊着，很多竹棍就插立在我面前。

我觉得这时就像黑暗时代丧失人伦的酷刑，我像是犯下滔天罪行的恶魔，他们的声音比起以往更恼怒更充满仇恨，因为那天我们赢了，他们现在对我的纠缠，加上了更深重的“报复”二字。

“三灵啊。”一个男孩抓住我的头发，“我真的恨死你了，怎么办？”

我没有时间和兴趣听他说话，我只想赶快站起来回家。

“还有那个该死的‘围墙外面的’！我恨透你们了，我——”他说着就扳下手中的竹竿，打在我的肩膀上。

好疼，那种疼是要把整个身体活生生嵌入到大地中的疼。

“我……现在，要回去……”我气息不稳地说，“我家有事……你们放了我……”

“你说啥？”他们把耳朵凑过来。

“放了我……”

我又在恳求了。他们听出了我的衰弱，爆笑着说：“不放！哈哈哈！”

“我爸……快不行了……”说到这里，我突然心酸，那么绝望和无奈。

他们愣了一下，交头接耳地像是在商量着到底放还是不放。“当然不放了！死了就死了呗！”“是啊，他家活该啊！”“他骗人的吧……”

“三灵，你爸死了，关我们什么事？”那个男孩用竹竿有节奏地敲着我的肩膀。

“我求求你们了……”我说。

他们又是交头接耳，觉得此时我的态度是认真的，于是可能在讨论该要我怎么求。“要他跪！”“脱光！哈哈！”突然一个男孩说：“无聊不你们，这些都玩腻了！”

真是个好人，我感激他帮我解了围，然后等他们商量好后，他就不是人，因为我掉进了一个更龌龊的陷阱。

“听说那个‘围墙外面的’家里是开首饰店还是玉器店的？珠宝店的吧？你帮我们弄点珠宝来玩玩。”

我茫然无措，一个劲地摇头。

“那你就别走。”他凑近我，“再问一次，弄不弄？”

“我……”

这一招真绝，不仅要将我毁了，还报复了岳达。但此时，我只想赶快回家，不管要付出怎样的代价。当我忍着疼跑回家，幸好还来得及，我看着我妈弯着腰站在我爸床边，在尽全力去感知他的生命体征。

我虚弱地站在卧室门边，无助的，再也不敢走近他们。

我妈转过头，凌乱的头发横在她的脸中间。

我看着躺在床上的我爸，瘦得就像一具骷髅，皮肤中生出了许多类似汗的液体，他本能地大口大口吸着气，像条上岸的鱼。

当我看见他反常地微抬起头拼命呼吸的时候，我飞快地跑回我的卧室，扑到床上，把整张脸都埋在枕头里。一片漆黑，我什么都看不见了，我依然卷起枕头要包住自己的双耳，我也不想听到任何声音。虽然一切都会很安静的。

这一刹那，我就想起那只兔子。

不知道过了多久，很短暂的，但黑暗中的我，觉得太漫长太漫长了，不过我依然很清楚，这段短暂又漫长的时间一过，事情就结束了。

结束了。散了。

为什么我爱的人才是我的疼呢

三灵寺没有人愿意帮助我们。是我一个人拿着那本厚厚的雨坛镇通讯录，联系殡仪馆。即使没有人帮助我们，习俗还是不能变更，也不能有任何一点的简陋。

这毕竟是最后一程了。

我看着我妈呆呆地从柜子里拿出早已准备好的遗像、香烛、纸钱、鞭炮，还有黑布，她早就准备好了，因为对于我爸的病，虽说一直到最后都还怀抱希望，但这世界上不可能的事，在大多数情况下，还是不可能。

只是当时，我爸刚痴呆不久，我看着我妈把一卷黑纱偷偷摸摸地藏进衣柜，那瞬间我觉得她是那样无情，那么可怕。

我抱着他的遗像，看着殡仪馆的工作人员将覆着白布的他送上了车。我坐上副驾驶座。

我看着我妈木然地扶着墙壁下楼，面无表情就像一具空壳，然后她要上车，刚迈出第一步，却踩了个空，整个人摔倒在水泥地上。

“妈！”我赶忙要下车。

我知道在眼睁睁看着我爸从一个正常人到植物人，这段过程足以使她麻木，死亡这个结局，她早已慢慢慢慢地接受了。

但她仍然坐在地上，像是木头人一样看着灵车渐渐开远。

“啧……”

“啧啧啧……”

楼下全是看热闹的人。我已经听不出他们是用什么样的情绪，去说“啧”这个字了。

我看着那些男孩挥舞着竹竿，对着车上的我放声大笑，还有的男孩用手指圈出一个圆形的手势，在提醒我珠宝的事情。人群中，我听见“终于死了”这样的话。

是的，终于死了，托你们的福。

那些噼里啪啦的鞭炮声，实在没有生命，没有任何情感，可为什么会比他们所有人的声音都更要有温度。

那温度越来越高，高得像是要燃烧起来，融化一切。

啪嗒，啪嗒，我的眼泪掉在我的手上，滚烫的。我不伸手去擦，只看着前面的路。

其实我是会哭的。

我哭是因为我知道这条路，我们走过去就只剩下我一个人回来。

“灵江！”岳达带着小轩，开着摩托车跟上我们的车。

我看到他，擦掉泪：“危险不？还带小轩。”

“灵江哥哥！”小轩揉着眼睛，呜呜地哭出来。

“岳达你慢点开，等下到那里就是了。”我就是不说“殡仪馆”三个字。

雨坛镇的殡仪馆在镇外的一座山上，很安静的地方。灵堂后就是火葬场，火葬场的右边是条小路，走过去，就到了墓园。以前都是我爸带着我来这里看望家中已经过世的几位老人，现在他自己走进了这里。

那么安静，真的再也没有纷扰。

“灵江。”

我转过头。岳达抱着一大袋子纸钱和香烛走进来，小轩也像模像样地拎着一个黑色塑料袋。

我看到他们，突然又想哭了。我知道哭这种东西，开了一道先河，以后就是停也停不下来的洪涝。

他买了好多好多的纸钱，还一本正经地给我爸点烟。我带着胆小的小轩出去焚烧我爸以前的衣物，我无意翻了我爸穿过很多年的一条裤子的口袋，口袋都已经烂成了那个样子，他都没有舍得换，永远只顾着给我买最好的玩具衣物食品书本各种各样能逗我开心的东西，顾着这个家。

可我总是不领他的情意。

我那么愧疚。

现在，也就是看着它们在火里变成一把灰。

“小轩，过来搬东西。”岳达杠着一座纸做的仿真房子走过来。小轩跑进去，抓着两辆纸做的轿车跑出来。

然后他们把这些一起放进火中烧了。

我知道这是雨坛本地人的风俗。我看着那座房子里还有一张麻将桌，桌子边上还坐着三个仿真的纸人。

三缺一。

“灵江！”

我听见身后一声如此凄厉的嘶吼，我知道，她来了。

冬霜单手抓着一张比她人都笨重的仿真麻将桌，伤心欲绝又那么轻快地奔跑着，远看就像一个咆哮着的女人举了面墙朝我们冲过来。

她的重心怎么可以这么稳。然后冲到我们面前收放自如地停住，我们感受到迎面而来的气流。

“小姨夫，他……”她颤抖着双唇无法继续说下去。

“好几天没有看到你了，你到哪里去了？”我很疲惫地抬起头。

“就是在上网。”她红着鼻子，举起那张麻将桌往火里一抛。

轰隆。火星四溅。

“那个房子里已经有麻将桌了。”我说。

“啊？”冬霜仔细看火中的房子，“我刚赶到下面，那几个店子里的东西都卖完了，只剩下这个麻将桌。”

我看向岳达，是他把那些东西都买完了。

就这样，我们在冰冷的灵堂里，熬了三天的通宵，送完我爸的最后一程。

“灵江，累了吗？困不困？到我家去睡一下？”岳达拉着我的衣服说。

我知道他很累了，头发都乱糟糟的：“你回去吧。”

“我在这里帮你守着，先送你到我家——”

“不了，我要陪我爸，他一个人在这里肯定会怕的。”

是的，我不承认他已经走了。

我当他还在。还在身边。

他就躺在前方的冰棺里，棺旁依然都布置着假花，哀乐也规规矩矩地放着。即使那么冷清，还是要郑重其事。

我看着躺在里面的他。他冷不冷呢？还戴着那顶不知多少年前的旅游帽，眼睛有一条微微的缝，我仔细看，依然可以看见里面闪闪的光亮。

爸爸，我好爱你。

那一年，你走了。

我当你还在。就像以前一样，常年在外工作，在一个远方。

THE
AUTUMN
BOY

Chapter 03

一个人

燃烧的男孩

你的时间终止
可我还要继续

天怎么那么灰，灰得再也没有鸟掠过。

灰得整个大地都是幽暗的阴影。一层一层，渐渐无光。

“这个多少钱？”我妈在三灵寺里的小菜市场，看着一堆最便宜的胡萝卜问菜贩。

菜贩坐着，很不自在地抖了抖身体，噘着嘴摇了摇头。我妈刚想拿起一个，菜贩赶忙说：“别碰别碰。”

我妈一脸疑惑地望向她。

菜贩不想再多说什么，不愿做我妈的生意。

因为我妈碰了，别人就不会买了。

“她老公是在外面染的怪病嘛，回来治，一个月好像，就死了。”

“这么恐怖的病啊？！”

“是啊，看他老婆那个样子，以前面色还好，现在变得面黄肌瘦的，我觉得可能也被传染了病。”

“是累的吧，家里发生那些事情。”

“呵呵，不像。我觉得可能是艾滋？可能哦！”

“啊？！鬼知道——”

都是什么样的社会了，还有这么愚昧落后的一个群体，真是不可思议，但是你不得不相信，大千世界，什么都有，因为它确确实实地存在着。

而且就发生在我身上。

菜市场的菜贩集体排斥她，有时甚至会怒斥她，甚至还有人捡起不要了的菜叶攻击她，逼迫她远离这个地方。

她的坚强，也都是为了我。因为她答应我爸要把我好好带大。所以在她回家哭了一通后，开始去三灵寺外买菜，大清早就要起来，没有公交车，我想即使有，她也会步行几里路去超市，或者在就近的菜市场买菜。钱其实是省出来的。

我早早起床后，就可以看见她疲惫地坐在桌边，桌上是买好的青菜和蘑菇。

有一天，桌子上多了一样东西。

“这是什么？”我走过去拿起来看。

“拿过来！”她暴躁地要来抢。

我死死地抓着不放手：“我看一下。”

“小孩子别看这个，拿过来！”

“不！”我狠狠地抓着，直到从她手中抢过来，这几张纸已经揉得皱皱巴巴。

这是一份克雅二氏症的资料。可能我爸患的病就是这个怪病，因为我看到资料上列出的一条一条的症状：视力迅速下降、重影、幻视、痴呆、瘫痪、器官衰竭而死亡、发病到死亡半年时间。一模一样。

“我爸是因为这个病吗？”其实我的语气应该是肯定的。

她皱着眉茫然地摇头。

“但是这上面写的，一模一样啊！”

“不是这个！”她一把扯过我手中的资料，走进房间锁上门。

“妈，现在这是一件好事啊，至少知道是什么病了，虽然晚了些，爸爸不可能知道了，但是对我们来说是一件好事对不对？”我站在她卧室的门外说，“我们把这个病告诉外面的人，他们传的谣言就不攻自破了。”

我妈猛地打开门，冲出来狠狠地捂住我的嘴。我看到她失去理智的脸涨得通红，她用的劲像是要将我捂死。

“你不能说出去！这只是我们猜的，谁也不知道是不是这个，你不能说。”她越加疯狂地逼着我后退，将我按在墙上，“你不能说！”

我第一次看到她这种样子，我不想让她烦恼，我点着头。

之后我就再也没有见过这份资料，而这份资料究竟是谁寄来的，至今都不知道。

我觉得我妈一定是知道的，她其实知道很多东西，但是她不说。

她总是要顾虑到很多，就像我那个本名——“孑虫”，我觉得，她其实是知道谜底的，但是她不会说出来。而她不说的东西，大概都是不好的。

因为这天，我们俩一如往常压抑又沉默地吃饭时，我说：“我有遗憾，我没有问爸爸他到底梦见的是什么。”

她停下筷子，看着我：“那名字都是十几年前的事了，还问干什么。”

“我自己的名字，我当然想知道。”我继续吃饭。

结果她说——“其实不是猪。”然后她笑了。

咚咚咚——有人敲门。

我和我妈神经质地互看了一眼，谁都不去开门。我觉得我们俩真的快要变成神经病了，在整个三灵寺对我们排斥和敌视的大背景下，我们都变得疑神疑鬼，虽然敲门声那么轻，一听就知道来者很善，但我们只是在想着，三灵寺里谁还会这么温柔地敲响我们家的门呢？这时，从门外传来“妈妈，妈妈”的声音。我知道，是这个鬼崽子来了。

“小轩，你怎么进来的？！”

他还不知道该怎样组织一句较长的语言。其实我猜得到，他应该是跟着三灵寺人的屁股后面，刺溜一声就钻进了三灵寺。

“你一个人啊？”我很惊讶。

“嗯！”他重重地点了点头，委屈地说，“岳达不和我玩……”

“啊？那你就一个人跑出来了？街上那么多车，那么远，你也认识来三灵寺的路吗？”

事实证明，他是认路的。而且这个人也有那么一点仙气，不知道是不是从冬霜处获取的，总之，他可以刺溜一声穿过马路，刺溜再穿过一条，不停地刺溜刺溜就溜进了三灵寺。

“你长大了。”我拉着他走到饭桌前，“饿了吗？”

他噘着嘴点了点头。

“可惜家里没有好菜。”凳子太高，我把他抱上去，“亲亲哥哥。”

他抱着我的脸，大大的一声啵。

“好的，乖。”

吃完饭，我回卧室换衣服，我妈不知因为什么，被小轩逗得直乐。听见她的笑声，真是难得。我感觉小轩这个小家伙，虽然人事不懂，但往那里一放，瞬间就能改变气氛。就像一盒袖珍的礼花。

虽然我听见楼上的那只“鹈鹕”在骂：“笑这么大声还让不让人睡午觉了？！是有什么喜事啊从十一点笑到一点，你们是要历史性群趴啊？！”

我异常感谢她十一点睡午觉。

我要把小轩送回家。我也终于同化得和冬霜一样，有时会选择去走没有围墙的那段山路，但我永远也赶不上冬霜，在我终于练成她的神功，她已经修炼到一个崭新的境界，无论清晨半夜，无论风霜雨雪，她从不间断去走那条艰辛的山路到达三灵寺，我觉得“感动中国”里应该有她，至少应该有一个提名，虽然不知道为什么会有她。

而她要继续到达的那个神功的巅峰，就是没日没夜地蜷缩在网吧，再也不进三灵寺。从她现在的行踪可以知道，她似乎已经练成了。

可是现在有小轩，他还那么小，那种“感动中国”的人才会去走的危险山路，还是不能让他去走。但是走光明正道又是一件多么危险的事情，让我不想也不敢往前迈一步。

因为满路上都布满了邪恶的种子。它们就像埋在浅浅土层下蠢蠢欲动的雷点，踩到了就会粉身碎骨。

但又怎能躲得开？

“上次交代给你的事情呢？”那群男孩相当娴熟地拦住我和小轩的去路。光天化日之下，有那么多行人在我们身边来来往往，他们依然可以很大声地质问我：“你也去偷没？”

“偷”这个字狠狠地震了一下我的耳膜。我下意识地看了看躲在我身后的小轩，他也正抬着头，睁着大眼睛看看那些男孩，再看向我。

他那么清澈如泉的眼睛，这时让我觉得像是阴冷深海一般可怕。

“那些东西都是很贵的，如果被抓了，我会被判刑的！”我的心惶惶地发虚，怕小轩听见，极小声地说。

“你今年才 15 岁吧，你怕什么？”他们笑得那么邪恶，“我们都还算未成年人啊，判什么刑？”

“那也要关到少管所里啊！”

他们明显地不耐烦：“你还怕被抓啊？三灵，那个‘围墙外面的’那么听你的话，你跟他说一声，他就会给你一麻袋吧？！”

“你们以为那是鹅卵石到处都是吗？那都是珠宝！”

他们指着我的鼻子让我闭嘴。

我知道说再多也是无用，于是牵紧小轩，想往三灵寺外走。

“三灵，你听见没有？！”他们又拦住我们，有个男孩还狠狠地踩住了我的脚，“你别忘了，这可是你自己答应的！”

我的内心里开始越来越快地转动混乱之钟。

“我们再问你最后一遍，你偷不偷？！”

“我……”

“很好，我们今天就要拿到。”

这才是永无天光的开始

去岳达家的这一路，为什么我总觉得，小轩异常地安静，那种安静让我感到害怕。还有他的手，我牵着的，为什么总觉得他不像以前抓得那样紧了呢？

这是事实还是我做贼心虚，为什么我觉得身后突然亮起了无数双眼睛。

吱——

吱——吱——

混沌黑雾向地面泄露的声音，我再也听不见。

和往常一样，我从岳达家门边的一块砖头下摸出钥匙，开门进去。可当我带着小轩走进去，我听到岳达的声音，原来他在家。

我直接往二楼去，离他的声音越近，越是感觉不对劲。因为他又没有自言自语的毛病，此时他应该是在和旁人说话。

可会是谁呢。

“岳达？”我看见他站在二楼和三楼的楼梯间，他还在朝三楼边笑边说雨坛本地话。雨坛的方言，语速是光速的三十倍，而且你永远无法从那些乱七八糟的叽里呱啦里听出任何一个哪怕是最末尾的“啊”“呀”“呢”“吗”。

不过我听得出来，因为我是在这里长大的，虽然住在都是北方人的三灵寺里，但和岳达混了那么久，他就算嘴巴里含了一串一公斤重的葡萄用方言说了一句“吃葡萄不吐葡萄皮”，我也知道他肯定是咽下了那块皮。或者那串葡萄。

因此，我从他此时的表情、神态、语速、语境和因紧张而有些错乱的语法里，感应到了一股极其令人不可思议的微妙波动——

我看着一位无比纯净、拥有百合花气质的长发女孩，抱着一盆百合花出现在三楼的楼梯间。

“灵江。”岳达隔了很久才发现我，极其镇定地说。

“她是？”我凑到岳达身后幽幽地问。

“寻紫。我班上的女同学。”

我点点头。

我看向寻紫，她笑着也对我点了点头，微笑时嘴角的弧度秀气又完美，那种弧度就是与生俱来的精致。笔直乌黑的长发反射出一圈光环，随着她抬头渐渐消失。

她真的漂亮极了，难怪岳达都不带小轩玩了。

我站在一旁，用一种科研人员的眼光观看这一男一女正如火如荼地讨论怎样用水种植一盆花——岳达虽然本性难移，依然在家就胡乱地套着一件 T 恤，但即便他穿着再胡乱，修长完美的身型也总是将衣服支撑得看上去就像一种潮流。而他身边的这个女孩，穿着文静素雅，但已经素到了一种光芒四射的境界。从我这个角度看上去，他们两人组合在一起就是四个字：天作之合。

但不知怎的，我心中突然生出一种细细小小又锋利的失衡感。是的，他的生活还在朝气蓬勃，而我，在走向深渊。

我感觉，他如往常一样幸福，我感觉，他再也不会与我同甘共苦，他的欢乐也不一定非要和我分享，我感觉，我在他心中的地位正在被他一点一点往下拽了。

“灵江，帮我看看我的抽屉里有没有剪刀。”岳达说。

寻紫突然站起来，她要自己去拿。

“没关系，我帮你们拿就行了。”我对他们坏笑了一个，去帮他们拿剪刀。

可就在我转身的时候，我听见寻紫很小声地对岳达说：“那些东西都放在那里的！”岳达回答她说：“灵江是家里人。”

岳达的这句话还是很温暖的。可是寻紫所说的那些，是什么东西？

我走进岳达的卧室，走向他的书桌，就在走过去的时候，我突然发觉自己就像在走向一个边缘模糊的悬崖。

我拉开抽屉。宝石的碰撞声，然后看见一个黑色的木盒。

“灵江哥哥。”

我转过身，小轩抱着门，睁着大大的眼睛。他瞳孔中的我的脸，是可怕的、已经死去的、青色的灰。

我们本就是孤单的个体，疏离的形态
不会融合，只能靠近，也会越离越远

“哇！这个好！好！”男孩们聚在一起围观这颗非常昂贵的宝石，“三灵啊，不错啊，值得表扬！”

“你们要的已经给你们弄来了，以后就别再来烦我。”

“哎呀，都是三灵寺自己人，说这种话干吗？！”他们充满热情地将我包围，“以后我们需要了再来找你好吗？我们……”

“永远别来找我。”

“呵呵，大家抬头不见低头见的，别说得那么绝嘛，喂！你别走啊！好三灵！别丢下我们不管嘛——”

我家开始又有了一些生气，是因为家里除了我和我妈以外，还多了两条金鱼，一条浑身通红的，一条狮子头。我妈把它们装在一个很久以前就买回来的小玻璃缸里，缸底还放了一颗很漂亮的雨花石。

看着它们和两条死鱼一样心如止水一动不动，世界好像一下子又斑斓了起来，于是我就想起了“Happy again”，这是我妈上高中时学的那些单词中，到现在唯一记得的，她总是把 again 读得很重，因为会有一种爽快的感觉。我也喜欢这个单词，读起来确实爽快，Happy again，兴高采烈。

可我总能隐隐地感觉到，我的 Happy，不会 again。因为现在我要上高中了，学费是暂时拖欠学校的，又是美术班，更是花钱。于是——

“灵江，妈妈要出去找事做了。”

“去哪里找？”

“你周阿姨介绍的一个地方。”

她特地穿上了一件看上去比较新的旧衣服准备出门，出门前听见门外有下楼的声音，听着像振翅声，可能是那只“鹈鹕”，于是我妈站在门边装模作样地往耳朵后捋了一下头发，等门外没动静了才敢开门。然后她就兴高采烈地大步走了出去。

我背着画板提着颜料，从三灵寺大门里走出去。那些男孩看见我，不会再骚扰我，而且还会热烈地向我打招呼，我痛恨他们。而我一出三灵寺，就看见正在路边刮脚上泥巴的我妈，我本来想走上去惊讶地问她：“原来你也走感动了中国的那条路啊？”但我怎么可能会去，这是她最后的一些自尊。

我依然站在那个路口等待岳达，岳达家还是用钱给他砸开了一所私立高级中学的大门，那算是雨坛镇的贵族学校。但我从灰蒙蒙的天色一直等到天亮，还是没有等到他，秋天清早的风微微刺骨，我又望了望路口的远处，决定自己走去学校。

“灵江——”

我听见身后有人叫我，是岳达了。我转过身看着他骑着摩托车嘟嘟嘟地开过来。还没开近，我就问：“你又睡过头了？都要迟到了。”

“没。”他说着开到我身边，这时我才看到坐在他身后的寻紫。

我有些不自在地对她微了一个笑。

“真的不好意思哦。”她回笑后低了低头像赔罪的样子，很善解人意地说，“我起晚了，让你久等了。”

我看看岳达，又看看她，愣愣地点了点头，“哦”了一声。

然后我坐在寻紫身后。此时为什么我会有一种很别扭的感觉，原来岳达是去接她，可明明以前都是在接我们，而且从前坐在我前面的是冬霜，她这期读高三，如果她也来了，她应该坐在哪里呢？

嘟嘟嘟——摩托车没心没肺的声音，起程了。

就在我小小的悲观中，不知已开到哪里，我又听见路边有一声“灵江”，随着过耳的风马上就消失了，我猛地转过头看向后面，真的就是冬霜！

“停停停！”我叫岳达停下。

冬霜跑过来，她刚从网吧出来，一脸都是严重辐射造成的风霜。

“都要迟到了啊，你怎么去学校？”我问她。

她看了看我和岳达中间的寻紫，也明白了什么，就豁达地呵呵一笑：“你们去吧！迟到就迟到咯，又不掉块肉！”

我看看前面那两个没有回头的人，又看了看冬霜明显有些消沉的脸。

“一起走吧。”我下了摩托。

岳达回头看，但他肯定也知道此时的尴尬，便不知道该怎样打圆场。一个摩托车坐四个人，三所不同的学校，又快要迟到了，也没有圆场可打，所以他没有说话，好像在等我们先开口。

“岳达，你们去吧，我和冬霜走过去。”我说。

“要迟到了。”他只是这么说，一点都不解决问题。

“你和寻紫一个学校，很方便，我们走自己的，迟到就迟到算了，没事。”

然后，我们看着他们开走。

“你干吗下车啊？有位置不坐！”冬霜还在对我发牢骚。

“没事了，走吧。”

“说实话，我其实不是很想走，呵呵！”她边走边说，“刚看到你下车了，我还打算坐上去……”

“冬霜你最好别给我丧尽天良。”

“但是后来想想，不能把你一个人丢在这里啊，所以，呵呵！”

“那我还要谢谢你咯！”

“别，这点小事，没事！”随后她装作有意无意地问了一句，“不过，那个女生是谁啊？”

我没敢告诉她我的想法，岳达可能恋爱了。

“问你呢，她是谁啊？”

“你管她是谁，反正你再也坐不了中间！”即使会翻车，人家也无所畏惧。

她思索我这句话思索了十几分钟，然后她气得直跺脚：“他才高一欸！他居然早恋！他……灵江，我不管咧，你反正要帮我说说他！”

其实我觉得，这世界上他人的任何一件事情，哪怕他大喘气，对于你来说都只归纳在“关你屁事！”这四个字和一个感叹号里。更何况人家是自由恋爱！

但是我又闻到了那种疏离的气味。其实在第一次认识寻紫的时候，就已经能察觉到了。这种疏离还在一点一点地膨胀，分开的中间漏了风，“呼呼”地吹着有些空洞。

以后我也再没有坐过岳达的摩托车，平时也见不到冬霜，就自己一个人走去学校。背着画板，秋天的街，一个人自由自在地走着，感觉也挺好的。

而且这些天雨坛时不时飘一点毛毛雨，放学了就赶快回家，可还没开门就听见我妈的哭泣声，我感到奇怪，而且又从她的哭声中分辨出了另一个人的哭声，小小的轻轻的，像只小动物。我开了门走进去，看见我妈坐在沙发上手上抓着一团卫生纸，边哭边擦鼻涕，坐在她身边一起哭的是小轩，揉着眼睛娇滴滴的。

“妈，你怎么了？”我丢下画板就走过去，摇着她的肩。她们只是一个劲地抽泣，就是不说话，我越是摇着她的肩：“怎么了啊？你今天不是那么高兴地去找事做了吗？出什么事情了啊？”

她哭着摇着头，就是不说。

“哥哥……”小轩哽咽着，“她们欺负妈妈！呜呜呜……呜……”

“谁欺负妈妈？小轩，谁欺负妈妈了？”

“那两个叔叔欺负妈妈，呜呜……他们要拉妈妈的衣服……哇……”说着就“哇”地大哭起来。

“妈！”我一把拉开我妈正在擦眼泪的手。

“他们知道我是寡妇，就乱动手！”她愤怒地哭着说，眼睛都是肿的。

我一下子脑袋全蒙了，我快要疯了：“谁？！是谁？！”

她不停地哭。

这一刻，我突然记起来了：“呵，妈，周阿姨只会让你去送死的。”

我站起来就打开门跑出去。结果撞上那只“鹈鹕”。

“别挡路！”我喊。

“嗬！你想去死啊你赶投胎呢！小妖怪，我告诉你，这个点了，黄泉都封路了！你最好赶紧哪，看看人家还收不收你！呵呵——”

我顾不上听她的咒骂，在楼下就听见我妈唰啦一声拉开铝合金窗：“灵江！你给我回来！你回来！”

“不！”

我对我妈说过最多的一句话，就是“不”或者“我不”，我想，我大概就是一个注定的倔强和不听话的小孩，改不了了。

我路过那些男孩，他们在对我挥手，我跑到周阿姨的那个小面店，门是紧锁着的，我疯了一样用脚踢店门，捡起砖头去砸，边砸边哭。男孩们看见了都围了过来，站在一边嘲笑我此时的表情。

我挡住嘴继续踢门，我就是要发泄！我需要不停地发泄，才能让我觉得自己在尽力，在尽力维护自己的最后一点尊严。

天已经灰了，等下可能要有大雨了。我在雨坛的街上失魂落魄地走着，灰灰的街，没有表情的路人，阴冷的毛毛雨落在我的头上，像是蜘蛛网上细细小小的水珠，薄薄的，在我身上覆了一层霜，我感到寒冷。

“灵江哥哥，你的手好冷哒。”小轩抬着头看着我冰冷的侧脸。

我握紧了他的手，没有说话，带着他往他家走。

我从那块砖下摸出钥匙，去开门。小轩在我身后望着我。岳达家的大门豪华沉重，我刚将钥匙插进去。

“岳达！”小轩叫了一声。

我转过头，看见岳达拎着书包，站在那里，呆呆地望着我。

“怎么？”我觉得他的眼睛里有一种格外陌生的东西，让我在一瞬间感觉更加冰冷。

他没有说话，就愣在那里看着我，很是古怪，似乎有些惊讶，又有一些失落，还有一些难以置信，可是，他难以置信什么？

“今天怎么没有骑摩托车？”我边问他边用钥匙拧开门。

门开了，我看见了岳达的爸爸。

天已经太灰了，雨要来了

“叔叔……”我吓了一跳，因为实在没有想到一开门，就看见屋里无声无息地站着一个陌生的男人。

这也是我第一次这么近距离地看到他的爸爸，以往都只是在珠宝行外隔着玻璃看着这个干练的男人在灯火通明处忙碌。没有岳达高，但是看上去是一个非常聪明的人，或者可以说是一种狡诈的气质，毕竟是商人。

不过他爸爸现在好像很生气的样子，看见是我，也不对我笑也不点头，转过身背对着我，叫了一声岳达。

岳达赶忙跑进去，小轩也跟着跑进去。岳达跑过我身边的时候说了一句“你先出去”。

我不知道发生了什么事情，走出去，然后他家的大门“砰”的一声被摔上了。

我听见他爸爸操着一口雨坛话问他：“他怎么会有家里的钥匙？他怎么会知道家里的钥匙放在哪个地方？你怎么回事？我不是交代过你吗？你——”之后，天就开始下起大雨，噼里啪啦的雨声中，我就再也听不清楚他们说些什么了。

这场雨一连下了好久好久，早上总是滂沱大雨，中午的时候，我从教室里的窗户望出去，已经变成了中雨，晚上，是淅淅沥沥的小雨。第二天周而复始。

“灵江，打伞的时候护护左边。”我妈每天早上叫醒我去上学，递给我伞，总是这么对我说。

然后我背着画板去上学，她去帮我叠好被子后，才去买菜。在我不在的这段时间里，我根本不知道她都会经历些什么。

我所不知道的三灵寺里，乌云蔽日的天光下，那种隐隐的邪恶在爆发——

“小花，就是那个穿小红棉袄的女人骂你是神经呢！呵呵……”

一个蓬头垢面的女疯子，咬牙切齿地呜咽着朝我妈冲过去，手上抓着一只厚重的平底鞋：“我要打死你！臭婊子！打死你！”

我妈回过头，吓得手上的菜篮掉在地上。发青的西红柿滚落出来，疯女人边跑边把鞋子砸了过来，砸在我妈的侧脸上，我妈“啊”的一声摔倒在地，捂着脸疼痛难忍。

女疯子要跳到她身上，结果踩到地上的西红柿，滑得摔了一跤，她更是愤怒，“啊呀呀呀”着爬起来朝向我妈扑去。

那么伤痛的惨叫就回荡在三灵寺这座残败的小世界里，一地都是我妈被扯掉的头发。远处是三灵寺那帮妇女的嬉笑声。

下午我放学回来，看到我妈穿着脏兮兮的小红棉袄，背对着我，坐在桌边，一动不动，像是在想心事，又像是因为太累，坐着睡着了。

我走过去，看见靠在桌脚边空空的菜篮，断了一个把手。

“妈……”我红着眼睛，伸出手擦掉她头发上沾着的泥土。

她呆坐在饭桌边，微低着头，低垂的眼睛望着别处。

我看着她脸上那道大大的红印，强忍着自己不要冲动，对自己说不要冲动，不要，绝对不要。但怎能忍住？

我不知道她用了多么坚韧的勇气和忍受力迅速平复心情，微微抬起头说："灵江，吃饭吧。"

"妈，你这样会很累……"

她始终没有看我。所有不好的事情，那些可以与我分担的事情，她只会一个人去承受。

第二天，那个女疯子依然找她的麻烦。可以说，女疯子见她一次就要发一次疯。

两两花，三灵寺的一个女疯子，先天性神经病。

星期六的清晨，雨已经停了，我悄悄爬起来，我一夜未睡，我怕我这么早起不来。

我看着我妈在脸上围了一圈薄围巾，遮伤，提着昨晚修补好的菜篮去买菜。我偷偷跟着她。天色还是灰暗的，我看着我妈的背影很是心疼，她胆战心惊地走着，提防着随时会飞来的横祸。

可躲也躲不过的吧，那个女疯子从来不睡觉，大清早就在三灵寺里游荡，只要看见我妈，就会怒吼着朝她冲去。

今天，我看见这个疯婆娘抓着一根不知从哪里挖出来的扁担，从我妈身后悄悄靠近，要偷袭她。我看着女疯子抓着扁担朝我妈悄无声息地跑去，边跑边渐渐扬起手中那根那么令人毛骨悚然的凶器。

"老子跟你拼了！"我捡起一块砖头就朝她奔去，此时她正在逼近我妈的路程中，听见我的叫喊，转过头。此时的我，也像疯了一样。

我妈也闻声转过头。

但两两花比我高一级别，她是先天性的，就算蓦然回首，看见迎面而来的是一辆火车，她也会嫣然一笑。然后她咆哮了一声，面对我举起了扁担。

“灵江！”我妈撕心裂肺地叫喊。

“我管你那么多！”我冲过去，就像她拿鞋子攻击我妈那样，在离她还属安全范围的距离，我直接将砖头甩了过去，径直砸在她的脑门上，她高举着扁担像一根比较粗的避雷针，而且还保持了五秒站立的姿势，然后不发一声地倒下了。

她被 120 直接拖去抢救。我每次做了一件不好的事情，都会祈祷它一定要回光返照，因此我愤愤地望着急救车远去，许下这一砖头能将她的脑子砸清醒的愿。

“灵江，妈妈求求你了！你不要再惹事了！妈妈求求你了！”她趴在饭桌上大哭。

“妈妈，我不想惹事的，但是当时她要杀你的！那个扁担要是砸下来——”

“她是疯子！她什么都不懂的！我们还要给她出医药费，我们哪里来钱啊？！灵江，你不要再给我弄出这样的事情了……”

我流着泪对她说：“三灵寺里的那些女人在你身上找乐子，你为什么还要忍气吞声？你为什么？！”

可我也是在忍气吞声不是吗？在面对那些男孩的时候，我已经不再是从前的那个木灵江了，不是吗？

“我谢谢你们了！”白啼湖狠狠地踢着我家的门，在门外大叫，“你们孤儿寡母是有多可怜啊？不就是和两两花打了一架么？从晚上六点半一直哭到现在十点半，你们搞赈灾晚会啊？！”

我眼泪都没顾得擦，我直接将门打开：“对，我们在自己家哭自己的！关你屁事！”

“嗬！这栋楼都是你们家的啊？你可真有能耐！”她挥动着“翅膀”就往前迈了一步，踩在我家的门线上，指着我妈，“你老公死的时候你都没这么哭过！”

我转身回厨房拿了一把扫把出来，其实应该拿菜刀的。我愤怒地冲出来，要把这个鸟人扫出去。

“你还要打人啊？！你不得了了啊！”她猛地一抬手抓住我的扫把一头，瞪着我，“当初那个变态怎么没把你给搞死啊？！”

我的耳边全是轰鸣——

“你才该死！你怎么不去死？！你去死啊！你——”我已经疯了。

“我看啊，你们就算搞出一个门一样大的符，贴在你家门上，都镇不住你家的邪！还贴一个那么个小玩意在门上干什么啊？啊？吓唬谁呢？”她说着就撕下门上的符。

“你……”

“要不就赶快搬走！要不就给老娘闭嘴！别成天哭天喊地，你爸也活不过来，我告诉你！也不要装可怜，你们就是三灵寺独特的风景线！要是换了老娘住在你家这个鬼屋里，老娘早搬迁了！”

我感觉到，我体内的灵魂，已经燃烧成一团极其扭曲的形状。

为什么世界一下子变成了这个模样？为什么人永远都不能知道今天将会发生些什么？是的，那些未知，人从来都不可能知道，但是我的，我知道。

它们是黑色的，是灰烬的颜色，是灰色的。

“也是的，你们家别吵了，本来这里就静，你们又……”

“嗯，大家都要睡觉的。”

“是的呀，又哭又叫又闹的，听得很烦……”

其他的邻里都这么说，站在白啼湖身后，就像她的党羽。

我颤抖着把门扳上。握着门把手冷静了好久才转过身走到饭桌前。

“妈，这就是所谓孤儿寡母的日子吗？”我笑。

她望着别处，呆呆地坐在那里，那么淡那么淡地一笑。

这不仅是孤儿寡母的日子，主要是我们家孤儿寡母的日子。

哗啦——

白啼湖在阳台上筐下一桶不知有多么恶心的脏水，全筐在我妈昨天刚晾的床单被褥上。

“邪的！老娘叫你们以后晾不成衣服！”她的嘶吼。

我算是家贼吗

“小轩，你怎么又来了？”我半开着门，没有想让他进我家的意思。

“哥哥……”小轩看到我这样的态度，有点害怕，睁着大眼睛，可怜巴巴地问，“妈妈呢？”

“小轩，你自己有妈妈。”我还想告诉他，以后就不要时不时进三灵寺来了，不要来我家了。但我怕他哭，而且我知道这些日子，家里的这些事情让我心力交瘁，我在努力控制自己的情绪，避免宣泄在他身上。

“哥哥……”他说着就哽咽起来，“我想你……”

家里只有剩菜，我和我妈天天就吃剩菜，小轩居然也不嫌弃，乖乖地吃完了。不过我又要送他回家。我越来越容易感到疲惫，越来越没有闲心去做这件事情，我开始觉得这是负累。

“小轩，以后你乖乖地待在家里，别乱跑了。”我看都不看他，说。

“可是，哥哥。”他牵住我的手摇了摇，“我怕。”

“你是男的，男孩子就什么都不要怕，知道啵？”

他撒娇地哼唧着：“我怕嘛我怕嘛……”

他就是不停地说害怕，当我带着他走到他家，我终于知道他怕什么了。

“吼吼！吼吼！”

从他家里传出这样的吼声。我还以为岳达又动了哪一根挥霍欲，买了一头老虎在家里玩，或者他家开始做起走私野生动物的生意。但小轩紧紧地抓着我的手，说：“狗狗要咬小轩！”原来是只狗。

可怎么会是狗呢？岳达家是从来不养狗的，以前的那只斑点狗，都送到乡下去了。

但里面真的有一只狗，或者一头。当岳达打开门，我看见这头壮硕的德国黑背，两条前腿像是练拳击的，壮得都发不出“汪汪”了，只能发“吼吼”。而且我觉得要不是岳达事先给它绑了五圈锁链，这头天狗真的可以一跃而起，像飞翔一样，飞到我们身上。

不是“我们”，我又错了，是飞到我一个人身上，然后一口咬住我的喉咙，让我死掉。因为他们家养的这只狗，是为了防贼。

而我，就是那个贼。

岳达走出来，走到我的面前，正对着他家门的正中间。意思是不准我进去。说实话，我根本就没有打算进去。因为现在这一幕是多么离奇，我最要好的朋友，唯一的，他看着我的双眼，像是在警告我，要我有自知之明。

“我爸在里面。”他说。

“怎么了？关我什么事？”我直视着他的眼睛。他的眼睛，越来越暗淡。

他看我是这个态度，脸色变得越来越苍白。我看着他，依然面不改色，心却在狂跳，我很担心他会翻脸不认人。隔了一会儿，他转移视线，看了一会儿地面，然后默默地转身进去了。

砰——摔门的声音。

我站在外面，看着他家紧闭的大门，听见从里面传出吵架的声音、摔碎东西的声音，还有小轩的哭声，还有那头狗此起彼伏的“吼吼”声。

混乱极了。我也开始无助，茫然，开始害怕，能猜到，这件事的严重性，那么严重，严重到是价值一千两百万的损失。

并且这个数字，还在增加。

究竟是怎么了？我究竟还要遭受多少的惩罚。

斑点狗男孩

就在回去的路上，我突然想起那只斑点狗。

一种正常的种类，仅仅是身上长满斑点，但那些同伴没有办法接受，因此在土狗构成的社会里，它那么孤独。

但能有一只狗说服其它那些土狗，包容它，不歧视它，那些土狗如果也做到了，又会怎么样？斑点狗的内心里，始终还有那道隔膜，心灵的伤害，真的一辈子也愈合不了。而我相信，那些土狗，表面上也许会很融洽，但内心里，还是会有一道隔膜的吧。

毕竟它和自己不一样，不一样，就是异类。管你是不是狗呢？

“灵灵哪，三灵，三灵啊！”华卓儿带着那帮男孩追上我。我真的觉得他肮脏极了，他挡在我面前，咧着歪嘴：“上次我不在场，没分到，你再帮我们搞一个来嘛。”

“你们也好意思吗？上次给你们的不知道有多昂贵，那真的已经是最贵重的了！我告诉过你们，以后不要再来找我，我——”

“我知道啊，可我家里有事，出了一趟门，回来就没有分到啊！我也想要啊！灵灵哪，你再偷一个来嘛！偷嘛！”

“别给我提‘偷’这个字。”我恶狠狠地盯着他，又把头转了三百六十度对着围成一圈的男孩每人盯了一次，然后提步就走。

“也是，呵呵，你的‘围墙外面的’对你言听计从的，当然……”

“闭上你的狗嘴。”

“啧啧，一个小偷还那么有骨气呢，还‘别给我提偷这个字！’恶！我呕了！”华卓儿气急败坏地对着我的背影说，“你回去给我好好考虑清楚，你还想好好在三灵寺待下去的话，就放聪明一点。”

不用他们等。我停下脚步，又走回去：“你们答应过我，以后都不会再来烦我。”

华卓儿瞟了瞟身后的男孩们：“你们答应过他吗？答应过吗？”

身后的男孩们说：“没啊。”“没答应啊。”“说了下次还要他帮忙的。”“就是就是！”

我早就应该知道这是一场旋涡，但此时，真的无话可说。

“反正事先跟你讲清楚，再偷一个来，以后就不再找你，怎么样？”华卓儿乘胜追击。

“你们不要太过分。”

“灵灵啊，你想啊，偷过一次就一辈子也翻不了身，既然翻不了身，为啥不再偷一次呢？对吧，反正都是翻不了身，而且到时候我就不再烦你。”他真是能说会道。

我又开始动摇，我厌倦日复一日与他们纠缠。

“你算清楚这个账没？”他牢牢地盯着我的眼睛，像给我催眠，“偷不偷？”

“我……”

“什么？”他的眼睛里开始生光，等着我的回答。

“我呸！”

我失魂落魄地回到家，看到我妈背对着我坐在桌边，小轩坐在她旁边，乖乖的，那么安静的，这一刻，他给了我一种他已经长大了的感觉，那么懂事，那么会察言观色。

“小轩，不是告诉过你不要再来的吗？”我狼狈地走过去。

小轩噘着小嘴看看我，又看看我妈，什么话都不说。

我隐隐觉得哪里不对劲，哪里渗透着寒气，我坐下来，看着我妈无精打采地低着头，盯着饭桌上的纹路，眼睛里已经没有光彩。我知道她的心已经很累了，她真是太不容易了。

“妈。”我摇了摇她的胳膊。

她愣愣地抬起头，待了一会儿，说：“灵灵啊，我们吃饭吧。”

“别叫我灵灵……”

可是哪里有饭呢？即使有饭，也没有菜。米已经没有了，我妈没有去银行把家里最后那几百块钱取出来，她总觉得在银行里还放一些钱，会让自己感到安心，是“还有后路”的安逸感，但是我们现在已经没有前路了。

“我那里还有一袋方便面，好久了，不知道有没有过期。”我说着就去卧室翻腾。但就算过期了，还是要吃了填饱肚子。

于是这包方便面，被我们三个人分吃了。

现在犯罪的人都很懂法

吃完面，我去厨房洗碗，筷子不小心掉到地上，我去捡，突然发现冰箱底下有一小包白纸包。看上去好像是故意放在这里的。我打开看，是粉红色的米粒。

我的心瞬间被划开一道绝望无助的伤口，我抬起头，看见我妈站在那里，瞪大了眼睛，反常地冲过来：“拿过来，给我！”

“妈妈，你不要吓我……”我无助地看着她将纸包放进自己口袋。

她的头发凌乱，脸孔就像冰雕一样，除了她自己都感觉不到的眼泪流出来。我知道她已经快要承受不了了。

“你死了，我也去死！”

她听到我说出这句话，抬头看了我一眼，很久之后才轻轻地说了一句："不会的。"

"你会的！你给我！"我说着就去抢她口袋里的那包老鼠药。她奋力捂住口袋，但是我真的已经长大了，我从她口袋里抢出来，就往客厅跑，想丢到窗户外面去，她追上来，抓住我的衣服，然后就在我们争抢的时候，纸包被撕破，粉红色的米粒全部漏出来，就像一股血洒在瓷砖上。

小轩安静地坐在凳子上，眼睛里全是眼泪，但就是死死地睁着眼睛，故意不去哭，虽然他已经被吓得不行。我真的有些惊讶，他真的长大了吗？

那包老鼠药，最终还是被我收起来了，当时我妈坐在沙发上，茫然地望着我把这包该死的东西收进我的卧室。

"妈妈，你坚强一点，给我做一个榜样好不好？"我无力地趴在她的腿上，看着她深吸了一口气，拨开垂散在脸上的乱发，坚定地点了点头。

我也很累了，我现在只想在她身边好好休息一下。小轩慌张地跑到我的身边，要我抱他，然后躲在我的胳膊里，也安安静静的。

我听着楼上那只"鹈鹕"故意发出重击地板的声音，她就像在斗牛。我听着窗外呼呼的风声，风吹着树顶发出的滚滚的浪潮声。

哗啦——哗啦——

我听着窗外传来令人不安的喧嚣，这种喧嚣就像战争的前哨，轰隆隆地雷动，并且越来越近越来越近——

"妈，外面怎么了？"我坐正身子，仔细去听。

她也有些反应，望着窗外。

“哪里在吵架还是怎么？好像在打群架？”我笑了笑。

砰砰砰——砰砰——

这时我家的门发出这般强烈的声音，我起身去开，在猫眼里看见门外站满了陌生的男人，都是我不认识的。我不敢开，我看了看我妈，她也疑惑地摇摇头。

砰砰砰砰——又是一连串不怀好意的踢门声。

“灵江，你带着小轩进房间去！”我妈站在门边对我说。

“妈，应该是你进房间去！”我就是不听她的。

我们听着门外传来撬门的响动，我妈赶快将门反锁，惊慌地问他们有什么事情，外面的男人们听到我妈的声音，知道家里有人，更是凶狠地撬门。

他们是要将门拆了的。我妈对他们喊：“我要报警了啊！”

还没等我妈走到电话旁边，深棕色的防盗门就“轰隆”一声倒在了地上，还砸裂了我家的瓷砖。

那些男人蜂拥而入，像是有组织有预谋似的四散冲进我家的每一个房间。我妈惊慌失措地想要拦住他们，我看见最后一个男人走进来，是岳达的爸爸。

小轩看见了爸爸，吓得愣在一边不敢动。他爸爸叫来一个男人把小轩抱回家，小轩走的时候还紧紧地抓着我的一根手指。

这些男人把我家的柜子全都打开，粗野地乱扔我家的物品，每个房间都已一片狼藉，不成样子了，而且还陆续有男人在我家进进出出。

“你们这是私闯民宅！”我站在门边对他们说。

他们置之不理，继续干他们的事。我走到电话旁，要打 110，这时岳达的爸爸走到我身边，瞪着我用雨坛话说：“你打吧，看他们抓你还是抓我。”

他的话音刚落，一个男人就插进我们中间，把电话线扯断，抱起电话往地上一砸，啪——四分五裂。

“叔叔……”我看着他爸爸没有血肉的眼睛，想说什么却始终也说不出。

这时岳达赶过来，冲进我家，疯了似的去制止那些男人，那些男人看见是他，有的就停止了破坏。

“把他给我搞出去！”他爸爸指着他对身边的男人们说。

两个男人走过去，岳达和他们扭打在一团，又过去了三个男人，终于将他给拖了出去。我听见他已经嘶哑了的声音越来越远，我感到一种绝望的疏离。

“你们是干什么的啊？！你们干吗要摔我家的东西啊？！”我妈在房间里与五个男人抢一台收音机，但她怎能抢得过他们？也就是在争抢的过程中，她被撞倒在床沿，可能是闪到了腰，站不起来了，哭着说：“你们不能这样！”

我看着另一群男人在我的卧室里翻箱倒柜，从我的床头柜上拿起一本电子辞典，看了看，随手往身后一丢。啪——粉碎的声音。

“没找到。”一个男人从房间里跑出来对岳达的爸爸说。

他爸爸指了指我，然后几个男人就将我按倒在地上。他爸爸蹲下来，对着我贴在瓷砖上的脸问：“你自己说，放到哪里了？”

瓷砖冰冷的寒气传进我的身体，绝望和怨恨一瞬间膨胀，他们按住我的脖子，我很疼，什么话都说不出来。

“说不说？”比岳达冷上千万倍的声音。

“灵江啊！灵江！”我妈疯了一样从地上爬起来，跑向我，抓住那些男人强有力的胳膊，要将我救出来。

越来越多的男人涌入客厅，纷纷说“没找到”，他爸爸站起来，就往外面走。门外已经站满了看热闹的左邻右舍，看到他爸爸走出来，都吓得往楼上跑，白啼湖带队。

然后，男人们把我猛地拽起来，筋疲力尽的我，看着他们举起钢刀砍烂我家的电视机，在看到他们去砍电视机旁边的微波炉时，我的心震了一下，因为那是爸爸买的。

“你们……”我妈晕倒在客厅中央。

冬霜

他们拖着我，将我从我家那栋楼一直拖到灯光球场。夜色漆黑，风很大，球场上还亮着灯光，周围已经围满了三灵寺的居民，站在球场中间的是岳达和他爸爸，以及那一群陌生的“围墙外面的”男人。

七八十个拿着凶器的男人。

他们来势汹汹地把三灵寺的大铁门也给卸掉了，三灵寺没有人敢阻拦他们。我看着他们如此强势地站在灯光球场上，突然明白，“围墙外面的”已经扬眉吐气，隔了那么多年，终于打败三灵寺了。

他们把我推到球场中央，我摔倒在地上，球场的两排灯光全部打在我身上，我成为了一个长方形箭靶的正中心。

“你们听好了哦。”岳达的爸爸转身对着来看热闹的三灵寺人，冷冷地说，“如果今天，他，这个男孩，不交出宝石，我就把三灵寺铲平。”

我听见密密麻麻围了一圈的三灵寺人隐隐地发出恐惧的声音。

他爸爸背着手，来回慢慢地走，说：“给你五分钟想一想。”

我抬头看了一眼岳达，他急迫的眼神像是要我赶快招供，他怎么也不愿相信我了呢？而那些围观的人群，他们恐惧的眼神、无光的眼神，一个个就像非洲草原上的角马，在狮子或野狗、鬣狗撕咬它们的同伴时，它们还会很好奇地凑上去观看。这是它们天生的性格，是它们的命。

当然，角马是低等的动物，但是，人呢？

我听见有人在咒骂是我连累了他们，他们紧盯着我的眼神，越是充满终极的恨。

更坏的是——

“就是他偷的……”一个男孩胆怯地从人群里走了出来，不敢正视那些男人，说，“我可以做证……”

岳达很吃惊地望向我。他爸爸走过去，冷冰冰地俯视那个男孩：“那你知道他把它们藏在哪里吗？”

“我……”男孩哭了起来，“我告诉你，你会放了我吗？”

他爸爸迟疑了一下，扬起嘴角说“会”。

“嗯……”男孩抬起手，指着人群中的另一个男孩，“宝石在他那里！”

躲在人群中的那个男孩也哭了起来，走出来指着站在自己右边的男孩，说：“后来我给他了，他帮我们卖了……”

右边的男孩也哭出来，指着更远处的人群："我交给他去卖的……"

就这样，一个牵一个，牵出了二十六个男孩。

"卖了五百多块钱……"一个主动自首的男孩捧着几张皱巴巴的毛票，哭着说，"后来被我们用了，现在只剩下三块五……"

岳达的爸爸震惊地后退了一步，然后冲上来对着这些男孩每人扇了一个耳光，或用脚踢，用雨坛话怒吼："那些都是价值几百万以上的！"

男孩们哭得更厉害了，其中一个说："我们只接过他这一个……"

我又成为目光的中心。岳达的爸爸猛地转过头，冲过来抓住我的头发："其他的呢？给老子交出来！"

"没有其他的了！我要你那么多干什么？！"

有一个男孩的妈妈突然走出来，指着我说："一定是被他私藏起来了！他家现在没钱用！"

另一个男孩的妈妈也站出来："绝对是他！他从小就坏，我们这里都没有人敢和他玩！"

第三个、第四个、第五个站了出来："就是他！三灵！妖怪！坏东西！"

我狠狠地望着她们，岳达的爸爸笑了两声，摔开我的脸。

"把他吊上去。"

那群男人用很粗的麻绳捆绑住我，我几乎喘不过气来了。岳达还在尽力帮我，那些男人绑好，他又解开，就这样反反复复着，直到他爸爸冲过来踹了他一脚，几个男人抓住他的手。那些男人将我拖到球场一头的篮球架上，要把我吊在上面。

我用尽全力挣扎，但没有着力点，只能无用地晃动身体，而且这样只会更容易疲惫。我看着岳达无助的眼睛，看着所有人无血无肉的目光。当着这么多人的面，被他们动用私刑，这么无耻的私刑，我感到耻辱。

可是在这个世界上，谁还能来救救我。

我在人群中，看到冬霜。

她像是刚从网吧回来。她看到了此时的我，吓得微张着嘴，呆呆地站在人群里一动不动。

时间好像慢了下来。我看着她一点一点在退缩，那么清晰，她不能面对，她要离开。

我不怪她，我知道她很害怕。

"啊呀！"她却发出了尖叫，退到了一定程度，铆足了劲，助跑着冲破人群。

"你们凭什么把我弟弟吊起来？！你们凭什么？！"她边哭边叫，"你们把他放下来！你们放他下来！"

那些男人拦住她，她也和疯了一样，哭叫着撞开那些男人，跑到篮球架下，跳起来要抓住我的脚。

"你赶快回去！"我咬牙切齿地对她吼。但她是听不见的，她的喉咙都叫破了，嘶哑着号啕大哭。

上来了好多男人，掐住她的后颈将她拖到球场中间，她没有理智地尖叫着"我要杀了你们！我要杀了你们！"挥舞着手臂与那些男人乱打。有人抓住了她的头发，她疼得只能弯着腰，两只手还在挥舞，男人们就用脚狠狠地踢她，踢她的肚子。

我的身体已经空了，眼泪无知无觉地滑下来，它们滚烫得，像是燃烧过。然后沉重地滴落在地上。

啪嗒。

大地瞬间被灼出一个小孔。

啪嗒，啪嗒。

它们还在滴不止。

我恨你们。

我死死地盯着在场的每一个人，我的身体里只有熊熊的火，我感到燥热难耐，我感到撕痛，它们要燃烧出来，狠狠地燃烧，它们要将眼前的这个世界烧成灰烬。

那血，是火的颜色

“我家丢的那些宝石呢，加在一起价值有个两千多万了。”岳达的爸爸面对着人群，似笑非笑地说，像在解释他对我动用私刑是有情可原的，“这是我做的一笔海外的生意，把那些最名贵的珠宝带回家放在一个黑色的木盒里，最近因为我外出办事，就交给我儿子看管。”

岳达抱着头坐在地上，好像感到自己很没用，很无助的样子。

“我这个儿子啊，和他是好朋友。”岳达的爸爸指着我大声说，“本来他偷过一次，我这个儿子呢，重朋友，就威胁我，让这件事情算了，我也是讲义气的人，再怎么说，朋友都是最重要的。可他从来没有把我儿子当朋友，他还要偷第二次、第三次！”

岳达站起来，脸色那么苍白，像死过一样。他走到我下方，抬起头："你，为什么要偷呢？"

我俯视着他的眼睛，怎么觉得是那样可笑。

"是因为钱吗？"他突然开始掏自己衣服裤子的口袋，掏出钱还有别的物件直接往我身上一摔，"需要钱你告诉我啊！你家没有钱了，你告诉我啊！"

就因为他这一摔，一个打火机撞在了我的脸上，我闭着眼睛躲开，然后朝他喊："你家的东西，我一次也没偷过！"

站在一边的男孩纷纷指着我："就是你偷的！是你给了我们那个绿色的！"

"那是橄榄石！"我哭着朝男孩们吼，对岳达吼，"那是你送我的生日礼物！"

我不指望谁还能相信我，虽然这里没有人相信我的话。

岳达突然失去控制地爬到篮球架上，要将我解救下来。他爸爸还有那些帮手跑过来，要他住手，他不听，咬着牙奋力要将绳子扯断。

"你这个畜生！你赶快给老子下来！"他爸爸指着他骂。

他就是不理任何人。

"我恨你们。"我用我最后的一些力气对身边的岳达说。他看了我一眼，又继续撕扯绳子。他的手都流血了，我看着血一滴一滴落下去。

啪嗒，啪嗒。

掉在火海里。

"爸，不是灵江偷的。"

“那还会是谁！”他爸爸咬牙切齿地要冲上去。

“谁要是还动他，我今天就死在这里。”他站在那里，和他爸爸对峙。

冬霜从地上爬起来，哭叫着跑过来扶起我，就带着摔蒙了的我往家跑。可是我不知道在这段时间，我家都发生了什么，华卓儿的妈妈，还有那一帮男孩的妈妈冲到我家，再也不需要敲门了，直接踩着防盗门就可以冲进去。

她们只知道，她们的孩子也卷入了这场损失达两千万的旋涡，她们害怕赔偿，愤怒的第一反应就是泄愤。

到我家泄愤。

“现在人家找上门来了，你赔啊！你赔啊！”那些女人看着倒在一地凌乱中的我妈，边走进来边说，“还连累我们家儿子，有种去偷就有种一个人去还！”

那时我妈刚苏醒，瘫倒在地上爬不起来，凌乱的头发将她的脸盖住，她只能盯着地板，任凭那些女人在我家继续摧残。

摔东西的摔东西，踢我妈的踢我妈，揪着她的头发拍打她。她已经不会哭了，呆呆的。她们把我爸的遗像从窗户丢出去，把衣柜里的衣服被子一把火全烧掉了。

等我们跑到我家那栋楼时，看着那帮女人站在我家楼下，指着上面破口大骂着，说些“你跳啊！”“有种就跳！”这样的恶毒语言，我失措地跑过去，路上还摔了一跤。我看见我妈蹲在铝合金窗上，披头散发的她一脸的呆滞。

“妈！”我哭着挤进人群。

那帮女人抓住我的头发，撕扯着我的衣服，我哭着已经忘记反抗，就死死地盯着我妈。冬霜哭叫着过来拉扯那些女人，谩骂声、尖叫声，混乱至极。

我妈看着我，什么表情都没有，但是我看到了她的眼泪，浅浅的一颗，啪嗒，落在我的脸上。

“妈，你怎么能丢下我不管……”

“灵江啊。”她说，“妈妈累了。”

“妈……”

“灵江啊你让开。”

“我不！你要跳就直接把我压死！我就站在这里！”我声嘶力竭。

“灵江！”她的泪一滴一滴打在我的脸上，“不知道是不是命中注定，不知道这是不是你的命……你爸爸当时梦见的那只野兽，是，是一只——”

是一只狐。

是一只狐

“他们离了。”冬霜说。

在我们终于稳住我妈，让她进房间好好睡一觉时，都已经深更半夜了。我们俩把家里一地的碎片扫在一起。那些坏人几乎将我家完全摧毁，只剩没拆钢筋水泥了，对了，还有那个金鱼缸，这个鱼缸有福相，也许是天意，它一直摆放在客厅的那张饭桌上，却奇迹般地逃过一劫，也许正应了那句“越危险的地方就是越安全的”。

但只剩下了这么一个小玩意，我还应该庆幸吗?

收拾残局的工作量太大，我和冬霜完不成，于是就坐在地板上，她坐下说的第一句话就是那个。他们离了。

我看着她哭得还没有消肿的眼睛，不知道该回应些什么。

她从书包里掏出一瓶啤酒，直接用牙齿咬开盖，咕咚咕咚喝下去。

“哪来的酒啊？”

“买的。”她抓了抓乱糟糟的头发，“我们来找点儿事情做吧。打牌，来。”

我还有什么心情去玩牌。

“我判给我爸了。”她又喝下一大口，“他后天来接我。”

“去哪里？”

“一个蛮远的大城市。”她依然把“大”字念得格外重。

好吧，看在以后见面不多的分儿上。我从卧室的一地凌乱中翻出一副扑克，丢给她。她拿出扑克，哗啦啦地洗牌。但她不停地洗，翻过来覆过去。然后她举起扑克，我以为她终于洗完了，结果她直接将牌往空中一撒。

纸牌就像雪片一样，一张一张落了满地。

“这就是你要的打牌吗？”我看着一地的扑克，“家里已经够乱的了，你还要给我增加负担！”

她没有说话，抓起酒瓶就大口喝酒。因为她喝得太猛，几口就喝完了，她摇了摇空瓶子，直接往地上一丢。

她永远不知道自己的力度到底有多大，瓶子被她抛飞，“咚”地掉在远处的瓷砖上，碎开了。

我看着她通红的脸：“这就是你的酒品？”

她盯着我，呵呵地笑出来，又咧着嘴哭了起来，哭了一会儿又笑，很大的声音。

“喝不了就别喝。”

“要你管！”她指着我，一脸的凶相。

我已经很烦躁了，我不想再理她。我起身去收拾厨房，她也跟着，指着我，我走到哪里，她指到哪里。

我忍无可忍地转过身，又看见她的手指：“我知道，你爸妈离婚了，你心情不好，但他们都闹了那么久，现在终于离了，你后天就可以离开这里了，可以过正常的生活了，你解放了！你这个媳妇终于熬成婆了！”

“是的是的！我马上就可以离开那个冷冰冰的家了！哈哈哈……”她又突然放声大哭。

我盯着她那张千奇百怪的脸，她究竟是在难过还是开心呢？这时她又流着眼泪仰天大笑，结果呛住了，像呕吐一样拼命地咳嗽，那根手指却还指着我。我冷了她一眼，继续收拾东西。她突然抓住我的肩膀。

“你松开！”我被她抓得很疼，“你今天牌品、酒品、人品都败光了！你就是个……”

“可我走了，你怎么办啊！你怎么办啊！弟弟，你以后一个人怎么办啊……”

我红了眼眶：“你就是个三无产品。”

呼——呼——

窗外的风声呜咽着，吹来孤单，吹走孤单。

啪嗒——啪嗒——

落泪的声音。悲悲戚戚的，那么小的哀鸣。

天微微亮的时候，我和冬霜走下楼，在阴阴暗暗的楼道口里，她说："我不会和我爸走的。"

昏暗中，我看着她那么自以为是又很坚定的脸："你觉得可能吗？"

"怎么不可能？他要我走，我就在地上打滚！我就是不走！"

"好了。"我把手放在她的背上，"我们这种年纪，自己做不了决定的。"

"可我们也是人啊！凭什么不能自己做决定？他们把我们生下来就没经过我们的同意，到现在还要决定我们，他们凭什么？"

"还是因为他是你爸，事已至此，时间不能倒流。"我走到她前面，"再说，其实这是一件好事对吧，可以离开这里了。"

她愤愤地吐气："跟他去了那里，我也不会幸福。"

我明白，再明白不过，单亲的家庭，或者重组的家庭，其实并没有如初的幸福而言。可那就是我们的命。我们的命就像买彩票，出生，就是一张由不得你自己决定的彩票，你永远也不知道自己能中到什么。

更何况我们以后的每一天，都要买一张彩票——

"木灵江？"

我和冬霜闻声抬头，看见黑灰天色下的寻紫。

大清早，她就走进三灵寺，似乎急不可耐地要见到我们。

我有些惊讶，但同时，我当然能感知到迎面的不怀好意，她看着我们的眼光那么冰凉，低过了此时的气温。

她向我们走来，说："我想问问你。"然后看了看冬霜，好像需要她回避。

冬霜看着她，就是不动。

“那个。”寻紫低下头，再抬起头看向我，“我有事情要和你单独说。”

“你直接说了。”冬霜的声音也冷冷冰冰。

气氛很是尴尬，但我知道寻紫要问什么，问那些无聊可笑的东西，于是我说：“没事，寻紫，你说吧。”

寻紫的脸色一下子变得更差，顿了好一会儿，说：“宝石的事，我想知道，你……”

“我没有偷，宝石失窃这件事情和我无关。”我直接打断她。

“我知道。”她抿着嘴点点头，然后看向冬霜。

我迅速反应过来，她已经将对象锁定到了冬霜头上。这一刻，我觉得心中的某处方位正在坍塌。

冬霜与她对视，问：“看我干什么？你怀疑我？”

寻紫轻蔑地笑了笑：“除了木灵江，就只有你经常在岳达家进进出出，你心里有数。”

我真不敢相信自己的眼睛，寻紫不该是这样的人。我在愣头愣脑了好一会儿后，说：“冬霜不可能做出这种事情，我发誓，她不是这种人，我——”

“是岳达叫你来的？”冬霜没有等我说完，面无表情地问她，“岳达，他怀疑我？”

她扬着嘴角：“这个事情已经在公安局立案了，我只是来奉劝你们几句，我不希望以后会闹得更大，你们知道么？岳达都已经和全家人闹翻了！你们希望他这样么？你们这样算他的什么朋友？”

“我再问你一遍，是岳达的意思么？”

寻紫不说话，这是一副默认的架势。

“好！很好！”冬霜恶狠狠地欢笑着，准备走。

寻紫往后退了一步，她要拦住冬霜。她说：“我希望你能认识到这个事情的严重性！”

“呵呵，美女，我们非常清楚这件事情的严重性，岳达家昨晚把我弟弟害成那个样子，还不够严重么？”冬霜斜着眼睛望着她，“不过，现在，我只能说，岳达家丢了东西，也用不着你来管吧？！你以为你是谁？你算什么？你有什么资格来质问我们？”

“你们偷了东西！你们怎么还是这个态度？！”寻紫气得开始微微颤抖，看来认定我们是小偷了。

“那我还想说是你偷的呢！”冬霜冲她吼。

“没错。”我也与寻紫对视，“这里只有你一个人是中途不知道从哪里蹦出来的，我也怀疑很有可能，你才是那个小偷。”

冬霜接着补充：“对！你记着，别把贼喊捉贼这种俗套的招式，用在姐身上，姐的深度，超出了你的想象！呵呵！”

“是的！贼喊捉贼这招已经不新鲜了！你才是那个贼呢！哈哈哈……”我们故意笑得疯疯癫癫。

就这样，我和冬霜就像以前联手欺负比我们年纪小的孩子一样，你一句我一句，就把寻紫给气走了。

我装作平静，内心里却压着太多的火，岳达居然开始怀疑冬霜，怀疑完我，他居然开始怀疑冬霜。我恨他，我太恨他。

“我们走！”我愤怒地向前走。但是冬霜却没有跟上来。我回过头，看见她站在原地，眼泪大颗大颗地往下掉。

别哭了——

姐姐，别哭了——

如果能卖掉过去

冬霜走了。没有跟她爸爸走。她把以前岳达送给她的那些宝石都卖掉了，卖成了一笔钱，不停地往自己的口袋里塞，还在我口袋里塞了很多，嘱咐我的时候没有看我的眼睛，边塞边说："你要吃多点儿东西。小姨也是，你以后要对她好一点——"说着，眼泪鼻涕就一起出来了。

她卖掉了它们，就像卖掉了自己的嫁妆，再去嫁给另一个人。不过她留下了那片翡翠，因为那是我送给她的。

她去找那个网友，她说他家境还不错，脸嘛，比岳达差那么一点点。

我不知道那个地方是在哪里，也不知道她是几点走的，她没有告诉我，我可以想象到，胖乎乎的她一头乱发，背着那个她自以为时尚其实有点儿土的小包，穿着还是那套棉袄一样的秋装，就那样自信地走向她崭新的远方。我只是觉得，那也许会是一个比想象中更遥远的远方。

遥远得根本看不到未来。但未来会在哪里呢？在这里吗？

我想以后有机会告诉她，除了三无产品，你还是世界上最好的姐姐。

但那天之后，她就再也没有回来。

这之后，天越来越寒冷，冷到了终点。那天，我帮我妈盖好被子，因为她的身体已经没有热度。我背上画板，打开门，看见小轩站在门边，不敢敲门，又不想走。也不敢叫我。我看向别处，挥手让他站远一点，别挡着我的路。

“哥哥……”他站在一边委屈地哭出来。但是没有用处的，不知为什么，你的眼泪真的再也感化不了我。

“小轩啊，你听好了哦。”我和善地蹲下来，“我恨你们全家，非常恨。”

“哥哥，你不恨小轩的，你不恨小轩的……”他边哭边慌张地说。

是的，我始终恨不了你。因为最终我还是把他带进家里，指着残破不堪的家对他说：“看看，这都是你爸爸的杰作，只给我家留下了一个金鱼缸。”

我把他带进我的卧室，让他老实地坐在床沿：“小轩，我要去上课了，你先待在这里，不要去吵妈妈。”

“嗯！”他依然重重地点了点头。

到了中午，我为了省钱，不去食堂吃饭，一个人坐在画室里画画，坐在靠窗的位置，外面的天灰得干干净净，因为有场小雨刚停。

但我望向更远的远空，为什么会觉得有一股庞大凄冷的云团正在朝我逼近，此时天空的洁净似乎是在预示着什么，预示着即便是灰暗中的一丝安宁，我都即将再也看不到。

这个时候，我最担心的是我妈，我觉得她可能好不起来了，我真的很担心她一个人在家，会做出什么样的事来。不过今天家里有小轩，希望她看着他能稍微舒心一点。

我望着窗外，把手插进口袋，摸到一块正方形的金质饰物。

这时我听见画室外有脚步声，很熟悉的脚步声，我赶忙用画板遮住脸，装作画画的样子。我听着这个人走到这间画室门口，对着里面叫我“灵江”。

我不答应，隔着画板，把自己隐藏得很好。但很明显我有些过分紧张，过分的不自在，以至于我都没有注意到自己此时正抓着铅笔，在纸上唰唰唰地乱涂。

他听见这些声音，走了进来。

我不知道他为了什么事情要在中午来到我的学校，跑到画室里找我。但我又能隐隐地猜到就算有事情，也是那些丢失了的珠宝的事情，只要一天没查出真凶，这个旋涡就一天也不会平息。但我们彼此已经没有信任了，我也不想再去信任了，即便找到真凶，也与我无关了吧。

而且，他居然还有脸来见我。我直接拿开画板，没有看他，径直往画室外走。

“灵江，吃饭了吗？灵江？”他看着我，问。

我懒得理他，视而不见，听而不闻，将他当成空气。

他看我是这副态度，冲到我前面，砰地把门关上。

我懒散地歪着头看着他，脸上是似笑非笑的敌视表情。

“听我说完好不？”他挡住门，说，“灵江，那天的事，真的……对不起。我……”

“你怎么了？和我说这个干什么？”我装疯卖傻地笑着，“哪天的事啊？我都不记得了。”

“那天我爸爸，他们……”

又提到了这个对于我来说，是终生隐痛的伤疤，我打断他：“你配说吗？你配和我说吗？”

“我……”

铃铃铃铃铃铃——午自习的铃声很适时地响起。

我看着他，他放松了一些，没有再挡着门。他说："放学的时候，我来接你吧。"

我知道他还想回到从前那样，但是真的已经有一些东西就在一串串的误解与纷争中分崩离析，再也无法复原，无法愈合。"不用了，放学了我还有些事情要办。"

"什么事情？"

我拿起我的画板："给我妈买点药。"

"阿姨病了？"

"托你家的福，好得很。"

他既失落又尴尬，打开画室门："我接你吧。"

我不想再多说什么，说实话，这个人，我都不愿多看一眼。

他在门前等我回话，已经可以听到学生来画室的上楼声。他又问："小轩在你家吗？"

说到小轩，我只能很不情愿地"嗯"了一声。

"到时候我接他回去吧。"他说完就走了出去。

总之是逃不过要与他一同回三灵寺，像以前那样。但在我的内心里，他的脸已经破碎得面目全非，变成了一地的碎玻璃，哪怕触一下都会手疼，这个我再熟悉不过的，唯一的朋友。

能感觉到已经越离越远了。而在放学的时候，看见他摩托车上坐着的寻紫，更是在一瞬间，疏远到我都再也看不见他，哪怕他就站在我面前。

我无法直视他们的眼睛，他们甚至已经不再是空气，而是幽灵，以至于我低着头想要赶快离开他们，逃离这里。

岳达知道我再也不会坐他的摩托车，和寻紫很是尴尬地商量了一会儿，于是他们两个人也跟在我身后，跟着我一起走。

我走在最前面，岳达跟在我身后，寻紫又跟在岳达身后，这种情景令人压抑得难受。因为摆脱不了，也因为我在去给我妈买药之前，要先去路边的金器店。

我在那家小小的金器店外停住了脚步，岳达和寻紫也停下来，有些疑惑地望着我走进去，望着我掏出口袋里的东西，望着我对金器店的老板说："我想把这个卖掉，能卖多少钱？"

但是我说了，那个贼一天没有找出来，旋涡就一天也不会平息。所以这个时候，寻紫气冲冲地走进来，非要看我卖的是什么东西。她依然视我为小偷，执意认为我是在变卖赃物，

我坦荡荡地展示给她看："是的，这是岳达家的东西。"

寻紫愤怒地看着我，然后对岳达招了招手，要他进来。

不用等他进来了，我转过身，把手心里的那片生肖金牌给他看，并且告诉他："卖掉了。"

卖掉了。以后再也没有瓜葛了。

我不会像别人，在绝交的时刻还将对方以前赠予他的东西，都如数交还给对方。为什么还要还？那是不决绝的表现。而我现在很需要这个钱，我要卖掉它，才能给我妈买药，给家里添置更多的东西，我对岳达这个人已经绝对决绝。

而且，我心里是想要报复的，我要告诉他，我把它卖了，让他亲眼看见，我把它卖了。我要在这个金牌彻底离开我时，让它发挥出自身最大的价值，远远超过它本身值的那些钱。

让它变成一把刀，刺进那个人的身体里。

因为我恨他，只有恨。

“不准卖！”岳达冲过来，指着金器店的老板，威胁他，“不准接！”

我很平静地无视岳达，把金牌递给老板：“你看看能卖多少钱吧。”

岳达从老板手中抢过金牌。寻紫在场面开始混乱的此时掏出手机，说：“要我报警不？”

她以为人赃并获了，很理直气壮的样子。她什么都不懂，我瞟了她一眼，说：“神经病。”

“拿着！”岳达硬要把金牌塞进我手里，我把手握得死死的。他抓着我的手腕，要掰开我的手掌，气急败坏地喊：“拿着啊！”

“别给我！给我了我也会把它丢掉！”我对他说，“我今天一定要卖！我偏要卖！”

“你要多少钱我给你，别卖！”

“我不稀罕你的臭钱！脏！”

“什么？”

“脏！脏！”

小轩

我愤怒地直接冲出金器店，没头没脑地往前冲，愤怒的火气让我失去了听力，失去了思维能力，眼睛里只有前方。

岳达与寻紫跟在我身后，岳达拿着那块金牌，还在向寻紫解释它的来历。走到一个路口，我转过身朝他们喊：“别跟着我！你们滚远点儿！”

“我要去接小轩啊！”

好，这是你唯一和有效的借口。我忍住怒火，等你今天接完小轩，我们就彻彻底底地毫无关系！我发誓，我以后就当作从未认识过你，你们，你们全家的人。

三灵寺的铁门被岳达他爸强拆了，只剩下两个漆黑的洞穴。远远就看见三灵寺里面的那些男孩，虎视眈眈地望着我们。

“你在这里等我吧，我还要和他说一些事情。”岳达对寻紫说。寻紫有些不情愿，但最后还是同意了。

本来我想对他们说“寻紫你也一起进来”，我不想再和岳达单独相处，但随后想想，这是一个多么好的契机，在我们断绝关系的最后，我还要狠狠地对他发泄，我还没有亮出我的撒手锏呢！

当我们俩一前一后，走在通往我家的那条熟悉小路，路过那片树荫时，我笑嘻嘻地转过身，对他说：“岳达，那天我忘记让寻紫给你带个话了，今天正好亲自告诉你。”

他停下脚步，望着我。

我走到他面前，看着这双多么熟悉的眼睛：“你是个孬种。”

他难以置信地瞪大了这双眼睛。

说完，我转身就走。他本能地一把抓住我的衣领，我咬着牙怒斥他松开，他松了手就跟在我身后。

他问：“你为什么要这么说我？灵江你到底要我怎么做才能原谅我？你说啊！”

我非常得意地往前雀跃地走着，非常欢快，始终不理他。直到走进楼道口，岳达冲上来挡住我的去路。

“让开！”

“你说啊！”

“孬种！我说了！你就是——”

“灵江你到底想怎样啊？！”他既愤怒又焦躁地抓住我的肩膀，将我推到墙上，“你究竟怎么了？！你说啊！”

那一瞬间的撞击让我的胸腔中满是嗡嗡的杂音，我咬牙切齿地推开他，看到他装傻的滑稽模样顿时怒火攻心：“少碰我！你这个没用的家伙，要一个女孩子来问我们的话，你还是不是男的？！”

“哪个女孩子？”

“你还真是贵人多忘事啊！”

“说啊！哪个女孩子？我要她问你什么了？”

“呵，嗯，你继续。”

“继续什么？”

“装啊！”

“我没有装！到底发生什么了？！那个女孩子是谁？！”

“寻紫啊！你非要我把话全给你说破你就舒服了吗？你不是怀疑冬霜吗？你家的那些珠宝，说句实话，我们一点兴趣也没有！别不要脸的——”

“我从来没有怀疑过冬霜！这件事情我根本就不知道！”

“呵，那寻紫可真是活雷锋啊！真热心！你有这样的女朋友，我们真应该为你摆桌庆祝啊！”

“她根本就不是我的女朋友！”岳达的脸涨得通红，他是个不善于争吵的人。

“是你的普通同学对吧？”

“对啊！”

“继续。”

“继续什么？”

“编啊！”

他气得张着嘴不知道该再说什么。

“岳达啊，不是我说你，我觉得那些珠宝，很有可能就是她偷的。你的脑子也有想过没？”我越加狂暴，怒到极点就是心酸，眼睛里已全是泪，“你怎么可以怀疑冬霜？！怀疑完我，你去怀疑冬霜？！我们以前是怎么过来的？你忘了吗？冬霜对你多好啊！你忘了吗！”

“灵江！我……”

“不要因为寻紫长得好看一点点，就蒙蔽了你的双眼！”

“寻紫不是小偷，这个事情和她没关系的！”

“哟，这么帮她说话啊？！又不是你女朋友，又不是受你指使，她来找我们干什么？她有什么资格怀疑我们？她那么热心啊！她——”

“因为那些珠宝有一半是她家的啊！”

“什么意思？”

“她爸是我爸这个生意上的合伙人！”

我妈终于像以前那样在厨房做饭了，虽然精神还是萎靡的，但城毁了，就要重建，Happy 结束了，当然就应该 Again。

岳达环视着已成废墟的我家，没有底气再正视我。他要是正视我就好了，我会给他一个能杀死他的目光。

但因为刚才的争吵，我突然发现他的眼睛与他爸爸的眼睛简直一模一样，如果仔细去观察，可以发现精明和狡黠的光彩。这种光彩让我对他突生一种厌恶感，他已经学会去谄媚一个富家小姐，用这种微妙和暧昧的方式取悦自己家的合作伙伴，这是一种商人的性格。

和他爸爸一模一样。

他低着头看着地上的裂纹，走到饭桌前，看见桌上摆着的那个小鱼缸。和岳达吵了一架后，很多彼此的猜忌与误解都说破了，因此我的心情好了那么一点点，看来还真是“有什么就大声说出来”来得直接。我去厨房，看到我妈又系上那条熟悉的围裙，她的嘴唇都是苍白的，面色还是不好，但是给了我重拾生活的信心。我笑着问：“妈，今天怎么样？”

她也轻轻一笑：“一天没吃饭，现在要给你做饭。”

看来我还是她的支柱：“可是小轩也没吃吗？”

“小轩？”她看着我，“小轩来了么？”

“他一直都在啊。”

我走到客厅，看到岳达蹲在桌前，目不转睛地盯着鱼缸。然后他站起来，转过身。

他的眼睛怎么突然变得如此怪诞和陌生，更像是在瞪着我。他什么话都没有说，径直走进我的卧室去接小轩。我感觉到他与我擦肩而过时的气流，气势汹汹，并且冰冷至极。

我知道哪里又出问题了，一切都变得不对劲，我瞟了一眼鱼缸，里面的水有些浊了，一红一白两条金鱼在一堆雨花石上缓缓游弋，就像两簇忽明忽暗的小火焰。

“小轩，起来了，我们回去了。小轩，你起来啊，你听不听话？你给我起来啊！小轩你怎么回事？你起来啊——”

我听到卧室里，岳达那种令人不安的声音。刹那间，我感觉到一股潮湿发霉的幽暗氛围，我跑进卧室，灰暗暗的房间里，岳达站在床边，背影黑得那么模糊。

“小轩你起来啊！我们要走了！你给我起来啊！喂！”

“怎么了？”我问。他暴躁的声音让我感到恐慌。

他深吸了一口气，看向我。我看到他额头上的汗，但我看不到他阴影中的眼睛，一道凛冽的恐惧像刀片那样飞快地划过我的心。

我走过去，看见小轩趴在床上，一动不动。床头柜上是那包被打开的老鼠药。

我知道也许会有这一天。我不会怪你

“你为什么要把小轩一个人关在房子里啊？！”岳达抱着奄奄一息的小轩，惊恐地退到我家门外，“小轩这么小，你怎么能把他一个人丢在那里啊？！”

门外已经站满了看热闹的人。

“岳达你冷静一点！”

“你为什么还要骗我啊？！”他说着就哭了起来。我第一次看见他哭，哭得像个孩子。他颤抖着说：“你偷了那些宝石，你为什么要骗我啊？！你为什么还要这样对小轩啊？！”

“我再告诉你一遍，我没有偷！而且小轩，他——”

看热闹的那些人在他身后添油加醋：“是故意的吧！想这么报复你家一下……”

“阿姨，你怎么能这么不负责？”他已经失去了理智，再也听不进我的话，绝望地看着我妈，“阿姨，你是因为恨我吗？你可以来找我，你要钱，你尽管开口，可你为什么要这样对小轩……”

我妈无助又惊慌地站在我身后，皱着眉瞪着眼睛，她根本不知道发生了什么。

“我们不是故意的！”我差点也要哭了。

不过他再也不会相信我们了，因为他根本没有时间去选择相信什么。他抱着小轩飞快地冲下楼，边跑边掏出手机打 120。

我转身看向我妈的时候，又看见那刺眼的鱼缸。就是这一瞬间我突然意识到什么，走近它，看着混浊的水，看着两条金鱼，看着缸底的那几颗雨花石。

可是……以前里面不是只有一颗雨花石吗？现在里面却有四颗。我蹲下来，与鱼缸平行，仔细去看——那根本就不是雨花石！是宝石！

“妈！这是怎么回事啊？！”

她非常惶恐地望着我，半天才反应过来，愣愣地问：“怎么了？灵江……”

我从冰冷的水中抓出那三颗宝石：“这是什么？这是从哪里来的？！”

“这是小轩给我的啊……”

“这是宝石！岳达家丢的那些宝石！”

“啊……我不知道啊！我以为是小轩捡的石头……”她的脸色已经煞白，“他来一次就给我一个，问我‘妈妈喜欢吗？’我逗他就说‘在哪里捡的啊？阿姨好喜欢’，他就说‘这个可以变出好多好多的米，妈妈和哥哥再也不会饿了’，我那时心情不好，我以为他是故意哄我的，我不知道这是宝石啊……我真的不知道……”

我抓着宝石就往外面跑，我要追上岳达。

跑到三灵寺门口，我看见赶到的急救车，医生从岳达手里接过小轩，我看见小轩昏迷的样子，一点都不像睡着了，他睡着的样子，我见过太多次了，这时的他一点都不像。

像是死了。

叫他听话，叫他安静，叫他不要吵妈妈，他就真的在房间里待了一整天，乖乖地等我回来，困了就在床上睡一会儿，饿了，发现那包东西，就傻傻地吃。

我追上手足无措的岳达，要把宝石给他，那样庞大无序的紧张感中，我甚至急得不知道该从哪里开始解释。

寻紫一把抢过我手中的宝石，她看着我的眼光就像在说“早就知道是你干的！”我顾不了那么多，只想把真相赶快、赶快说出来。

“麻烦你别再这里添乱了！你只要在家安心等着警察来抓你就好了！”寻紫拦住我，她身后是双手捂脸的岳达。

“宝石不是我偷的！我——”

“三灵寺的人说得没错。”这时，岳达说，“你果然很坏。”

这一瞬间，我睁大了眼睛，我以为自己听错了。

“是啊！谁没事在家里放老鼠药的啊？！”寻紫接着说，“你怎能这么无耻？！”

“我没有！我……”

岳达的脸色已是那种我从未见过的惨淡与恐怖，他走过来，指着我的脸，冷冷地说：“如果小轩出了什么事，我绝对会来杀了你。”

我像是笑着吐出一口气，我真想告诉他，我还怕你杀吗？我木灵江是那种人吗？我没有做过愧对自己的事，我什么都不怕！

寻紫推着快要虚脱的岳达上急救车，自己再进去。岳达背对着我，再也没有回头，寻紫瞪了我一眼，“砰”地拉下车门。

我绝对会杀了你。杀了你。

他终归还是不愿相信我。

“好哦好哦！又惹事了哦！那个‘围墙外面的’，他的病好啦？现在你是众叛亲离咯！哈哈！”远处男孩们的笑声。

我看了看他们，再看向渐行渐远的急救车，一刹那泪水就模糊了视线。转身的时候，瞥见站在远处的鹿威。因为有父母在身边，她就只能站在那里观望我。

她看着我的眼神，多么无奈。

我失魂落魄地往家走，路过一辆汽车，突然听见有什么东西打在车窗上发出清亮急促的“嗒嗒”声。不是雨的声音，是雪子。接着，飘起了小小的雪，落到地上就化了，找不到踪迹。

我抬头看天，黑压压的云团已经来临，像是一场开幕的小表演，洒下了那么多冰凉和惨白的雪花。

雨坛很多年没有下过雪了。

隐隐听到喧闹声，加快脚步往家走，看见好多好多人在我家楼下围成一个大大的圈。

“他来了！”他们回头看向我。

我呆呆地望着他们，这时一个年纪很小的男孩跑过来，笑着说：“你妈死了！”

我拨开人群。

我看见我妈平躺在水泥地上，还系着那条熟悉的围裙，血从她的鼻子里流出来，顺着她的脸流到地上形成一摊暗红色的圆圈。

雪花落在她的脸上，慢慢化开，消失，像是钻进了她的身体。她很冷，颤抖着嘴唇，发不出声音，只是睁着大眼睛看着围住她的那些人。

我知道也许会有这一天，妈妈，我不会怪你，我知道你已经尽力了。

我发了疯，抓住边上的人，你们为什么不救她？！为什么不救救她啊！我没有手机，家里的电话也被砸烂了，我不知道我该怎么打 120。精疲力竭的 15 岁的我抱不动我妈，我只能拖着她往人群外走。我看着她的头发连着血，在地上形成一条刺眼的血线，就像大地的伤口。

那血线，让我又想起了那只兔子。

姐姐，我不知道我们是不是真的来错了地方，我们应该会是小鸟，会是鱼，会是一些简单的小动物，在天空，在水中，在土层里，远远地离开人间。

不重情义，没有世俗。

可是我们为什么会来到这里呢？究竟是什么决定了我们的命呢？

不知道还有哪位好心人，帮我打了这个 120。

我看着急救车开来又走，我真的不想再见到它。我擦掉泪，才发现我的头发和衣服已经焦湿，上面覆着一层薄薄的白霜。

我吐着白气，茫然地回头，那种沉甸甸的阴霾中，三灵寺的脸，冷如死灰。

鹿威

我浑身湿透，双手缠着胸，哆嗦着坐在楼梯口。我觉得我应该换一套衣服，但是我已经没有衣服了，都被他们烧光了。而且我也不敢回家，我知道当我看到了那个家很有可能会崩溃。

这时有人在我的身上轻轻地披了一件什么。我往身上看，是我的那套军装。我抬起头，看见鹿威的脸。昏暗中，她的脸似乎会发光，就像一个洁白无瑕的天使。

“别怕。”她说。

“鹿威，我妈妈跳楼了……”

她点点头，擦掉我脸上的水：“我已经打了 120。”

我盯着她的眼睛，身体终于有了一些温度。她把军帽也带来了，戴在我的头上。

“还有一个帽子哦，多好。”她笑着坐在我身边。

是的，这么久以来，我都没有发现它还可以遮风挡雪。

“真是情同手足呢！”华卓儿带着那帮男孩站在楼道口下。

我们再见到他们，没有前路，也没有退路，是的，我已是摇曳的孤草，潜意识里只知道想要去躲避。但我以前不是说过，我惹不起，我也不会躲吗。

“克死了你爸，又克死了你妈，还克死了那个‘围墙外面的’小屁孩！”华卓儿怒气冲冲，“现在你功德圆满了吧，众叛亲离了吧？！哈哈哈！”

“你最好赶快给我滚！”鹿威站起来，将我往后推了推，走向他们。

“你给我闭嘴！你这个不男不女的叛徒！”华卓儿指着她骂，

“你就是三灵寺的奸细！叛徒！”

鹿威扑上去就和他打起来，其他男孩也扑过去帮华卓儿，我去拉扯他们，被他们推倒，我听见扭打中的鹿威朝我喊：“灵江你赶快离开！快走啊！”

是啊，我以前说过的，我惹不起，我也不会躲啊。我冲过去帮鹿威，几个男孩扼住我的喉咙，将我拖到一边，我眼看着那么多的男孩围着鹿威，将她打倒在地上，用脚踩，用石头砸，混乱中，我似乎听到了鹿威轻微的呻吟。

我想我们真的都忘记了，都忘记了！她其实是一个女孩啊！他们怎么能这样殴打一个女孩？！他们怎么能扑到她的身上，挥动着拳头打她，用脚踹这个女孩？！

华卓儿又狠狠地踢了倒在地上的鹿威几脚，呼哧着气看向我：“你这个克星，你还要克死三灵寺的人，还要连累我们，今天，我们要替天行道！走，把三灵带过去！”

我顺着他指的方向回过头，看见那座山上的竹林。

你才是真正的男孩

他们抓着我的衣领，将我拽上山，来到竹林前，我看着一片湿漉漉的青绿色，突然恐惧。他们说：“三灵啊，我们要看看你到底灵不灵！”然后将我推了进去。

这里面传说是有竹叶青的，我胆战心惊地站在竹林边缘，从竹子间的缝隙看到男孩们哈哈大笑的嘴脸，转过头看，汪洋般的竹海望不见底，大风吹过，它们像是绿色的浪潮一般呼啦作响。

“进去啊！往里走啊！”男孩们叫着捡起石头扔过来。

我捂着伤处，向前迈了一步——

冰箭一般的叶片刮过我的脸，更像割过，那样的锋利让我没有痛感，心却向下坠。我感到越来越阴冷的湿气，深处渐渐看不到光，前方就像墨绿色的深渊。竹林在狂风中沙沙地响，像是在说话，在恐吓我。

我努力平复情绪，现在蛇已经冬眠了，不会出来了，可突然——

咝——

一条碗口粗的绿色大蛇出现在我的颈边，吐出的芯子滑过我的脖颈，我感到毛骨悚然的冰冷刺骨。我颤抖着转过头，看见它的眼睛，血红色的，就像两颗炙热烟头般的火点。

我捂住嘴，不让自己发出声音。这条大蛇盘在竹身上，与我对视，不停地吐着舌头，发出“咝咝”的声音，像是在辨认我，辨认我之后，就会将我咬死。

可我现在已经吓得不会动了。

“灵江！”

我看着鹿威深一脚浅一脚地朝我跑过来。

“鹿威，别过来啊……”我胆战心惊地小声喊。

可是她没有听见，即使她听见了，也只会更加奋不顾身地冲过来。我看着她急切地拨开竹子，跑到我面前，她总是自负地以为只要有自己在，就能将一切恐惧驱散，她总是自负地以为自己能够保护所有的人。我看见她一脸都是血，她抬起胳膊擦了擦脸上的血，然后对我笑得露出牙齿。

即使她自己都需要被保护。

“鹿威……”我哆嗦着说，“你赶快走，赶快走啊……”

她疑惑地望着我，站在我面前不肯走，眼睛还是那么透亮，然后她全身颤动了一下，像是被什么东西刺中了后背，她皱着眉头看着我的眼睛，用手去摸背。

这时她又颤抖了一下。她咧着嘴转过身。

我看着她背对着我，她的白色衣服上有几颗小小的血点。我已经目瞪口呆发不出声音，我甚至能看到她的灵魂正从这些孔洞中往外渗，那么美丽的灵魂。

我伸出手要去触摸，这时她又颤动了一下。

“鹿威！”我哭喊着拉扯她，她背对着我，不停地颤抖着。这条蛇还在不断地攻击她。

“走啊！鹿威！”我抓住她的胳膊就要往竹林外跑。但是还没有跑出竹林，我就感觉到她已经瘫倒了，我顾不得回头看她，我只能绝望地大喊，艰难地拖着她的身体往外走。

“你们帮帮我啊！你们帮帮我啊！”我对着男孩们大喊着，即使上天无耳。

这个世界上还有没有人愿意来救救我

“死人啦！”

一声凄厉到穿透人心的嘶喊划破了三灵寺的灰暗上空。

之后，一大股一大股黏稠的黑水，咕隆，咕隆，从天空的伤口涌入人间。轰——地底的黑雾也终于全部向地面喷出，一天一地的黑暗搅动在一起，顿时生灵涂炭，满目苍凉。

“鹿威啊！我的女儿啊！你怎么舍得我们啊！”

“我要放火烧了那个竹林啊！”

“我要给我女儿报仇啊！我要烧死那些妖怪啊！”

“对！烧了那个竹林！烧死那些妖怪！”

先是鹿威家那栋楼的居民要闹事，后来演变成附近几栋楼的居民，之后参与的人越来越多。不仅是因为三灵寺死了一个孩子，还有那个古老恐怖的传说，终于被证实了。

三灵寺里已是人心惶惶。他们自发组织，要去烧了那片竹林，但当他们走到山下，抬起头，这时大家才发现，山顶的那座古寺里，露出那棵古老巨树的树冠，已进入冬季了，但那树依然一片火红，在黑灰的天色背景下，就像一大簇耀眼的火焰，那么诡异和神奇地燃烧在最高处。

“那里也是妖精啊！”他们感到越加的不安，指着那棵树放声大叫着。

于是，他们终于决定烧光整座山。

“不准烧！那座寺可能是古迹，还要等鉴定！我们要保护的！”三灵寺的几个领导站在蠢蠢欲动的人群前，拿着扩音器奋力地大喊。

“保护个屁啊！保护它了，谁保护我们啊？！”人群开始骚动。

“大家不要这样，不要冲动！等鉴定出来，如果是古迹，它还可以为我们赚钱的！”是的，三灵寺现在也只有靠这种东西赚钱了。

“那些蛇精都是不冬眠的！它们都出动啦！我们还等什么？！”不知是谁先带头，一群愚昧的人就团结地往前方挤。这时的情景就像一大群羊在放牧羊人，从远处看，一大片黑压压的人群将前方几个握着扩音器的小黑点不断往后推。

“大家听我的！”领导们已经声嘶力竭，“如果不是古迹，这里以后就会盖商品房，迟早也是要推平的！现在我们不要冲动，只要等待，不要……”

“我们现在烧山，帮你们把山上的树都烧干净！你们以后还好推呢！”人群中有人高喊着，那几个握着喇叭的小黑点就迅速被一片黑色吞没。

在他们烧山之前，还会做一件事情。

我发烧了，脱掉湿淋淋的衣服，换上唯一干净的那套军装。头发干后，笔直地垂落在脸上，我扣好衣服扣子，拿着一瓶洗洁精，安静地坐在饭桌边，看着鱼缸中的两条无忧无虑的小鱼。

我想用洗洁精结束它们的生命，我恨它们，我觉得是它们偷窃了宝石，窝藏了宝石，是它们毁灭了我最后的希望与期许。

但我迟迟下不了手，我知道我在迁怒于它们，我明白，人在无止境的阴暗下待久了，真的会扭曲，会改变的，我不该是这样的，我不能让它们也觉得自己来错了地方。

它们在水中，在几近冰点的水中，就像两簇小小的温柔的火焰，依然顽强地活着，它们一下子就照亮了我空荡荡的内心。

我静静地看着它们。看着窗外的天色渐渐暗下去，听着外面传来的喧闹声，离我越来越近、越来越近。

我都已经准备好了。

人活在世，斗不过天，斗不过地，最怕的就是还要人斗人

我静静地听着他们轰轰烈烈上楼的声音，看着他们一脚踢开我家那扇只能虚掩的防盗门，看着他们手握着铁器大步朝我走来——

然后他们抓住我的头发，把我从三楼一直拖到楼下。我忍住疼没有发出任何声音，只是死死地抓住他们的手腕。

“就是他害死鹿威的！”楼下的人群中，那些男孩指着我大叫着，像一群火暴的狒狒，“是他把鹿威骗进去的！”

鹿威的家人，还有一些三灵寺的居民冲过来对我拳打脚踢，我护着头，用以前鹿威教过我的一个办法，根据她多年的打架经验，当很多人围攻你时，你在确定无法突围的时候，就退到一面墙上，这样至少可以保护一个面，就不会背腹受敌。于是我后退，后退到我家楼下的墙边。不过觉得有些讽刺，我最后是用她教我的办法抵御她的家人。

而且，他们的每一拳每一脚，或是用铁器棍棒打下来，可能是用力太大就会物极必反的道理，我反而感觉不到疼了，只听见身体里不断地回响着沉重的嗡鸣。

鹿威，我终于可以体会到你，为什么感觉不到疼了。

“那蛇肯定也是他放出来的！”男孩们跳着大叫，“他们都是妖怪，他们都是一伙的！”

我感觉他们用的力气更大了，而且上来攻击我的人似乎更多了。不过我真的不在乎，因为我已经没有希望，没有期许，我知道，这个世界上，再也没有人会来救我。

爸爸，妈妈，冬霜，鹿威，我想你们。

大人们打累了，我听见有人丢下铁棍的声音。然后男孩们一齐冲上来，拳打脚踢。

“趁我不在，你这个坏东西还敢砸我店的门啊？！”周阿姨站在一旁的人群里，捡起地上的一块石头就朝我扔过来，她骂着，“你那个娘也没出息，老公刚死就到处去偷人！现在死了也是活该！活该！你们打，狠狠地打死他！”

男孩们在他们的怂恿下，越发疯狂，开始撕扯我的衣服。我保护好我的衣服，这是我最后的一件衣服。

“让让，让让——”楼上传来白啼湖的声音。

男孩们四下避让，接着，一盆黑漆漆的冰冷脏水“哗啦”一声筐在了我的身上。

“娘的！你爸搞了个传染病回来，搞得住在这里的人都不安生，你妈又自杀，还让不让人住这里了？你们还要挑战极限把鬼屋搞成鬼楼啊！”

我浑身湿透，蜷在墙角。我的最后一件衣服也没有了。

“走了走了，烧山去！烧山去！回来再收拾这个坏东西，把他搞得半死再带到公安局去！”他们说着，一大群人就往山上走。

不用把我搞得半死，也不用带我去公安局，因为，在他们正准备去烧山之前，公安局的车已经开到了我家楼下。

人群纷纷让出一条道。其实我看着警车开过来，隔着车窗玻璃就看清了车里的人脸，那张再熟悉不过的脸。

始终也逃不过“再也不见”。但我知道，我们的见面再也不会像从前那样。

第一个下车的是岳达的爸爸，第二个下车的是他妈妈，然后是他家的一些亲戚，还有寻紫，最后是他。

他看都没有看浑身湿透的我，面无表情地盯着地面。

警察也下车了，他们是来我家取证的。

我瘫倒在地上，站不起来，我知道岳达的家人一定想要来打我，但此时的我浑身脏兮兮的，他们也知道三灵寺的人已经对我做过了什么。

警察没有过问我，和他们家人径直上楼去取证。也不用过问我了，家里没有门，任何人都可以想进就进。我没有家了。

“呵呵。”围观的人群又开始闹腾。那些男孩暗笑着，从地上捡起各种各样的石子、垃圾往我身上抛来。

我努力去避开，然后看着警察们下楼，提着取证袋，我看见袋子里的老鼠药。

“毒啊你！”岳达的妈妈哭得撕心裂肺，“怎么那么毒啊！”

三灵寺的人群里有很多人附和着，一起咒骂我。岳达家的亲戚再也按捺不住，冲上来用脚踢我，我完全没有防备，只能任由他们发泄。

我永远都记得，一双坚硬的皮鞋踢中我的太阳穴是一种怎样的滋味。那一刻，我瞎了，什么都看不见了，脑子里一片空白，嗡嗡的，好像下一秒就会死了。但，死不了的，那是短暂的昏厥，昏厥中疼痛得无法呼吸，无法忍受，生不如死。

那些警察过来阻止他们，争吵着、辱骂着，那么混乱，到最后他们愤愤地坐回警车，准备开走。

本来是要将我一起带走的，但是他们怕脏，不来搀扶我，我自己也站不起来，况且三灵寺的人，尤其是鹿威的家人不放我走。他们的意思大概是，还要慢慢折磨我，在我身上发泄他们的丧女之痛，再将我送进公安局。

既然这样，岳达又是最后一个上车的。就在他准备坐上去的那一刻，他转过头看了我一眼。

那眼神里极度复杂的意味，让我突然想吐。

然后他转移视线，坐上车，这一次，是他将车门关得很大声。

“砰——”

像是在说“活该”。

“我们先去烧山去！”三灵寺的人群又喊，“烧完再来解决这个坏东西！”

“走了走了——！”

我在恍恍惚惚中，又隔着车窗看见岳达模糊的侧脸。他听见三灵寺人叫唤的声音，望着他们，但是已经学会无动于衷。

之后，我看着警车消失在拐角。

枫叶的颜色是火的颜色。它在凋落时才会燃烧
这是情感最后的绽放

我的身体中每一寸都麻木了，没有疼也没有任何知觉了。我的头很晕，我很冷，我睁不开眼睛，该是高烧了，我的身体烫得就像一团火。

不甘，绝望，撕痛，愤怒的火。

那些男孩的父母不准他们跟着一起去烧山，他们就留在这里与我独处，嬉笑着的同时极其仇恨地盯着我，像是想看着这团火爆发不了然后慢慢熄灭，看着我死。

有人走过来掐住我的下巴："灵灵哪，怎么啦？晕啦？怎么无精打采的呀？"

我昏昏沉沉地看着华卓儿阴森的眼睛。

"笑一个嘛，来，给我们笑一个嘛。"他把我的下巴掐得更紧，咬牙切齿地说，"要不，给我们哭一个吧！"

围在他身后的那些男孩大叫着："哭！哭！快哭！"

"哭啊灵灵，你咋啦？不高兴啦？哭嘛，哭不出来就笑啊！"

我望着他，轻蔑一笑，然后动用了身体里最后的那一丝力气，朝他脸上吐了口口水。

"踢他小肚子！我妈说男孩子的小肚子最要紧了！"一个男孩说。

华卓儿站起来就想要踢我。我捂着肚子，尽全力保护好自己，保护身体，保护尊严。

"脱了他的衣服！脱！""把他裤子也脱了！""要他跪！"男孩们喊着。

不过这些在现在看来，是满足不了他们与时俱进的口味的。特别是先锋华卓儿，他左右环顾了一圈身边的男孩，有些畏惧，又夹杂着兴奋，小声说："不如，把他……搞到山上去？！"

冬季最寒冷的时候，清晨与夜晚，窗户玻璃上会覆着一层白雾。每一次我看向窗，隔着雾看不到外面的景象，但我知道，外面是天寒地冻到我无法想象的世界。

但是你永远都不会知道一颗不健全的心，到底有多不健全。

雨坛镇曾经发生过一件这样的事情，一群十五六岁的男孩因为看不顺眼另一个男孩，或者他们之间有过什么误会，后来他们把他杀了，割下了他的生殖器。

这是我还在读军校时，有一次在操场上开集体大会，政教处主任为了不让学生们拉帮结派，举出的一个真实案例。

青春期的男孩总是有一生中最完美的身型和面容，也有一生中最旺盛的精力，如果这些强大的精力用在了不好的方面，后果会可怕到超出你的想象范围。

如今，我要对抗的，就是这股我根本无法战胜的庞大的、黑暗的、深不见底的暴戾。

“摸一摸。”华卓儿抓住我的手放在他的胸口，“这是你和那个‘围墙外面的’送我的礼物，我等了那么久，现在终于可以给你还个礼了！”

我摸到他冷冰冰的胸口，摸到了那块令人毛骨悚然的疤痕。是的，毛骨悚然的，因为我第一次这么真切地摸到了仇恨，那种不会被时间冲淡，只会日益加深的仇恨。因为那是一块永久的疤痕，会陪伴他一辈子的。因为这块疤，会提醒他一辈子，要复这个仇。

华卓儿，年幼的事，对不起。但是你，你们，就没有伤害过我吗？就没有给我留下一辈子都忘不了的疤痕吗？那是一块难以启齿的伤疤。

“还记得我提醒过你多少次别和‘围墙外面的’玩吗？会玩火自焚的！看看，现在被抛弃了，心情怎样？”华卓儿退到离我很远的地方，捡起一块石头，戏谑地说，“哎，木灵江啊，你是三灵寺的人，你总是忘记。”

“谁叫你们不和我玩？”我凝足了力气回应他。

他圆睁着眼愣了一下，无赖地说：“哦，那你就不晓得不玩啊？”

“我也想玩啊！”这一刻不知为何，像是积压了太久的委屈与不甘终于有机会爆发出来，我变得像一个幼稚的孩子。

虽然我应该有数，但这已是最后的机会了。

“好！你去玩吧！上去！”他们朝我扔石头，像把我逼进竹林那样，逼我走上这座即将要被大火焚烧的荒山。

我跌跌撞撞要躲避他们飞来的石块，我的额头被砸中，我摸到了我的血。

“去玩吧！你不是喜欢玩火吗？还烧别人家的房子呢，这次让你玩个够！让你玩火上身，玩到自焚！”男孩们开始大笑，极其恐怖地大笑。

“赶快滚上去！那才是你的归宿！烧了蛇精，烧了树精，消灭你这个三灵，三灵寺就太平了！干净了！”他们朝我吼。

我恍恍惚惚地爬到半山腰，回头看他们，他们还在朝我的方向扔石头，他们不会走的，他们要眼睁睁地看着我被烧死。

我艰难地喘气，继续往山上爬，我可以翻过山，从后山没有围墙的地方逃出去。

爬到半山坡，我听见远处的人声鼎沸，山下已经亮起了火光，火势正在迅速扩大，向四面八方蔓延过来。

我加快速度向上爬，等我爬到山顶，隐隐听见山下人群的欢呼声，转身去看，山下已是一线大火，并且以一种顺风的势态，迅速向山顶袭来。

我跑到山顶的那一头，我要下去，但我想得太简单了，一个连月亮都没有的夜晚，太陡峭的后山一片漆黑，是我望不穿的、无法设想、想象不到的黑暗。也许我会因为一个不小心的失足，瞬间滚落下去，就那么不明不白地死了。

我已经走投无路了。

上天为什么听不见我的声音？！为什么听不见？！

但又为什么，我们不得不听从它的——

沙沙——我听见树叶的婆娑声。*沙沙沙*——我茫然地转身，看见那座黑暗中的古寺，寒冷的，孤寂的，幽暗的，一直盘缩在我的身后。

不知道为什么，那一刻我觉得它是在故意召唤我过去的，好像在说，进来吧，我可以保护你。于是我在迟疑了一秒后，迅速跑过去推开门，嘎吱——然后就看见那棵日益苍老却精神抖擞的大树。

即使在漆黑中，一树耀眼的火红叶片依然闪闪发光，哗啦啦，哗啦啦地，随着风呜咽地响着。

我踩着一地深厚的枯叶朝它走近，我的每一步都像在下陷、坠落，我也像变成了一片枯叶，在缓缓地坠落，这一刻，我明白，我们不同的生命以这样的方式契合，我体会到了落叶的生命体验。

我仰头望着它，它那仿佛燃烧般的树顶在我的眼睛里变成了一把火。我知道它是神灵，从我以前看见它的第一眼开始，我就有一种敬畏感，它是树灵。

没错，在那些人眼里，我和你一样，也是灵。我叫木灵江，也许是命中注定，天生名字里就有一个灵字。

灵，就是山和火。

是啊，山，和火。我突然明白了什么，猛地抬起头。

那么江，是告诉我，在大火烧山的时候，我会遇见一条江，灵江，就是这条江的名字。

灵江，我爸爸梦见的那条江，就是后山的那条江。

又原来，这棵树，竹叶青，还有那条江，就是守护这座山的三灵。他们并没有说错，我就是三灵。

我飞快地跑出古寺，这时大火已经蔓延上来了，世界上绝妙的事也就是如此，因为大火烧上了山顶，所以就照亮了下山的路。

照亮了我的生路。

我看着熊熊的火爬上古寺，然后像海啸一般吞没它。那棵老树在大火中轰轰地颤动，一树火红的叶片随即全部融入火海。

我借着火光向后山下一直跑一直跑，可我狼狈下山的速度远不及那些咆哮着的火，因为当我跑到山脚下，许多被烧毁的大树从山上轰隆隆地滚落下来，封住了那条山路，也就封住了我唯一的生路。

我又没了生路。

我惶恐地看到前方的那条江。

真的是命中注定吗？注定在大火烧山的时候，我会遇见这条江，遇见灵江，它能救我一命。

可当我跑到江边，又突然清醒，我还是过不去。

是的，它可以救我，也可以吞没我。

它的浪潮就像那些大火，汹涌澎湃让我清楚这也是毁灭。我不会游泳，我不知道它有多深，黑夜里，我也看不到它的彼岸。我过不去。

我看着大火疯狂地涌下山来，我看着滚滚翻涌的江水，我还是过不去，但留下是死，跳下去也是死，我当然宁愿淹死也不愿被他们的这场火烧死！

我惊慌失措，我无路可走，我听到天边有声音在对我说话。好像是山的声音，是落叶的声音。苍凉地，遥远地，但又是那么真切地回荡在耳边的——

你能过去。

它们在告诉我，我能过去。我看着熊熊大火朝我凶猛地扑来，我过不去。冰冷的江水，阴暗的深渊，我过不去！

你能过去。

因为有人点燃了你的生命。

“灵江！”

我转过身，看见岳达从拦在那条山路的树身上跳下来，穿过大火。他的衣服上沾满了火星，也顾不上拍，站在那里，目瞪口呆地看着我。

我真的不想再看见他！不过马上也就真的再也见不到了吧，因为就像我看着他的脸，在灼热的气流中慢慢扭曲，模糊。他看我，也是这样的吧。

温度越来越高，会有很多东西，我们都再也看不见了。

“你还来找我干什么？！”这一刻，我的心就像炸碎了一样。我朝他吼，“你不是要杀我吗？不用你动手！你不该来！不该费这个力气！你还想不想活？！”

他似乎比我更愤怒，也在朝我吼，但吼的是什么，我听不见，因为整个世界只有燃烧的声音和滚滚的浪潮声，我想他一定也听不见我的声音。

虽然我们都不知道对方在说些什么，但我们就是这样不停地彼此嘶吼着，即使我现在没有力气，根本吵不赢，但仍然尽全力去歇斯底里。

因为除了歇斯底里，我们已经没有任何办法去挽回什么、扭转什么、改变什么。在这一片汪洋般无边无际、永无止境的火海。

在那一棵被烧毁的大树倒下时，我们一同扑入水中。

一切都静下来。

什么都听不到了，什么声音都没有了。我感觉到水波微微地震颤，就像无数只纤细的手指在皮肤上轻轻地摩擦。

所有的猜疑、怨怼，所有的纷争都结束了，恼怒的火，悲愤的火，毁灭的火都被浇熄了，连泪，在水中也找不到了。

我看见我们的身体在沉沉浮浮，安安静静地翻滚。就像回到了从前，无忧无虑的样子，自由自在的风，吹过稻田。

我看到暗蓝深处的鱼影，我摸到模糊的水草，我看见远处那黑暗的尽头。

我看见那双熟悉的手臂在水中摆动，这双手臂带着我，一点一点，远离黑暗。

我们将地狱变成天堂

好像漂浮了很久很久。

我被他往前推着，终于踩上礁石，我钻出水面大口呼吸，双手在水面胡乱地拍，激怒的江水冲撞进我的嘴里，我咽下那些冰冻的液体，本能地拼命求生。

我感觉身下有一股力量在推着我冲上岸，这股力量那么熟悉，在波涛中那样渺小，对于生命，却又显得如此强盛。

我伸出一只手，拍到了彼岸上的沙石。

当我精疲力竭地爬上去，无边无际，黑乎乎的水面空空如也。

空中飘荡着那些安详的灰烬，像雪花一样坠落在地上就散了。我趴在那里，微微颤抖，再也没有力气动弹一下，就呆呆地睁着眼睛，那么安静地望着一切。

岸上只有我一个人。

哗啦，哗啦。波浪孤单撞岸的声音，低低沉沉的，像是在说着什么。

听说人死后会来到一座桥边，在这里喝一碗汤，过了这座桥，前世的一切都忘记了。爸妈是谁，住在哪里，遇见过什么人，发生过什么事情，都忘记了，也忘了自己的名字。之后呢，会有一个崭新的来世，有新的爸妈，住在新的地方，遇见新的人，发生了一些新的故事。命是不一样的。

忘记，当然是一件好事，忘了快乐，忘了痛苦，而且那些快乐的，回忆起来却还是疼痛的。更何况忘了，还可以重新开始。

可是，我的爸爸，妈妈，还有那些我爱的人，请容忍我的一点私心，不要过这座桥，我求求你们不要过去，一定不要过去。

不过我相信你们的，就像如果是我站在桥边，我也不会过去一样。是的，我发誓我死也不过奈何桥，就算那时我已经死了。

我不要有新的爸妈，不要住在新的地方，不要遇见新的朋友，不要重新开始。我只要你们。

可你们，现在，又会在哪里？

我以前有想过，我会永远生活在雨坛镇，这个我们都太熟悉不过的地方，可以在三灵寺住一辈子，这个我们早就适应的“人间地狱”，流言蜚语怕什么，各种各样的困难怕什么，只要你们还在，还在我身边，陪伴着，爱着，我想我们能改变它的。

改变一切的。

我会是一个坚强的男孩，会比别人都要勇敢，而且我一定会更懂事，懂得照顾爸爸妈妈，懂得珍惜，我会平平安安地长大，和鹿威一起坐上开往大学的火车，参加冬霜的婚礼，像个大人那样去教育青春期的小轩，还有看着岳达把他家的生意做得越来越大。我真的哪里也不想去，我只想和你们在一起，永远永远。我不知道永远是多远，我那时懒得想太远，我只想和你们在一起度过每一个下一秒，过着过着，就到了永远。

嘀嗒，嘀嗒，可是时间听不见我的声音。

嘀嗒，嘀嗒，我只能听着它的声音听从它的安排，嘀嗒嘀嗒，它还在拖着我向前走。

萧瑟的风，吹来了，又去了。

虽然我知道我们已经尽力了，但还是敌不过很多东西的吧。

虽然这是个荒凉的世界。

虽然这世上有太多的传言。

虽然天灾人祸轮不到我们做主。

虽然生下我，再将我埋葬。

救下我，又丢下我。

剩下我一个人。

虽然我知道，“犭、瓜、子、虫”拼凑在一起，就是孤独。

我们什么也战胜不了，什么都改变不了！

嘀嗒，嘀嗒。我们这里所有的人，没有一个能被时间留住。嘀嗒，嘀嗒，时间的长河奔腾不息，还在带着他们远走。

嘀嗒，嘀——嗒。

可在这一刻，时间突然静止。之后开始倒转。

空间扭曲变形，白天化作黑夜，江水恢复翻涌，黑暗中“噗、噗”地生起了火焰，被雨水打湿的落叶燃烧起来，温度越来越高，四周又是一片火红。

我又被大火包围，孤单地站在江边。狂风吹乱了我的头发，我感到冷。

灵江！

我听见有人在唤我。

灵江！

唤着我。

我回过头。

生命从此点燃。

永远不再熄灭。

THE
AUTUMN
BOY

后记

一半

燃烧的男孩

不知道是不是颠沛流离的命，现在的我只有在打字的时候才是最安定的，早已没有家了，但无论在哪里，是否孤身一人，只要打着一个故事构建起一个家园，那种感觉就好像一种回归。

一种回家。也有很深很深的难过。

2010 年 1 月 14 日，我打下这个后记。其实写过一次，但是半途而废了，我不知道自己都该说些什么，该怎样去说。而且写来写去，最后看下来都是凌乱的。可能是想要表达的太多，各种各样的面，但现在我的想法是，不如把更多的东西交给看这个故事的人，他们会比我想得全面，而且故事总要和不同的人生碰撞，或者契合，才能产生一些更多、更新的看法，和一种相依为命的共鸣。

我们各自的人生只有我们各自才懂

在新疆游历的时候，我一开始是准备写一个旅途的故事，并且已经全力以赴做好了充足的准备，但回到北京，又突然想要写《燃烧》，那种突然就是一瞬间的冲动，于是神乎其神地临时决定回南方，我的家乡。

在我的念想里，这个故事就应该发生在这里的一个小镇上，灰色、阴暗和潮湿的镜头，第一人称的视角，一群我心疼着的孩子。我神经质地以为写故地就要回到故地，那里的气息都会让你写得格外传神。最重要的一点是，很早以前，我就决定要为爸爸写一篇文章，怀念他，同时也是宣泄，但不知怎么回事，这么简单的一件事情偏偏没有完成过，或者我有很多次提笔想写，但对于"父亲"这么大的概念，一直没能写出我想要的字句。

也写过一些诗。

到今日，已过去七年。

将会永远忘不了，那种超越死亡本身的恐怖，在他彻底离开我之前先彻底忘了我。在死之前，就提前过了奈何桥。

还有那么多的内疚和自责。

不过现在，我还有妈妈，她在经历亲人离世后，无比坚毅地一步步走了过来，因为她答应要把我好好带大，她没有毁约。她永远是我的骄傲。

而这个妖魔化的"三灵寺"，我对它是有一种不舍又恨的感情的，厌恶这里的七嘴八舌。但这里是我最熟悉的地方，这里是出处，虽然这几年这里发展得很好，以前的样子几乎都已全变，但我知道这里是曾经，那么安静静默地存在。

它就这样静静地留在原地，等着人们去改变它，可是再时过境迁，再面目全非，它依然都会留在这个地方，永远永远。

其实在这个巨大的哀笼里，除却人，其它应该很好，空气，阳光和雨，风和天空，潮湿的，干净的。

但是我不遗余力地描写着那些绝望，想要造成一种反差，将它放大，这样可以更有效地让人们去认识，我借此方式想要做到一些改变。

那么，或许我想要表达的只有一个。

我们身处的这个世界，是天堂还是地狱，其实你说了算

在我心里，灵江是坚强和勇敢的象征，是善良和正义的化身。而发生在他身上的故事，我或许只经历过一半，我在灵江这个年龄，却没有他的坚强与乐观，没有他一直想要积极向上的希望和决心。那时的我，应该是个容易陷入忧郁的男孩，轰轰烈烈的青春期，激怒的性格，惯坏的脾气，还有一颗阴暗消极的内心。

但也一直有那些美好的向往。对生活，对未来，而且现在，我也可以很负责任地说，那时的我，是一个善良的人。心是干净的，和灵江一样。

我写下这个故事，我想告诉所有看见绝望、孤单、不快乐的朋友，要永远保留心中的那份纯净，学会珍惜，珍惜一切，学会坚强，学会勇敢，做一个善良的人。

我还想告诉所有人，学会包容，宽容，做一个正直的人，我们是可以改变很多东西的，我们是有这个能力的，原因很简单，我们创造出这个世界，我们还可以继续改善它，少掉那么多纷争，那么多隔阂，这个世界在我们手上。

我还想把这些告诉自己，该做一个怎样的人，怎样去爱护家园。

我知道我们的能力大到可以改变天与地，这样的能力也足以毁灭一切。我们确实有这个能力，请相信。

我写下这个故事，也是为了以这样的一种方式，去完成那些再也不可能完成的遗憾，那些再也尽不到的责任，那些再也说不出口的感恩与再也回报不了的大爱。

我没有木灵江的懂事，没有他那么听话，在我那段无止境的阴霾的青春期，发生过很多突如其来的事情，在面对家庭，对待友情，我伤透了你们的心，在这里，我只想告诉你们，我是爱你们的，只是那时的不懂事，那些轻易冲动，让当时没有太大力量的我无法去控制。对不起。

第一人称是“我”，而我，只是“我”的一半。

如果我是木灵江。

生命不会化为灰烬，以及悲剧总要三缺一

灵江，你还好吗？

还是一个快乐的孩子吗？

不要抱怨这个结局，故事有结局，只代表完整。但在我看来，只要有结局，就是完美。无论悲喜。

我知道这样，你只会更坚强地活着，更勇敢地面对未来，对不对？请原谅我的自私，我只想让你更坚强更勇敢，让你成为我的榜样，只要一抬起头，就能够看到黑暗大海上那闪烁光芒的灯塔。那么，请你尊严地活着，朝气蓬勃地活着。

也是请我自己，好好活着，像你那样，让所有人看看什么叫生命。

而生命，永远不会化为灰烬，所有的事情，都有另一种可能性，比如“妈妈”，她并没有死，比如“小轩”，抢救及时还能活下来，比如鹿威，在她身上实现一个奇迹也能足够万幸，还有冬霜，她后来回来了。

而且岳达最后是和灵江一起上岸的，或者在灵江寻找他时，他从水中钻出来。

一个大团圆，故事还可以如火如荼地继续下去。不过悲剧性的结局已尘埃落定，而且我依然喜欢，喜欢自己当初动情时的懦弱，没有勇气去将他们的结果一一点明。

所以故事到此为止，因为这是一本单独成册的《燃烧的男孩》。

孤独的，永远只是我的身体

我想到，卫星升空的途中，必须要层层剥离，到最后，只剩下一颗毫无保护的心脏，那是最顽强与坚固的存在，也唯有它最终会去向那辽阔和自由的宇宙。我们就是这样，为了寻找到属于我们的天堂，紧紧拥抱在一起，然后在上升的强大气流中一个一个地分离。

因为我们相信着，在人间偌大的，不可战胜的阴霾中，能有一个人，至少一个人到达，就是圆满。

我们应该记住，
曾经的那些人，其实并没有远走，
他们还活着，活在我们的过去里。
他们还在，只是从我们身边去到我们的身体里。

在我们的脑海里，记忆里，我们的心里。

还将会永远陪伴着我们，

我们相依为命，相守一命，

永不孤单。

最后，我们留住了时间

时间不会留住我们。

是的，在修改期内，因为很多原因，我还删除了大量的情节片段，这些片段又恰恰是我自己最舍不得最珍惜的。那么在最后，就留下其中的一些吧。

嘀嗒，嘀——嗒。

一丝丝的光渗透下来，越来越明亮的光渗透下来——

熟悉的树荫，熟悉的风，熟悉的乡间小路。

岳达赤裸着上身，背着鱼竿，终于像个幼稚的小孩，我看着他走路的姿势都像极了小孩。鹿威无法赤裸上身，这一直是她心头多年的遗恨，因此挽着裤腿、光着脚，而且身后总会跟着一条斑点狗和一只土狗，她喜欢狗，已经和它们打得火热。

而冬霜，她一直觉得野游就应该戴一顶漂亮的圆形帽子，走在花丛里的时候，可以双手抓着帽檐，夹紧双腿弯下，像一个娇贵小姐那样去闻花。但岳达的外婆家没有这样的帽子，因此冬霜此时戴着一个巨大的斗笠，像一尊我无法定性的、非常奇特的神像一般。

而且她执意要去闻花，我已经告诉她这不是花园，这是乡间，但她不听，依然头顶着差不多几斤重的斗笠、俯身去闻一朵野菊花。再抬起头时，我看见她一脸都是马蜂。她还很不自知地对我微笑，以为自己很美。

“怎么了？看我，干什么呢？”她的脸上瞬间冒出两坨粉红，死装轻声细语地说。

“好看。”

“嗯？”她含蓄地微笑着，“是么？呵呵。”

“好看！像西施！”西汉女尸。

“讨厌，呵呵。哈哈哈哈哈哈！”

到了夜晚，我和岳达、鹿威还在商量着应该干些什么，下楼时听见从楼下大厅传来冬霜无比豪放的欢笑声，然后就看见她混迹在一群老女人中间打麻将，其中一个老女人就是岳达的外婆。她们打得风起云涌、有声有色，冬霜也总能有一种世俗妇女才有的架势，牌技高超、牌品一流、敢输敢赢、面不改色。这好像是一个赌徒才有的品质。

虽然她身上没钱。

剩下我、岳达和鹿威三个人，就套好大雨鞋、带着手电筒去田里抓青蛙。穿大雨鞋是为了防水、防蛇，带手电筒是因为当我们发现青蛙，只要用手电去照它，它就不再动弹。我们轻而易举地抓到一大袋青蛙，然后带回去。

回去的时候，麻将局已散场，冬霜百无聊赖地坐在屋外吹晚风，看见我们提了一袋东西回来，突然朝向我们奔来迎接。

“我帮你提嘛！来嘛！”

“你们怎么没有玩麻将了？”

“哦，有个人输了不认账啊！就没玩咯。”

“那个人是你吧？！”

她“呵呵”着赶紧转移注意点，抢我们手中的袋子。

“没事，我自己提。”

“来嘛，来嘛，我帮你提啦，你们提着这个走了那么远肯定都很累了！”

当我们把那一袋东西给她，她提过，猛地一拉开。

“是什么好吃的？”黑夜里，她看不清楚里面的东西，于是把整颗头都探了进去，“什么吃的啊？湿湿的，还会动？！”

走到客厅里，她终于看清楚是什么好吃的了，伴随着一声凄厉的惨叫，她将袋子抛向空中。这一抛，袋子里的青蛙全部掉出来，她极度恐惧地闭着眼睛跳起来哇哇乱叫，挥动着两只粗壮的手臂一顿乱打，青蛙们被一只只非常规律地“砰”“砰”“砰”“砰”地打飞，再“啪”“啪”“啪”“啪”地贴在墙上。

我一直觉得当时冬霜紧闭双眼尖叫的样子，就像一尊欢笑的弥勒佛。

那时，一片片的稻田，随着风一浪一浪地飘动，用手去摸稻穗，凉凉的。风吹在我们脸上，撩开我们的头发，也是凉凉的，带着水汽，那么湿润和清新。

阳光从晶莹变得灿烂，直到将我们的皮肤晒得通白。

这是一个完美的夏天。

以后再也遇不到这个夏天了吧。

燃烧的男孩［新版］

ZUI Book
CAST

作者 李枫

出品人 郭敬明
选题出品 金丽红 黎波
项目统筹 阿亮 痕痕
责任编辑 赵萌
助理编辑 简宇
特约编辑 miumiu
责任印制 张志杰

*装帧设计 ZUI Factor www.zuifactor.com
设计师 yeile
封面插画 孙十七
内页设计 曹欣

出版社 / 长江文艺出版社
出品 / 上海最世文化发展有限公司
官方网站 / www.zuibook.com
平台支持 / 最小说 ZUI Factor

2013年2-3月上海最世文化发展有限公司畅销书排行榜

| TOP25 |

排名	书名	作者
1	小时代1.0折纸时代	郭敬明
2	幻城（2008年修订版）	郭敬明
3	小时代3.0刺金时代	郭敬明
4	小时代2.0虚铜时代	郭敬明
5	没有故乡的我，和我们	李茜
6	荒潮	陈楸帆
7	临界·爵迹 I	郭敬明
8	夏至未至（2010年修订版）	郭敬明
9	悲伤逆流成河（新版）	郭敬明
10	妩媚航班	笛安
11	红–陪安东尼度过漫长岁月 I	安东尼
12	这些 都是你给我的爱 II · 云治	安东尼 echo
13	这些 都是你给我的爱	安东尼 echo
14	临界·爵迹 II	郭敬明
15	橙—陪安东尼度过漫长岁月 II	安东尼
16	爵迹·燃魂书	郭敬明 等
17	西决	笛安
18	南音（上）	笛安
19	纯禽史：辞职前我都干了些什么	叶阐
20	东霓	笛安
21	告别天堂	笛安
22	剩者为王 I	落落
23	南音（下）	笛安
24	芙蓉如面柳如眉	笛安
25	剩者为王 II	落落

图书在版编目（CIP）数据

燃烧的男孩：新版 / 李枫著 . -- 武汉：长江文艺出版社，2013.5
ISBN 978-7-5354-6626-6
I. ①燃… II. ①李… III. ①长篇小说 - 中国 - 当代 IV. ① I247.5
中国版本图书馆 CIP 数据核字（2013）第 070831 号

燃烧的男孩［新版］

李枫 著

出 品 人 | 郭敬明
选题策划 | 金丽红 黎 波
项目统筹 | 阿 亮 痕 痕
责任编辑 | 赵 萌
助理编辑 | 简 宇
特约编辑 | miu miu
装帧设计 | ZUI Factor
封面设计 | yeile
封面插画 | 孙十七
媒体运营 | 王艳伟
责任印制 | 张志杰
内页设计 | 曹 欣

出版 | 長江出版傳媒 | 长江文艺出版社
电话 | 027-87679310 传真 | 027-87679300
地址 | 湖北省武汉市雄楚大街 268 号湖北出版文化城 B 座 9-11 楼 邮编 | 430070
发行 | 北京长江新世纪文化传媒有限公司
电话 | 010-58678881 传真 | 010-58677346
地址 | 北京市朝阳区曙光西里甲 6 号时间国际大厦 A 座 1905 室 邮编 | 100028
印刷 | **三河市鑫利来印装有限公司**
开本 | 880×1230 毫米 1/32 印张 | 9.25
版次 | 2013 年 5 月第 1 版 印次 | 2013 年 5 月第 1 次印刷
字数 | 210 千字
定价 | 26.80 元